写作的女人危险

那海
—
著

人民东方出版传媒
東方出版社

目录

第一辑　忽如远行客

第二辑　写作的女人危险

第三辑　樱桃之远

第四辑　行者的诱惑

第五辑　永恒

后记

写作的女人危险

第一辑

忽如远行客

但见桑园多茂盛

1

我大姐叫素芳。我曾经在一篇写越剧的文章里提到过她。

说起来，大姐是我二伯父的女儿，因为我家姓杨，又因为家族姐妹众多，被称为杨门女将。大姐是我们这个杨门女将中的灵魂人物。她的出道极为艰辛，在当地人看来，却是一个厉害女子。

据说我大姐十多岁时，为了贴补家里的费用，去一个海岛养猪。她每天摘猪草，寂寞无比，就对着几十头猪和浩淼的天空无边的大海喊歌。猪儿在岛上笨拙地走来走去，风从海上来，没人说话。我的大姐和一群猪，在荒凉的海岛上。许多年后看美剧《迷失》，一群人流落到荒岛上，忽然觉得他们应该养一群猪。

伴着每天海涛拍打岩石的声音，大姐陪着一群猪走在荒凉的海岛上。也不知怎地，有一天，她突然想唱歌。这一唱，非同小可，唱得白云都在流转。

我的三伯父拉一手好二胡，经常跟着戏班子出去演出。大姐就跟着出去唱越剧，唱着唱着，大姐就唱成了附近出名的演员。再唱着唱着，她就唱成了省级劳模省人大代表，小百花的名角，玉环越剧团的团长。后来，她就遇上了我的大姐夫，据说这是我大姐打着灯笼找到的丈夫。

话说当时她演的一出戏，也记不住是什么戏，大姐打着灯笼去衙门喊冤，灯光一照，眼神一晃，人一趔趄，恰巧与其中一个站在衙门喊“升堂”的衙役对上了信号，这人后来就成了我的大姐夫。

至于我大姐当年扮的小生，真是俊美倜傥，艳惊四座，多年后，还会有人说起。那时，一出场，还未开口，台下人头攒动，大叫：“好！”看戏的人太多，我通常挤在拥挤的戏台边，又矮又小，被我父亲用手托着。父亲被那声“好”叫得哆嗦了一下，我也随之哆嗦，摇摇晃晃，差点就掉下来了。好在，我大姐开腔了。她那对着猪和大海练就的嗓门，似有神助，高亢激昂，又荡气回肠，一下子就抓住了所有人。

“路遇大姐得音信，九里桑园访兰英。但只见一座桑园多茂盛，看人家数十份，那一边竹篱茅舍围得深，莫非就是杨家门？”这是越剧传统名目何文秀的《桑园访妻》。只见我大姐，穿着一身斜大襟、宽水袖，一身素净的蓝色戏服，温文尔雅，却又风流俊赏，眼波流转，光彩夺目。这时候，她就是那个何文秀，扮成算命先生去看妻子王兰英，妻子以为他蒙冤而死，正在给他做三周年祭日。何文秀唱，“第一碗白鲞红炖天堂肉，第二碗油煎鱼儿扑鼻香，第三碗香芹蘑菇炖豆腐，第四碗白菜香干炒千张，第五碗酱烧胡桃浓又浓，第六碗酱油胡桃醉花生。白饭一碗酒一杯，桌上筷子又一双，看起来果然为我作三周年，感谢娘子情义长。”这一道道热菜就这样地催人食欲，悠悠远远飘着香味，让人垂涎欲滴，心都酥了。这么多年了，这种调调还会在耳边盘旋，我的大姐穿着高高的戏靴子，她的水袖一甩，身段一柔，她就是为舞台而生的。

在漫长的时间里，我的大姐都是我的偶像。但是大姐是郁郁不得志的。剧团后来也倒闭了，传统戏种很不景气。年轻的团长到了电影公司当会计。此后，电影公司也不景气，大姐的主要工作其实就是站在门口收票了。

2

从五十年代过来的人，大多有我大姐这样的经历。

他们奋斗，好不容易有了铁饭碗，却又把一切都丢掉了。

我大姐便把期待放在我们这些兄弟姐妹上。

我的大哥参加过三次高考，那时考大学像考状元一样难，我大哥懒得考了。此后，有大半年的时间，大哥就住在结了婚的大姐家里，让大姐辅导他唱歌。

有时他们回老家，每个早上，两人去在海滩边练发声。海水不是蔚蓝色，总是灰蒙蒙的。天空也是一片混沌。我的大哥和大姐站在天光与水光之间，张大了嘴巴，发出悠长的声音，声音在海际间深深浅浅地拂过，如同打了个水漂，泛起一点点的涟漪不见了。

我不知道我大哥回忆这样的往事他会想些什么。大姐当年一心想让大哥唱歌出名，带他四处去见那些唱歌的前辈。没有想到大哥终究也走不到那条道。他现在办了家工厂，他的歌喉，如今只能放在KTV陪客人时偶尔可以一用，但终归用处也不大。因为客人通常都要抱着小姐喝酒，没有人会理会他的歌声。

再说我父亲是很听我大姐的话的。那时我还在老家教书，我家住在海边，开门就是大海，我父亲便拉着二胡，我大姐有空回来就在边上打着拍子。在那没有娱乐生活的日子里，我唱完了《红梅赞》《十送红军》，如果这样唱下去，说不定我也能成为现在的红歌手。但是我突然厌倦了，有一天我卷着铺盖，到了另一个小镇教书去了。

我大姐的失望难以言喻。那时她还有一副好身材。我们姐妹几个在小镇的卡拉OK占了个大厅唱歌。记得当时她才唱了第一首，好像是《宝玉哭灵》，周围那些慕名不慕名的，掌声雷动。这家卡拉OK整个夜晚就被我大姐包场演出了。大姐只有在唱越剧的时候，才突然像变了一个人。这是个让人无比讶异的事情。让人感到很不真实。

对本文来说，这依然是题外话。其实我也想说说那些仰慕我大姐的人。大姐自从演了杨开慧，在台上是我失骄阳君失柳，台下仰慕的人实在太多，书信不断，而且通常会开了天窗，因为那些邮票太好看了。我知道那时家里经常会来一些陌生的客人，都是二十多岁的年轻人，偏偏我祖母是很好客的人，经常会让他们在家里吃饭。印象最深的是有个小伙子，当时还在台州师专读书，很帅，印象真的是太深了。

该怎么描述他。或许只有古龙小说中的楚留香：

这个人穿一件蓝色的长衫，非常非常蓝，式样非常非常简单。

这个人很瘦，脸色是一种海浪翻起时那种泡沫的颜色，又好像是初夏蓝天中飘过的那种浮云。

大姐那时其实已经三十多岁了，也已经结了婚。他不敢去大姐家，就跑去大姐的老家了。放暑假的时候，他帮我家挑水。海岛是个缺水的地方，小伙子肩上的扁担悠悠地，水像银子般倒进水缸里。我们就叫他扁担王子。

扁担王子吃饭，就坐在门槛上，眺望着远方，大海总是苍茫茫的，好像偶尔也有船开过，经过了也就不见了。他那么飘逸的人，坐在那里却像是一座山。

暑假有天我去大姐家玩的时候，就赶紧把这事通风报信给了她。大姐满月般的脸亮着光泽，她皱了皱眉头，轻轻地叹了口气。这是我印象很深的一件事。其实也没有什么。无非就是我大姐叹了口气。但那里面的无奈与幽怨，丝丝缕缕地吐了出来，莫非这也是越剧的唱腔，勾人的魂儿？

3

大姐离开舞台后，生活琐碎忙碌又焦虑，直至后来，也不挣扎，只有唠叨。这样，就是几十年。

她的日子也终于安稳下来，衣服里鼓鼓的，都是肉肉。

此后，如果不是有时一时兴起地唱几首歌，我们甚至忘了她曾是最年轻的玉环越剧团的团长。

前几年，她已经正式退休，和姐夫在上海住，儿子也在上海工作。现在，儿子出了国，他们就在无锡开了家娱乐城。按照我父亲的讲法，无锡是个好地方，那里有很大的佛啊。我大姐的热情在无锡找到了她的根据地，我没有去过她的据说有两千平方米的娱乐城，我想象那里灯红酒绿，我大姐穿着她的小黑西装，在柜台，笑迎四方客，就如当年的阿庆嫂。事实当然未必。我父亲和大哥去过好几次。但是，基本是去做他们夫妻矛盾的调解员的。这年头做生意不容易，大姐夫想要退回休息了。大姐说：不行！如果不干活每天吃吃东西玩玩麻将，我跟那些退休无事干的人一样了。我不甘。

人年轻的时候，学会的是与外界的妥协。到年老，就是与自己妥协了。我的大姐依然有一颗骄傲的心，一份要做成事情的热情，我的大姐夫不干了。我的外甥也说妈我们不缺这钱。我大姐孤独无援，事实上，他们都不懂。我想我大姐需要的不是钱，而是这一辈子始终未能坚持做完一件她喜欢的事。在她最富盛名的时候，那时，浙江省越剧团要调她过去，当时一起的有茅威涛、何赛飞，但是我的外甥刚刚出世，嗷嗷待哺。

好机会就这样溜走了。人又不是老手表，总是越走越快，想要迫不及待地了结自己。来日也不是方长。

清明节回家的时候，大姐和大姐夫已经卖了无锡的产业回家了。据说是大姐夫没有办法，偷偷拿着大姐的印章和身份证签的字。我看着我的大姐，捧着上坟祭扫的香纸，低着头，她的头发看上去白了许多，走在家乡青青的山野中，那里安放着她的父亲和我们祖先的坟墓。不知怎么，我的心也沉沉的。

可是，人生的故事怎么能说准呢？

一晃当然几十年了。大姐现在早已过了六十岁。有天她坐着大姐夫的车，准备去菜场买菜。那天下着雨，车窗朦朦的，不开个车内空调还真看不清楚。大姐夫说开个空调吧。大姐说这事你也问我，你为什么把无锡的娱乐城卖了也不跟我说。大姐夫说卖都卖了你还唠叨个什么。大姐说我这算唠叨吗，这么大的事情算唠叨那你卖了我的娱乐城你算什么。大姐夫一踩刹车准备停车，也不知他准备干什么，这时手机响了起来。他一看号码不熟悉，便没好气地问：你找谁。对方是个男的，声音有点低沉，又有几分怯怯，问：请问杨素芳在吗？我大姐夫继续没好气，我们能想象到当时他的语气，他说：不在！他发声时音调很高，让人想起他原来也是剧团待过的，而且我大姐是提着灯笼找到他的。这时，对方似乎有点被吓住，但还是嗫嗫嚅嚅，挤出了一句话：请问，您知道杨素芳嫁给谁了吗？

这人生是多么戏剧啊。

我大姐夫当场懵住了。他表现了一个丈夫特有的尊严与对事态的关注。他说，你是谁？

4

这里允许我插说些闲话。

自从扁担王子之后，我们还真的没有听到过任何关于大姐的风花雪月的事。

话说那天，我回海边老家办点事。因为父亲海边的老房子要翻新，把我们兄弟姐妹几个都从四面八方叫了回来办房产证。一家人安排到酒店吃饭，是二姐夫请的客。那天刚下了场雨，海边的小城湿漉漉的，连酒店也有一种咸湿味。坐了黑压压的差不多十九个人，刚把人头叫了个遍，发现我大姐和大姐夫不在。大哥就神秘兮兮地说：你们知道大姐到哪去了？问到的人，都没有特别的兴致回答这个问题。包括我。

我们当然不知道大姐上哪了。因为她一直都在外面奔跑。

所以，当大哥神秘地问我们大姐上哪的时候，其时，酒桌上的玉环名菜八仙过海刚上桌，也不知有无八仙，反正一大盘里有小黄鱼、水潺、带鱼、螃蟹、小墨鱼、虾、虾蛄，我看到的就这七仙，在汤里浮着，鲜鲜的，还有几根青绿的葱白，这道菜色香味都有了，就等着我们伸筷子，我们显然都很忙，不知哪个懒懒地应和，对啊，上哪了。

大哥像找到救兵，忙忙地说，你们不知道吗，大姐的梦中情人来了。不对，是那个人，他的梦中情人是大姐。

这样越说越乱，究竟怎么回事，这年头，八卦太多，我们大姐的八卦故事，料太猛，让我们全来了兴。

怎么可能？我们都说。这事搁二十年前还有可能，现在，我大姐的脸已经成了搓衣板，再加上，她这颗心没有了。这样说太离谱了。

大哥这下得为自己的诚实下点注释。他说，你们能想象到吗，这个男的，带着老婆，大老远地从天津过来，怀里揣着一对手表，老的天津产的海鸥表，肩上扛着一袋麻花，天津的特产麻花，来看大姐了。

这事情真是太难以想象了。想当年，扁担王子那么玉树临风，大姐都拒之千里之外，大姐如今这个年龄了，哪还会有什么扛麻花的情人呢。想当年她演杨开慧，她上了刑场，我们都以为她真的死了。没有想到帷幕一拉，在台下人的啜泣声中，她站了起来去谢幕。这时我想，所有人与我一样，都有一种上当受骗的感觉。如今，大姐要是有了情人，这不是晚节不保吗？

我们表示极大的忧虑，都放下了手中的筷子。这事有点玩大了。

那些遥远的陈年往事点点滴滴地又串成一条线，牵回来了。

5

原来，大姐的麻花情人，曾在浙东沿海玉环县的一个叫披山的小岛上当连长。

大姐那时已是越剧团的正牌小生，送戏下乡时，大姐和剧团里的一批人来到了小岛。那时部队的生活是很乏味的，除了训练、学习、生产、劳动，连场电影也难看到，突然有这么多活色生香的女孩子到了岛上，战士们都高兴坏了。

大姐那时还没有结婚，二十多岁，两根长长的辫子，芙蓉如面，别具韵味。让连长和战士们想不到的是，这样一个女孩子，台上一场演出下来，居然乐呵呵地拿着饲料给营房里的猪喂食去了。我们也只能这样说，她的朴实与大方，比那舞台上的光艳四射，更让连长同志心动。在岛上的几天时间，我大姐跟着连长，跑遍了岛上好玩的地方。也不知道我大姐心动了没有。

两年后，麻花情人复员回天津，两人再无联系。这以后，麻花情人结了婚，儿女都已成家立业。话说四十多年后的一天，他坐在沙发里，开始戴上老花眼镜，整理老相片。

这时好像一切话都多余了。

旧相册里掉出来一张相片，就跟年老时掉下的一根头发一样，谁也不经意。但是，这是一张黑白的相片，当年大姐送戏下乡与麻花情人的合影照，它从相册掉下来，有它的偏执，有它的轨迹，似乎等不及了，就这样不偏不倚地飘了下来，径直落在他的脚边。他俯下身，顿时看到了我大姐如同满月般的笑脸。他霎间一怔，内心纠结成了一堆的麻花。

他拿起了家里的电话。义无反顾。这个号码在他心里默念了许多遍，也在心里存了许多年。只是，大姐当时所在的越剧团早已倒闭。对不起，您拨的号码是空号。这个号码记了这么多年，成了几个毫无用处的数字。

他应该是找了好多地方。

这么多年，都有许多的变故。很少有人一成不变地活到老。找一个人并不容易。

但是，终于，就有了刚才的一幕，我的大姐夫正与我大姐闹琐碎的别扭，听到对方说，请问，您知道杨素芳嫁给谁了吗？

我大姐夫有点恍惚，顿时忘记了无锡娱乐城的事。怎么还有这样的问题。但是，这是肯定要回答的。他锵锵有力地说：杨素芳是我老婆。

电话那头的声音，竟然是一种抑制不住的喜悦。

她好吗？她过得好吗？她在边上吗？

6

讲到这里，韩剧的一幕通常要出现了。我大姐这时应是一袭白裙，长发飘飘，让人怜惜的模样。但是我们不说这白裙不白裙的事情。我大姐拿过大姐夫的摩托罗拉手机，她听到了那个遥远的声音，瞬间，她想起了海浪、沙滩，还有银色的月光，高高大大的年轻英俊的连长。她唱着杨开慧，她在海岛上喂着猪，她在看着大海，他在边上看着她。

终于，远隔千山万水，远隔几十年光阴，在她容颜已老，脸上满是皱纹的时候，他意外地来找寻我的大姐了。

世上再无扁担王子。但是，大姐与麻花情人久别重逢了。现在，他路远迢迢地，背着一麻袋的麻花，带上一对老牌的天津产的海鸥手表，带着老婆，来看望大姐了。其实很简单，就一句话，是麻花情人说的：

“我的梦中情人啊。”

他紧紧地抱住了她。

再说说麻花情人的老婆见了我大姐，居然也是紧紧地抱住我大姐，哭了。

事情到这一步，似乎又成了家庭伦理剧。

你想想我的大姐，近六十岁了，身体发福，脸上满是褶皱。麻花情人头发已经掉了大半，也已经是一脸的老态。这样走在大街上别人懒得看的人，如今紧紧抱在一起，除了怀恋那份最真纯的情感，你说还能有什么？

麻花情人说，杨素芳啊，你怎么不继续唱越剧呢。

我大姐怔住。这么多年，似乎是第一个人跟她这么说。

铺满青石板的老街、古色古香的戏台，有声音似从远处而来，音调从低到高跌宕起伏。隔得那么远的东西……

她颤动了下。

也只是颤动了下。

时光就这么轻轻地动了一下。

就如露珠，晶亮的，晃了下来，落在地上。

忽如远行客

1

父亲的手机突然丢了。

那是台老式诺基亚的手机，用了好几年，掉了黑漆，露出银色的不平整的纹理。手机丢得其实并不诡异。时值十月半，父亲回老家喝酒。父亲这样近七十岁的人，但只要有人召唤，老杨，杨校长，晚上过来一起喝酒吧……父亲便从椒江出发，乘着公交车，穿过一个叫路桥的地方，再经过一个叫温岭的小城，这样似乎山高水远的，差不多一个半小时的车程，终于坐到了我的老家栈台的一家酒店的酒桌上。

杨校长，他们叫道，在酒场上我们都是兄弟。父亲喜欢这样被他们称呼。他坐在酒桌上，通常是极有底气的。在他年轻的时候，那时候，他还有满头茂密的头发，他被人称为“杨两箱”。这个名字的由来，源于他能喝两箱啤酒，而且，绝对没有醉醺醺的迹象。他举一举酒杯，黄澄澄的透明的液体，就像在摇晃着遥远的记忆。

在我的老家，十月半是个大节气，如同冬至端午一样，要吃食饼筒。渔船出海回来，鲜亮的带鱼，带着银光，活愣愣的墨鱼，膏蟹，是十月半最重要的场景。现在动辄上千元一斤的野生黄鱼，在我小的时候，大人在海岸边撒下网，我们小孩用铜鼓在边上敲打，黄鱼纷纷乱窜，跳入网中。那时的黄鱼多得要命，确实，那是多年前的事情了，现在想想都不真实。对于如今已经远离渔村，与我一起生活在椒江的父亲来说，十月半于他是很怀旧的。每年他都要回到老家，那天的不同寻常还因为，它是我父亲的生日。

那晚父亲应该是喝了许多酒，他现在年事已高，喝酒与当年那个“杨两箱”的风采终究有点不同。他是深夜坐出租车回来，到小区门口，下了车，才发现手机没有了的。此时，出租车已经远去，父亲在寒风中突然嘤嘤呜呜地哭了起来，他像个孩子那样无助地哭，好像受到了极大的委屈。他回到家，把光秃秃的头深埋在被子里，他的哭声正撕裂一个人的心，不就是一个手机吗，我被父亲的哭声弄得心慌意乱，我说，爸，天亮了我们就买新手机去，那个旧的早就可以丢掉了。

父亲说：我对不住你啊，张雪枫。

他说：手机丢了，号码没了，我再也找不到张雪枫了。

2

现在，张雪枫，这个陪伴我们成长记忆的名字，就这样再一次出现，带着岁月的碎片与尘沙，卷席而来。

他是我父亲初中时的同学，我从来没有见过他。他就像一个传说，只出现在父亲的叙述里。

多年前，他应该是个瘦弱的男孩，当他从温岭来到楚门的小镇唯一的中学读书的时候，父亲也是那个叫栈台的渔村唯一考上楚门中学的学生。父亲与他一起住在楚门一个废弃寺庙的大殿里。刚考上的男生就住在这里。这是一个大通铺。夜深的时候，废弃的大雄宝殿，依然佛相庄严，时近中秋，父亲却觉得丝丝冷意，风从阴暗处吹来，他开始窸窸窣窣，边上那个男孩也是如此，两人大气都不敢喘，却又开始偷偷地说话。

“我不想读书了。”他对我父亲说。

“不读书你做什么。”此时的月亮正照进蓝花布的被单，那是祖母亲手缝制的。作为小渔村唯一考上重点初中的父亲，他的自信空前膨胀。

“我想做生意。”张雪枫说。

很多年后，他的家乡温岭创办了中国第一家股份合作制企业，民营企业在温岭，如雨后春笋，与温岭人潜在的创业意识不无关系。有一年，我去敦煌，在那个西北偏僻的地方，看到一个补鞋的人，他说，我是温岭人。那一刹那，我就想起了那个少年，那个说“我想做生意”的张雪枫。

事实上，他成绩很好，在班里是名列前茅。反倒是父亲，常常出入文艺社团，功课很是一般。张雪枫说自己不想读书的时候，父亲觉得他欲言又止，并不是因为那个夜晚，大雄宝殿废弃的佛像诡秘的气息，他一定有许多的苦衷。父亲说：你有什么难处，你尽管说，我一定会帮你。

他当然有难处。每个周日下午，从温岭走到楚门龙攻门的时候，总有三四个少年拦住他。这是去往学校的必然途径。那些少年拦住他，就向他要钱：外乡人，留下买路钱。

他打不过他们，交了父母给他一周的零用钱，就意味着整整六天，他都要饿着肚子。这是噩梦一样的日子。

他已经熬过了两个星期。

周日的中午，祖母照常在一大锅红薯汤上，偷偷地为父亲蒸上一碗白米饭。不知道祖母是从哪里弄来的这点米，蒸熟后的米饭，米粒饱满，透明，父亲躲在灶火的一角，对着灶台烧得正旺的柴火，一下子碗底就见空了。父亲就着咸鱼干，再吃一碗红薯汤，到楚门读书去了。

其实父亲可以乘帆船。帆船在海上漂，海浪越大，越像是在摇篮中。多年后，到蒙古大草原，骑在马背上，我顿然明白，坐船跟骑马都是一样的，顺应它就是，对于生活中那么多神秘的内核，何必挣扎。

话说父亲并没有乘帆船。坐帆船到岸，尽管时间短，但是不经过龙攻门。那天，他吃了饭，赶紧上路，栈台并非孤岛，步行到楚门，父亲大概要走两个小时的山路。父亲没有手表，他小小的个子疾走在连绵的山路上，山路两旁长满了木麻黄树，楸树，落叶松，也有着大片的灌木丛。树的阴影在阳光穿梭而过的枝叶间延伸而去，地上铺着针叶，偶尔也有鸟儿懒洋洋地啾啾地叫着，一个少年急促的身影踩过这寂静的山路，这山路总算走到头了。

父亲走到龙攻门的时候，他看到了一大片秋天的稻田，金黄的色调，有点炫目，张雪枫孤独的身影，坐在田埂边哭泣。父亲迅速闭上眼睛。他知道自己迟到了。张雪枫的钱已经又被抢走了。那时他没有看过列维坦的画，他不知道明明满是愁绪，一缕阳光照在秋天的原野上，中间的灰尘看上去居然像碎金般闪亮。

父亲走到张雪枫面前。他敞开卡其布的外套，从汗涔涔的贴着身体的小口袋里掏出一块灰色的布，慢慢地打开，父亲的动作很慢，他很少会这样，倘若他穿上戏服，演出贾宝玉，他才会如此缓慢而慎重地来一段本应该字正腔圆的唱腔。我的父亲打开灰色的布的时候，张雪枫的眼睛有了亮光——饭团！

你所有的记忆中，总有一段会消失，空白，无论你怎么努力，都已无法挽回。

可是，那个年代的晶亮软糯的饭团，你用什么能够抹去记忆。

3

楚门是一个小镇。那里盛产一种叫文旦的水果。每到五月份，文旦花开的时候，整个小镇，就像酿在坛子里的酒，让人醉醺醺的。这个盛产文旦的小镇，也是越剧之乡。小镇有自己的越剧团，每年，小镇总会做好多场戏，还会从绍兴、诸暨请些戏班子来，戏班子开演的时候，小镇就醉倒在越剧隽永而又百转千回的唱腔中。

那时候，我父亲也只是懵懂少年，他时常逃了课去听戏。他会唱徐派，慷慨悲凉，也会唱毕派，从《玉堂春》的“孤身独栖关王庙，大雪纷飞……”到《梁祝——十八相送》，唱腔低回抑郁，暗淡深沉。当我的父亲活跃在学校的各种文艺活动中时，他的兄弟张雪枫总是与他一起。他们也一起去听戏。他不会唱越剧，但是，每次听到《黛玉焚稿》，一段“如今是，知音已绝，诗稿怎存”的唱腔出来时，张雪枫总会黯然神伤。可那只是一场戏啊。

说起来，在整个中学时代，我的父亲对越剧的热爱，可称如火如荼。他也时常参加文艺社团，认识了好多人。这为他保卫他的兄弟张雪枫提供了极有利的机会。饭团之后的下一周的周日，父亲找了文艺社团的另外三个人高马大的同学，中午十二点，就守在龙攻门。

其实大家都饿，都没钱，下午两点多的时候，那几个说着“留下买路钱”的小孩，不过十五岁都不到的样子，留着鼻涕，摇摇晃晃地站在稻田边。张雪枫当然是他们的猎物，他瘦小的身子背着书包出现的时候，几个小孩便一拥而上。我父亲率领的队伍赶紧冲了出来。两队人马开始厮打。我的父亲一定为自己当时的武功所激励，谁说我父亲只会唱越剧呢。那几个小孩哪是对手，撕破了的衣领在风中黯然地颤动，犹如投降的旗帜。领头的一个掏出一个烤红薯给我父亲，说：我们认输了。下次再也不敢了。

这是父亲在整个中学时代唯一的一次打架，他收获的战利品是一个烤红薯。他当然将这块有着泥土香气的温热的烤红薯交给了他的兄弟张雪枫。这有什么可以犹豫的呢。

其实，我的父亲也很饿。

父亲总是饿，半夜三更的，总被饿醒。我的祖母也再没有偷偷给他一碗白米饭。那是1961年，父亲十六岁。我的父亲当然不知道那就是后来称作的三年自然灾害时期。父亲有四个哥哥两个姐姐，我祖母撑着一个大家族，我父亲知道能够读书就已经不容易了，不敢再有别的念头。再坚持了一年，父亲只好休学，回家捕鱼。张雪枫说：你不在，我也不读了。

父亲说：不行，你不能这样。

张雪枫说：我读书，就因为有你这兄弟在。你不在，我也不读了。

他掏出了一张攥得皱了的钱，说：我有五角钱，晚上我请你去老城门头吃山粉面。

在楚门的老城门头，有一家山粉面店。我后来在楚门中学教书的时候，这家店早已没有了。

1962年的夏天，他们就那样坐在现在早已消失了的老城门头的山粉面店，要了两碗山粉面，一碗二角五分钱。山粉面里有着晶亮的山粉条，还有肉丝、虾干与青菜。两人哧溜溜地一口气吃完，在时光中静默下来。这家店的门面并不大，靠着城门头的小河，小河清幽幽地流淌，想必他们听到了河流轻轻地滑过鹅卵石的声音。

张雪枫说：我以后结婚，一定会叫你喝喜酒。

我父亲说：我也是。

张雪枫说：如果办酒宴，你想吃些什么。

父亲说：食饼筒。

包着猪肉、粉丝、带鱼肉、绿豆芽、红萝卜丝的食饼筒，就这样油晃晃地出现在他们面前，两个十七岁的少年，同时咽了下口水。连红薯汤都没得喝的年代，他们分明知道自己回去后的生活的轨迹，就这样分别了。

4

多年后，父亲与张雪枫相遇在温岭国际大酒店。这是 2003 年的冬天。距他们上次见面已有四十一年。

怎么说呢。如果不是因为父亲后来提前退休，做起了绿化生意，他这辈子都不一定与张雪枫再次相见。那段少年时的光阴就这样无声无息，只是在偶然想起的时候出现。

2003 年，是父亲最艰难的时候。那时，他离开了当了近二十年的校长位置，突然想做绿化生意。父亲在他快要六十岁的时候，有如此的创举，如同当年，他突然就创办了戏班子，毫无征兆，四个月不到，戏班子倒闭，也是那样突然。那些从嵊县、诸暨请来的花旦、小生，在我的老家，那个叫栈台的小渔村的杨府庙上演出了最后一出越剧。那当然是父亲最爱的《红楼梦》。黛玉在唱，“这诗稿，不想玉堂金马登高地，只望他高山流水遇知音。如今是，知音已绝，诗稿怎存”，我趴在戏台边，看着我的年轻英俊的父亲，笔直地站在戏台的帷幕边上……父亲那刻的神情，是灰蒙蒙的，似乎他的眼里正飘过一场冬天的风，一场淋漓尽致的冷雨，或许，还有一个无法割舍的人。现在想想，终究都是一个未能圆的梦吧。

父亲想做绿化，其实也不是全无来由。他的学生承包了一个绿化项目，学生在酒桌上，倒了满杯的红酒，那种醇香，让人很舒缓，他说，杨校长，我们合伙吧。我的父亲拿起酒杯，一满杯喝下的时候，他的主意已定。2003 年春天，父亲办理了提前退休，当这家绿化公司前期资金三百万到账后，他的学生突然连钱带人失踪了。

我对生于上世纪四五十年代的人，总是莫名的敬意。他们中的大多数人，有着那个时代所赋予的承受能力。我的父亲开始撑起这个烂摊子，这是无比艰难的事，他正在一点点地努力。

我现在回忆起 2003 年，十年前，那个冬天，我正住院在广州的南方医院，母亲陪我在医院里度过很长的一段时间。那时，在广州的弟弟已卖了自己的新房子，他与同事合住在单位的宿舍里，将钱寄给父亲。父亲也将自己在杭州浙大紫金港校区边上的近两百平米的房子卖掉。那是我们家最困难的时候。

父亲是在一个下着冬雨的傍晚，赶到温岭国际大酒店的。他去接待几个福建过来的苗木商。父亲到酒店的时候，客人还没有到。他坐在酒店的大堂里，听冬雨敲打着落地的玻璃窗，这场雨或许就是从春天一直下到现在。父亲在絮絮叨叨的雨声中，感觉前所未有的疲惫。这场雨或许就是协奏曲，听众只有父亲一人，父亲这样想着的时候，后面有人迟疑地敲敲他的后背，“你是，杨……？”

父亲一回头，看到一个六十岁的老头子。头发白了一半，牙齿好像已经掉了，脸颊整个地深陷进去。父亲不认识。他说，“我是姓杨，你是？”

那人一脸惊喜。父亲看他身边站着一个四十多岁的女人，看上去风韵犹存。又听那人继续执拗地问，“你读过楚门中学吗？”

楚门中学？1962年，父亲离开这所学校，他知道，整个中学时代，自己的名字都与那个叫张雪枫的人紧紧地联系在一起。这个下着冬雨的夜晚，父亲想起了张雪枫。人生的道理那么多，其实只有一条，谁都回不去从前了。

我父亲黯淡下来的眼神，并没有给对方造成丝毫打击。他满眼笑意，从内心透出来的喜悦，“杨宝林！”他叫道。这声音如同穿越了时光隧道而来，父亲顷刻被唤醒，那皮囊之中，有着实相，那是谁啊。我的落光了头发，被岁月折磨得身躯早已佝偻的父亲，如有神助，脱口而出：“张雪枫！”现在，所有的光阴寂静下来，一种明澈醇厚的情绪在滋长。我有时会想起那春天油菜花的娇黄，那么嫩，那么温暖，冲着时光挥手，这样的下着冷雨的冬夜，油菜花是不是一定也会开呢。

5

就这样，在酒店一楼最大的包厢，热气腾腾地上来一桌的菜。清蒸膏蟹，油焖基围虾，红烧带鱼，家烧东海野生小黄鱼，蒜茸蒸鲜鲍，家常绿豆面汤，红糖麻糍，当然还有包好的食饼筒……这是浙东沿海最好吃的食物。该上的菜也都上来了。

酒呢？酒！父亲在丰盛的酒桌上，开始惦记他这么多年来热爱的东西。

都四十年了。我的父亲，以“杨两箱”的酒量，居然没有跟他的兄弟张雪枫一起喝过一杯酒，这不是遗憾是什么。此时，我的父亲早就忘记了他到温岭国际大酒店是为了接待福建的苗木商。他这样冷雨天过来，屏住了岁月所有的呼吸，如果不是与他的兄弟张雪枫相遇，你说还能有什么事情呢？

两人喝起了黄酒。太雕酒。那个四十多岁的被张雪枫称作“小樱”的女人始终含着笑坐在边上，默默地听着他们说话。父亲隐隐地觉得小樱与张雪枫是有什么关系的。但他也不便多问。她是一个让人感觉很舒服的女人，体贴，让人放松。

橙黄的酒倒入玻璃杯，看上去醇厚丰满，此时，没有比对饮更爽朗肆意了。

久别重逢，要说的太多，又不知从何说起。如果我问你，什么是人生。你可能回答说，说来话长。是的。四十岁的人的故事已经很长，每个人都得花上抽一整支雪茄的时间才能讲得完，六十岁，那么六十岁呢……

现在我们让回忆删繁就简，有时候就像冬天的树一样简洁。这么多年过来，其实不过是一瞬间的事情。结婚生子，人生大事完成后，还能做些什么呢？1962年，张雪枫与我的父亲一起休学后，他返乡务农，八十年代初期，他开始做起生意，卖过绿豆芽、嵌糕，后来创办了一个电机厂。我的父亲则出海捕鱼，后来到学校当民办教师。两个人的轨迹截然不同，命运却总会设计一个交叉点。

“我结婚时，给你寄过一封信，可是没有音讯。”父亲说。

“我办喜酒时，总是想起你说的食饼筒……”张雪枫也寄了请柬给我父亲，一样的境遇，也是杳无音讯。

这些都是题外话。这个夜晚的酒，潜入内心，相互舐舔伤口，慰妥了所有别离的日子。千山万水，原来还能相见。父亲瞬间觉得这是命运对他的最大的礼遇。他终究不必听到“如今是，知音已绝”，黯然神伤。我父亲开始断定自己做绿化项目，即将要亏空几百万，命中注定也是为了能见到张雪枫。如果真是这样，命运真的是美妙的家伙啊。

酒桌上，食饼筒一个个娇小地盛在白色的瓷碗里，家烧东海野生小黄鱼也已凉了。可是，这又有什么呢。冷雨敲击着落地玻璃窗，酒杯却盛满了遗失了的时光，温暖的灯光掩映下，分明是一片花光容色。

6

其实，我对张雪枫叔叔的了解，都在父亲的叙述里完成。我只知道他办了很大的企业，他有两个儿子两个女儿。父亲最困难时候的资金周转，全是张雪枫叔叔掏出来帮助他的。我所知道的也仅此而已。

现在，回到2013年阴历十月半的这个夜晚，父亲丢了手机，他嚎啕大哭，我心慌意乱，我从来没有见过父亲如此无助过，我说：爸，天亮了我们就买新手机去，那个旧的早就可以丢掉了。

我的父亲说：我再也找不到张雪枫了。

我开始断定，父亲与张雪枫之间的事情，绝不只是我开头想的那么简单。

现在我知道，那是2007年的事了。那年的秋天，杭州的桂花开得极好，满城飘香。那个下午，父亲跟着张雪枫，穿过歪歪斜斜的弄堂。这是位于杭州江干区的一个小区。小区看上去已经古旧，墙壁也有点斑驳。

张雪枫低垂着头，心事重重。父亲看着他的兄弟瘦弱衰老的身体在空荡荡的衣服里摇晃，一时无语。

父亲跟着进到二楼，房门打开，这是一个八十平方左右的居室。朴素，舒适。小小的阳台种着天竺葵、金盏菊、仙客来、蝴蝶兰、百合……花儿深深浅浅地开着，仿佛置身于一个花坞。下午的阳光经叶隙穿入，是金色的。又有着隐隐的花香，这是一种舒适的甜香，让人沉醉。白色的纱窗被风拂过，如同起了一层层的薄雾。

父亲就在薄雾与花香中见到了这幢房子的女主人。她有着被阳光晒暖了的桃子般的脸。她是小樱。她身边还站着一个小女孩，七八岁模样，乖巧地看着我的父亲。那眉眼，像极了张雪枫。这是父亲已经知道的事。

你得承认，每一个人的生活里都会有许多复杂的滋润人心的爱情。

她并非为了他的资产。当初，他的企业刚刚开始创业，她是杭州一家机电厂的业务员，是她把大半的业务给了他，才让他从白手起家到逐渐做大。她如今已经四十九岁了。从她二十五岁认识他的时候，他们就在一起。她为他生下一个女儿，她这样年龄的女人，如果不是因为爱情，谁愿意再生一个孩子呢。

那个下午，小樱正在做食饼筒。她这样一个曼妙的城里的女人，正在用青绿色的叶子，煮熟捣烂后与小麦粉、糯米粉搀和，再用擀面杖擀成薄薄的大饼，放在平底锅里烙。父亲看到她桌上盛放着的米粉、猪肉、豆腐干、洋葱、绿豆芽、带鱼，一看，食饼筒的食材基本都具备了。那是父亲爱吃的食饼筒。她如此用心地做那么繁琐复杂的食饼筒，我父亲的心头，似乎被什么东西堵住。

现在看来，小樱终究只是一个半存在的女人。就如勃纳尔的作品，那个在床上瞌睡的女人，画面有着丝绸般的光泽，当我们试图继续凝视，女人开始消失——此刻，她的存在显得模糊。她或许就是这样的女人吧。她真实的物理存在最终变得无法定义，因为，此时，张雪枫已别无选择。

小樱早就知道。事实上，从 2007 年的春天，张雪枫与小樱的事情被妻子发现后，两人就很难见面了。妻子的恼怒与愤懑可想而知。这么多年，她辛苦支撑着这个家，如今，张雪枫都是做爷爷的人了，居然还弄出这样荒唐的事，而且，还瞒了自己这么多年。妻子对他说：那种女人，就像是青楼上的，亲热一下也就完了，明天再看也就那么回事了，怎么会如此寻死觅活地爱还生出个后代呢。

此后，她迅速控制了他的资产，将资产逐渐转移到荷兰，并且办理了全家人去荷兰的护照。她的哥哥据说是荷兰议会的议员。这是我父亲的说法。妻子对他说：给那个女人两百万，你还有四个孩子。要不你就身无分文，妻离子散。你自己看吧。

在江干区的这个八十平方的民居里，小樱说：张雪枫，我知道你的难处。我不会怪你的。我也不会要你一分钱。

她那样的平静。

我对父亲说，怎么可能？他们还有一个女儿。

父亲说：谁知道呢。两百万一开始她也不要，后来张雪枫说，这不是给你的，是给我女儿的。她这才红了眼眶。

7

谁愿意在头发花白的年龄，背井离乡。

2007年的那个秋日，我的父亲始终神情恍惚。他的精神似乎游离出来。他想起那个老城门头的夜晚，他与张雪枫一人一碗山粉面，他们不知道那样一别就是四十一年。如今，他们都是六十多岁的人了。

2007年，我正在浙江省委政研室挂职。那天，父亲来看我。他总是行色匆匆。那天，我也没有见父亲如何心神不定，我当然也不知道他的内心正在哭泣。

其实在这之前，父亲也不知道他们兄弟一场，会最终道别。张雪枫和小樱的事情被妻子发现后，张雪枫带着我的父亲，到了江西。那是一个叫桃源山庄的楼盘，一套房子五十万。张雪枫对我父亲说：你把身份证给我。父亲说，做什么。张雪枫说，我想送你一套房子。你以后可以卖掉，当作你养老的钱。这样我就放心了。

父亲死活不同意。他不知道他的兄弟张雪枫所说的“这样我就放心了”，意味深长。

江西回来后，张雪枫迅速往父亲的银行账户里转入二十万元。对于父亲来说，这是绿化项目之后，他拮据生活的一笔巨款。

父亲说，我会还你的。

现在我能够肯定的是，我父亲确实是这样想的。

但是，张雪枫说：你收下。他说：这是给你留着养老的钱。这样我就放心了。

他再一次地提到“这样我就放心了”，我的父亲开始疑虑。

事实上，在江西，父亲看着他突然消瘦得不成样子，父亲说：你有什么难处，你尽管说，我一定会帮你。这句话如此熟悉，那是楚门的一个废弃的寺庙的大殿里，父亲觉得他欲言又止，父亲说：你有什么难处，你尽管说，我一定会帮你。现在，父亲再次这样说的时候，他叫着我父亲的名字说：宝林，我的好兄弟，我这是心病，这次谁也不能帮我了。

父亲与张雪枫的最后一次联系，是在2007年除夕。其实这以后，他的号码就再也拨打不通。2007年的除夕，外面飘起雪花，父亲是在春节联欢晚会和一片鞭炮的喧嚣声中接到他的兄弟张雪枫从荷兰打来的国际长途的。

张雪枫的声音很苍老，有点沙哑。父亲努力地听清楚他说的话。他说：我生病了，我回不来了。

我的父亲头嗡的一声，他心头的一个地方正在撕裂。

他说：兄弟啊，你回来，我还欠你钱啊。

他说：你不要这样说。这些钱，都抵不过那五角钱，我们在老城门头，一人一碗山粉面。

事情讲到这里，似乎可以结束了。从我父亲那个年代过来的人，大多这样一路风雨，所以才会期望结局皆大欢喜，对得住天色渐暗，晚钟将鸣。

关于点心的一些记忆

有亲戚读了几年洋书回来，对中国传统的节日一脸不屑。他说，中国的节日嘛，什么清明、端午、中秋、冬至，无非就是想方设法为自己找点吃的，不像西方，节日是有宗教意义的。我自知寡陋，但也明白民以食为天，吃的还是重要的。而西方的节日，难道就能离开吃？举个例子，所谓感恩节，传统主菜不就是把火鸡肚子里塞上各种调料和拌好的食品，然后整只烤出一群人围着吃吗？还有那著名的圣诞节，不是也离不开火鸡那玩意吗？只是饮食单调与乏味，可窥一斑。实在不必从宗教上去炫耀。

我想他可能缺少一个能管住他胃口的母亲，才会如此地不屑自己国土的饮食。

我幸运的是，有一个热衷鼓捣饮食的母亲大人，因而对过与吃相关的节日，总是非常地热衷。毕竟，那么多吃的东西，让人无法割舍。冬至的时候，母亲做冬至米团，外面还裹了一层黄豆炒粉，实在是香甜。或者吃麦油子，面粉烙成的圆圆的薄饼，放了炒面、蔬菜，然后把它包成一个长长的卷筒，放在嘴里，如同吹响战斗的号角。尽管从天文学角度说，冬至过后北半球的大部分地区将进入一年中最寒冷的时间，但有那么些好吃的东西作铺垫，冬至实在是个想起来就让人觉得温暖的节日。

我的母亲有个奇怪的特点，就是不喜吃米饭，我想在她的概念中，她认为她不喜欢的我们肯定也是不喜的。故总是想方设法变着花样做些点心给我们吃。但她那样做的唯一缺点是，自从懂得点心比米饭要赏心悦目以后，我就从来没有好好地吃过一碗饭。

母亲比较擅长的就是做粉食类的点心。做松糕时，米粉在前一天就要按照糯米粉江米粉多少的比例配制好，到做的那天，她把米粉倒在一个屉子上，先是很薄的一层米粉，撒上一层薄的红糖，然后再撒上米粉，加上桂花红枣等配料，再用刀在上面纵横四海地画出细细的一道道的长线条，吃的时候按照线条来取，方便。蒸松糕是个漫长的时间，通常等热气整个模糊了厨房，在氤氲的气氛中，母亲的笑便绽放开来，和着松糕那白白的米粉、金黄的桂花、红红的枣子、嫩绿色的切成丝状的冬瓜糖，橘黄色的金旦片，组合成了一幅美丽的图画。我时常讶异母亲的才干，站在厨房里，伸手又止，实在不忍破坏这简直完美的松糕。如今想想也觉得好笑，对母亲来说，要是没人吃，岂不更伤心？

在清明与冬至两个节日，母亲对于展示自己的做米团技术尤为热情。清明的时候，母亲往往到山上摘青，“青”，是一种可以食用的东西，是不是就是马兰头呢？或者，如周作人所说的日本称作“御形”，与荠菜同为春天的七草之一，也采来做点心用，状如艾饺，名曰“草饼”的鼠曲草？我真不懂。记得母亲在糯米粉中加入摘回的靛绿色“青”，一揉一捏，便成了清明节的米团子。当然里面不是实心的，周作人曾经在对南北点心的大考证中，说明北方的点心是常食的性质，南方的则是闲食。他说，“北京人家做饺子馄饨面总是十分茁实，馅决不考究，面用芝麻酱拌，最好也只是炸酱；馒头全是实心。本来是代饭用的，只要吃饱就好，所以并不求精”。而母亲的清明米团，应该是甚为求精了。里面通常有两种馅料。一种是母亲自己做的豆沙，这适合爱吃甜食的人，譬如母亲自己。还有一种是炒熟了的切得细细的香菇丝、肉丝、萝卜丝的馅，有时还会加一些没有刺或剔除了刺的鱼肉，让馅的味道极为鲜美。放入蒸笼之前，母亲还要用家乡特有的文旦树的新鲜叶子垫底，然后把米团一个个地放到文旦叶子上，这样蒸熟后色泽碧绿，又带有文旦叶子特有的清香，照我的观点，闻起来的味道实在是比吃起来更好了。

我时常会想起有一年的冬至。那天，我们这个暧昧的南方难得下了一场通透的大雪，下午的时候，我跟母亲打了个电话说不回家了。母亲的声音是平静的，没有失望，只是轻轻地说了声，“哦。”那个声音，不知为何让我很不安。后来，在风雪中我还是带了两个慕名母亲所做的冬至米团的朋友回家了。这样做的主要目的是想给母亲一个惊喜，没想到一推门，母亲与父亲正各自端了一碗面，冷冷清清地在吃。因为根本不知我回家，母亲与父亲的冬至节，是寂寞的。

寂寞的还有那些炒好的黄豆粉，揉好的糯米粉、切好的蔬菜，它们都一样地，在厨房里，等待。

月圆之夜

今年的中秋夜，从外面返回，来到丹桂飘香的院落，与家人团聚。

已是晚上八点多了，小桌子早已搬到了种着花花草草的露台上，头上一轮皓月，空中不时飘过孔明灯，夜空有了几抹暖色。

桌子上已经摆上了月饼、西瓜、葡萄、鸡爪、枣子、石榴、瓜子，当然还有普洱，甚至还有，鱼干、虾干。我知道今晚的任务很重，在“月上柳梢头，人约黄昏后”与“明月几时有，把酒问青天”之间，我毫不犹豫地选择了后者。这样就意味着，如果没有酒，我得举着我的普洱茶杯，肚子撑得老饱，却偏还要深情地凝望夜空许久，而不是拥着良人，投以情意绵绵的目光。

突然想起王菲，这样的夜晚，她会否低吟浅唱《明月几时有》？而苏轼，那么个旷达超迈之人，一轮皎月下，也不由叹曰，人生如梦，一樽还酹江月。似乎，年岁渐长，许多前人的感慨，到我们这里，总会渐渐得到应和。那些曾经以为会念念不忘的时光的碎影，总会慢慢地，被遗忘。

今晚的秋意已经很浓，凉风起处，有桂香盈袖，幽幽沁人。郁达夫的南国之秋，比如二十四桥的明月，钱塘江的秋潮，普陀山的凉雾，荔枝湾的残荷，色彩不浓，回味不永，大抵就这况味了。

这个晚上，女友一家正在普陀，发来短信说，我们卤鸭红酒都带了，却少了一样，你猜是什么？

想她听晨钟暮鼓，梵音袅袅，夜色中又举家踏浪百步沙，楼台近水细品明月清风，定然彻然顿悟，此缺失之物，莫非是暗喻人生另一种佛学境界？正得意中，准备发条短信，她等不及了，又一条短信轰然先至：月饼！

不由掩面而笑。再哲学，再人生，再抒情，再感慨，今晚，也抵不过麦士轩家的老婆饼。

然而，博尔赫斯说：那金灿的地方实在凄凉。高悬夜空的月亮，并不是当年亚当见到过的情景。人们无数世纪的凝注使它积满了泪水。看吧，它就是你的明镜。

松尾芭蕉也有首写月亮的俳句：望着十五夜的明月，终夜只绕着池走。

诗人总是如此，善感，拨动人类最脆弱的神经，然后，转身离去。剩下你，举杯邀明月，对影成三人。

阿菲有首歌，或许也可以唱给今晚的月亮：用一朵花开的时间，你在我旁边，只打了个照面。

温情无比。又惆怅无比。

那么，在这个最值得享乐的夜晚，我还是在我的不合时宜的无袖的白色布裙外面，披上一条薄薄的毯子吧。然后举起一杯热茶，抬起头，月亮还在，依然那么亮，那么圆，心里很踏实，继续喝。

而有些声音，这样的时候，也会突然穿过某个瞬间，静静地，来到你的眼前。

月到中秋分外明，能亮过我们曾经见遇过的吗？

无声无息，又无处不在。这就是，流年。

只是，林语堂老先生世事洞明，他或许会叼着个烟斗，笑着说：那时的温和，如我烟上的红灰，只是一股熏熟的温香罢了。

有限的完美

四月份，我去了四川。在海拔 3500 米左右的川西高原上，和女友凌晨五点起来，沿着公路步行。其时，山村尚在酣眠，四周一片昏暗，没有月光，也没有点点繁星。我们拿着相机，一路走过去，看着曙光从遥远的天际一点点晕染开来，天边的雪山渐渐被映成柔和的橙色；寂冷的原野，薄纱似的笼上了一层淡淡的黄。而与阳光同时渗入我心的，还有一些我无法形容的东西。

似乎突然理解了加缪，他在广阔的维琴察平原，万般感受都融成一体。离去后，他觉得自己似乎还在那里，每每想起，迷迭香的香气又再度飘来。

在这个荼靡花事了的季节，我又想起了川西高原的黎明。空旷辽远的天空、白雪皑皑的群山、小村庄袅袅的炊烟、黎明中沉默穿过马路的牦牛，枯干的树、结冰的水中泛着的天空的光亮，顿然凝神。

想想，那天真冷，手冻得不行，又红又肿，我们走了很长的路，也很多次地按下了快门。有种快乐，简单而明亮，许久不见。

其实，我现在，关于那个黎明，更多的，不过是怀念穿越在那个黎明的川西高原上的两个女子。当我们穷尽了生活中的种种可能，最后，才明白，生活其实熟悉而刻板，命运其实没有太多变数，一支箭往前射去，驱策我们继续前进的理念，无非就是：明天会更好。

然而，在那个寒冷的黎明，女友穿上此行所有御寒的衣服，拿着佳能的长镜头相机，像个勇士般，很是坚定地呼唤我：快走，往前面去，我们要看到太阳在雪山上升起。偶尔，公路上有卡车呼啸而过，打破了黎明的静寂。我跟在她后面，穿得像圆圆的皮球，连滚带爬，听得到自己喘息的声音，就这样，迎来了高原上的第一道曙光，它羞涩而温柔地冲破了灰蒙蒙的天空。

诺贝尔文学奖获得者帕斯说自己到印度任大使时，有个下午漫步一座小寺中，寺里空无一人。寺院的大理石墙壁刻有《古兰经》的经文，天空平静祥和，只有偶尔飞鸟越过，才会打破这静谧。他在那待了几个小时，直到夜幕低垂，一片万里无云的苍穹中显现天地悠悠的景象。

我们这辈子，能够有幸经历几次“有限的完

美”？我想说的是，年轻的时候，我们害怕生命终成固定的模式，事实上，值得害怕的不是生命终成模式，而是在庸常的日子里，再也缺乏激情，去寻找那些细微的变化，去填补，生命中无尽的，虚空。

刚翻开的这期《国家地理》杂志，里面有帕米尔高原的专题。在芳草萋萋，牛羊徜徉的帕米尔湿地，那些行走着的旅人，把馕扔在穿梭而过的小溪里，随水流到手边馕也泡软了，然后悠闲地坐着，就着雪水，吃着香甜的馕。

突然很想重回川西高原。如同，回到我散落多年的故乡。这个季节，那个荒凉的原野定然开满不知名的小花，星星点点。河流温润流过，远处雪山茫茫。

这种感觉，极其微妙。诚如初春时分，袁中道看西山一带，堆蓝设色，天然一幅米家墨色，忍不住写信邀请四弟五弟过来住阵子，因为那里：烟云供养，受用不尽也。

那等在季节中的容颜

“我打江南走过，那等在季节中的容颜如莲花的开落。”罗大佑的《错误》。这个下午偶尔听到，不由把玩歌词良久。

这是夏日的下午，似乎要下雨的样子。我喜欢这样的天气，可以找到穿着白色棉布睡裙，躺在床上整个下午看闲书听音乐的理由。窗边传来栀子花的香味。想起阿城的理论，每个城市都有它的味道：印度有个特别处是烧各种香的味道。美国加利福尼亚州南部，因为紫外线过于强烈，花不香，人好像住在电影里。日本是冷香型，竹林中有一种苦凉的草香气，尤其雨后。那么这个城市，应该也是冷香型吧，王者之香，清香阵阵而来，人也便软化在柔和的气息中。

这样的时候，听歌声缓缓而来，“我嗒嗒的马蹄是个美丽的错误，我不是归人是个过客”。于是，感觉自己有点发愣。他唱了我心里想的，那么，我只好安静下来继续听他唱了。

有时候，我们完全可以因为歌词喜欢上一首歌，甚而可以不讲旋律。有时，可能就是因为与这首歌邂逅的时间地点很符合我们的心境，便终究反复吟唱而忘却不了。

忘却不了的东西，又是那样的多。终究记得。阿城说：老了的标志，就是想吃小时候吃过的东西，因为蛋白酶退化到了最初的程度。

另一个就是觉得味道不如从前了，因为味蕾也退化了。

说来也是。年少的时候，老家的院子里有个捣年糕的石臼，每到年关的时候，就忙碌起来。祖父和伯伯将白米磨粉炊熟，蒸笼里那细密的糕粉便散发出诱人的甜香，然后放在石臼里捣腻，蒸熟的糕粉在石臼里翻滚时发出滋滋的妙响，再揉成米块，光滑糯腻的年糕就这样制作好了。如果碰上办喜事的人家，还要将刚捣成的糕团放在木雕成的模具内，印成各种图案，如龙、凤、双仙和合、状元等人物。我很怀念那刚捣出的又软又香的年糕黏在牙边的感觉。后来，在一个小镇教书，年关的时候，学校边上突然来了一个做年糕的糕班，做糕的人很多，浸好了糕米排着长队在等。做好的糕糯糯软软的，我和女友买了红糖，包在糕团里面，站在墙的角落吃，生怕被学生看到，又冷又不好意思。如今想想，倒未必好吃，但是，总有记忆的成分在，平添了几分香甜。

有次看林太乙的回忆文章，林太乙说到父亲在写书写到中午很热的时候，突然问母亲：“凤啊，怎么今年没萝卜糕？”想来萝卜糕是一种很精致很香甜可口的点心吧。亦或许是很一般的小点心。谁知道呢。它却能让林语堂先生似是不经意间记起，总有特别的因缘吧。我倒是很想吃，后来有次到厦门，吃饭时点了份萝卜糕，迟迟未上，因为有事又只得早离席，终于还是没有吃着。不知为何，想起林先生这句“凤啊，怎么今年没萝卜糕”，真是可爱之极，却也突觉怅惘，这种情绪很难言喻。

说起点心，老是忆起我过世的祖母做过的九层糕，桂花绿豆粉一层层地做成，蒸熟后，颜色是绿色透明的，一口咬下去，细细糯糯，融化在口中，唇齿间满是桂花的甜香。十几年了，中间也曾吃过许多次九层糕，却再也没有遇到过那样的好味道。应该不是我的味蕾退化了吧。

也会想起，这样的季节，曾有个人，在一个挂着草莓画片的厨房，满头大汗地包着粽子。那是用五花肉、香菇、花生米包成的粽子，包好后他把它们放在高压锅里煮。天气已经很热，我被邀请到这个小厨房的时候，他满头大汗，说，端午节，请你吃粽子。然后，无比紧张地打开锅盖。这时，我惊讶地看到一锅热气腾腾的咸糯米饭。绳子没有系紧，粽叶都已经散在米粒中，一半的翠绿。

时光总是如此。如今许多面容都已消失，若不是偶尔的内心的触动，他们再也无声无息。莲花开落，岁月无痕。用《法句经》的话，竟然是，“慧人闻道，心净欢然”。

时光在院子里下着无子的棋

很长一段时间，沉迷于许巍的摇滚，听着，想做一朵蓝莲花——心中那自由的世界，如此的清澈高远，盛开着永不凋零，蓝莲花……

我这样说给身边的人听，听的人当场讶异，差点吐了。没有人能懂我说话的意思，这让我觉得很疲倦。

据说蓝莲花并不是莲花，而是睡莲，埃及蓝睡莲。这对我来说并不重要。就如我喜欢在暮色时分，落叶中行走，针叶的味道浓烈，树叶沙沙作响，每年的秋季，我都一定要有这样的时刻，如同举行一种隆重的仪式。这件事对我来说，始终很重要。

可是，我分明是不注重仪式的人。就如我的婚礼。

记得那时，我还在学校教书。据说，那天是我结婚的日子。我当然深爱我的先生。但是，我烦极了仪式。

我磨磨蹭蹭起床，穿了家常的衣服，应该是一件灰色的外套，到了学校去上课。到了晚上，得去喝喜酒。是的。我不认为我是要去做新娘。我总觉得这一天，我与大家一样，我应该是去喝喜酒。

我这样想着的时候，四周寂静又喧哗。去酒店的路上，两旁的梧桐树，闪过日落时一点迷茫的光亮。路上的行人，踩着深秋的落叶，都走在自己的故事里。

我的脚步犹豫。街巷日久经年，晚霞显得变化无定。没有一片辽阔的郊野，可以隐没这最后的金焰。或许，能聆听到看不见的池塘，水波暗涌的声音。只是现在，我徒然地走在路上。

这是最漫长的一段路，其实步行只有十分钟。快到的时候，远远地，我看见我美丽的姐姐、堂姐、表姐们都站在酒店门口，她们无不焦虑地张望着……幸运的是，作为她们的妹妹，这一次，我终于没有偏离常人的轨道。

我的一生还有那样的时刻。三年前吧，感恩节那天，从单位二楼的楼梯往下走，距离地面还有四级台阶的样子，突然摔了下来。

周围沉默如谜，没有任何声音。这一瞬，或者说只有一秒钟，在时间的意味中，它微不足道。遗憾的是，这一秒钟在我的一生，突然很长。

我听到了风的声音。风从耳边掠过，空气中有许多混合的热情，这种感觉震动了我。我知道自己终将奔向一个方向，一切已经无可挽回。此刻，又有一种渺茫迷离的杏仁的香气，似是急不可耐地加入了风的行列，这种气息清奇沉静，诱惑着我直奔而去——于是，我听从了它们的召唤，迅速用自己的身体成功地丈量了单位一楼冰冷的水泥地面。

后来的情况当然很糟糕，脸部受伤，右手关节断裂，幸运的是，眼睛没有瞎。我的女友到医院来看我，她忧心忡忡，说，“你应该先去上海第九医院。”

九医是整形医院。

“可是，我手断了。”我说。

她很担忧地看着我，说，“不行，你得先去整形。”

我去了上海，是第六人民医院，那里的骨科据说是最好的。

这一生，去过许多次医院。这个手术并不大，无非是在断手里放上钢板。但它足足做了三个多小时。

手术前的麻醉很成功，身体动弹不了，大脑保持清醒。手术室里，白压压地围了许多人。应该是见习期的医生吧。全是酒精与消毒水的味道，钢与钳子，冰冷碰触的声音。我身上原本严严实实扣上的病号服，现在已经敞开，我这样睁开眼绝望地看到我的胸部，看到它们这样难堪地赤裸地与我一起躺在手术台上，这种无助感让我难过。我试图挣扎着用我的左手将衣服拉扯点过来，挡住它们，哪怕扯过来一点点。可是，我的手根本就动不了。

我躺在那里，犹如一个无形的影子，没有过去和现在，没有七情六欲，也没有生存过的几十年。我甚至已经无法用记忆把握住过去的岁月，青春，爱情，孩子，以及那些渴望与终将毁灭的东西。

此时我可怜的，放在尘埃也开不出花的，一点尊严，正在手术室里，廉价地，挣扎着。奇怪的是，我脑子里开始无比清晰地盘旋着一句诗：

> 时光在院子里下着无子的棋。

这个甚至不知谁写的诗句，穿透着风与尘埃而来。我的一生都被压缩成的这一无助难堪的瞬间，突然富有神性，意味深长。

我想我一定在某个平常的日子遇到它，读过它，陪伴过它，以致，在这个特殊的孤独无助的时候，它会前来，绵长相扣，在内心旷远的荒凉中，与我陪伴。

时光在院子里下着无子的棋。

时光在院子里下着无子的棋。

……

时光之门，篱笆做的，吱吱呀呀，就是这声音。

我觉得我这篇文章并未写完。

可是，篱笆已经打开，就此停笔吧。

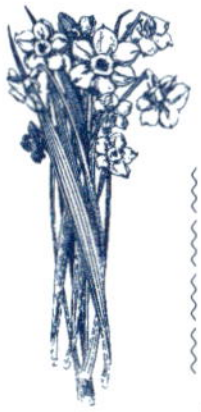

第二辑

写作的女人危险

写作的女人危险

文字是探险的工具

谈论“写作的女人”总归是有失谨慎。乔治·艾略特生就笨重的马脸，长鼻子，小眼睛，即便最伟大的弗吉尼亚·伍尔夫也一阵感慨，在她看来，乔治·艾略特的声望正在不可避免地下降，因为，男性批评家只要一想到乔治·艾略特的脸，“一定会心神不爽”。

弗吉尼亚·伍尔夫，二十世纪最伟大的作家之一，这位英国女性拥有一张无法挑剔的古典的面孔。看她那著名的侧面照，光洁的额头，鹅蛋形的脸，分明是拉菲尔前派绘画的杰出代表但丁·加百利·罗塞蒂笔下美艳惊世女人的化身。偏偏又睿智，诗意，这样的美不入俗眼。因而，每每她评点周围女性的长相之时，伍尔夫的朋友便说她：“伍尔夫总是美丽却不漂亮。”想必伍尔夫也有自己的烦恼处了。

当然，乔治·艾略特不会在意伍尔夫的话，她尽管相貌平凡，却毫不妨碍路易士（G.H.Lewis）对她的喜爱。这个男人已有妻室，两人之举，虽不见容于社会，却也挚爱弥坚。1878 年，路易士去世，两年后，艾略特的爱情再度来临，六十一岁的她与比她小二十岁的约翰·克劳斯（John Cross）步入婚姻的殿堂。同年十二月，艾略特病故，世人将其文学成就与狄更斯、萨克雷齐名，这一生充实丰富也算是离经叛道。

不可避免，女性写作，总会自然地带有一些女性特征，如女性特有的感觉、身体、空间、意识等，凭借天生细腻的观察力，将周围生活的微小线索累积起来。女性写作的生存与发展，既取决于对女性审美视角的深度开掘，也取决于对女性单一性别的不断超越。但是，写作的女人也往往被过度叙述，同时，也被审美价值赋予各种更为苛责的要求。

老实说，有谁会在乎终生被哮喘病折磨的普鲁斯特长什么样子，一部《追忆似水年华》就够人们敬慕了。就写作的女人而言，长相普通的世界推理小说三大宗师之一的阿加莎·克里斯蒂被人们称为“阿婆”，乔治·艾略特被称为“姑妈”已经是很客气的表述了。但是，我们也不能不注意到，当玛格丽特·杜拉斯年老，“有一天，在一处公共场所的大厅里”，有个男人走了过来，他说：“我觉得现在你比年轻的时候更美，那时你是年轻女人，与你那时的容貌相比，我更爱你现在备受摧残的面容。”（《情人》）此时，人们早就原谅了她中年后因嗜酒而扭曲残损的脸。如果可以，人们很愿意停留在《情人》中那个湄公河的轮渡上，静静地打量着那个十五岁半时的女孩：“茶褐色真丝裙衫，戴着一顶男式呢帽，梳着两条印第安人的长辫子，伫立在泥泞的河水的闪光之中，在渡船的甲板上孤零零一个人，臂肘支在船舷上……”

容貌对写作的女人而言，并非绝对重要。《简·爱》中的简身材矮小，相貌平常，分明就是夏洛蒂·勃朗特。而才华与美貌的结合，自古难全。写作的女子中，非得有弗朗索瓦兹·萨冈的令人痴迷的美貌，才引得法国总理拉法兰根据她作品的题目《一种微笑》，在她的悼词中称：

“弗朗索瓦兹·萨冈是一种微笑，忧郁的微笑，像谜一样的微笑，一种排遣的微笑，但也是快乐的微笑。”

如果这样的“微笑”放在《写在身体上》的当代作家珍妮特·温特森身上，这确实是一个尴尬的话题。但这一点也不妨碍珍妮特·温特森成为当代最好也是最有争议性的作家之一。她时常一袭黑衣黑裤，镶金的鞋尖略显朋克气味，神情冷峻。“我不是一个喜欢写作的同性恋，而是一个恰巧喜欢女人的作家。”温特森十六岁就爱上一个女孩，并为之离家出走。她在颇具自传色彩的小说《橘子不是唯一的水果》中记下一件童年往事：

> 有一次，我去买黑豌豆，快要回家时，有个老太婆突然抓住我的手。我还以为她要咬我呢。她看了看我的掌纹，笑了几声。“你永远不会结婚，”她说，“你不会，而且你将漂泊一生。”

至少到现在，这个预言还在生效。

确实，对于写作的女人，人们总是期待她的文字越是沉静，她本人越是摇曳生姿，旖旎美妙，让人无法抗拒。或者，深邃的思想，抑或温婉典雅，真情率性的文字的背后，浮现的都是类似萨福或者年轻时的安娜·阿赫玛托娃的面容，非同寻常的爱恨情仇，不同常人的生活方式，甚至流浪漂泊，也应该是如何的完美。

因为年代久远，人们对古希腊的女诗人萨福可谓知之甚少。但是，人们理所当然认为，萨福有着慑人之美。最为靠谱的证据就是，萨福自己的诗句：“周围的群星黯淡无光／而她的光华，铺满了咸的海洋和开着繁花的田野。”而且，既然留存世间的萨福的诗歌，大多以人的爱和欲望为主题，诗风优雅精致，性感香艳，那么，相传她五十五岁时为了一位英俊的青年男子殉情，跳海自杀，似乎也是人们为这位“抒情女诗人”设置的最好的归宿。

应该说，诗性的灵魂总会在人类心灵的深处绽放它自性的色彩，总有那么一种异样的美，在苍茫大地，散发出阵阵玫瑰的芬芳。当写作的女人记录自己满怀的深情，纵情的岁月，悲情的抉择之时，在我们心甘情愿的想象中，她的文字的魅惑，早已通过我们的感知，取代了她所有表象的东西，在文学史上留下一抹温柔绚丽的光亮。

事实上，大多才情四溢的女作家，长相普通平常，阿加莎·克里斯蒂、玛格丽特·尤瑟纳尔、多丽丝·莱辛、夏洛蒂·勃朗特、勃朗宁夫人……这样的名单后面还跟着很多。如果说，女性的文学写作实质上是突破沉默的言说和对个体自我的确认，意味着向男权中心地位的挑战，那么，她们通过写作来试图了解自己的做法，不单单是为了寻找个性，也是拒绝在男性统治的社会里自我毁灭的一部分。这些觉悟的女子，她们的文字无可避免地成了探险的工具。而她们，无论是拥有天生的美貌，还是长相庸常，如果她们的才情足以征服读者，无不例外地散发着致命诱惑。这种气息与生俱来，且与自己的作品一起发酵，沉郁，让人无法抵挡。

杨比玛格丽特·杜拉斯年轻近四十岁。当时，杜拉斯已经六十六岁了，杨二十七岁，是一个刚从哲学系毕业不久的大学生。住在冈城。他称自己被杜拉斯的作品深深吸引：“初次相遇就是《塔吉尼亚的小马群》。第一次读，第一次喜欢。后来，我抛开了一切，抛开了所有别的书，只读她的作品。我是一个真正的读者：我立即就爱上了她写的每一个字，每一个句子，每一本书。”之后，他抛开一切，来到她的生活中。这是她一生最后的情人。

生于 1889 年的安娜 · 阿赫玛托娃，在她五十六岁那年，二十世纪最杰出的自由思想家之一以塞亚 · 伯林仍为之倾倒。她早已没有了月光一般清澈的眼神，他比她小二十岁，他第一次见到她，两人一夜倾谈，伯林早晨回到住处，辗转反侧，翻来覆去只有这句话："我爱上了，我爱上了。"阿赫玛托娃则写了一首诗，里有一句："可是在现实生活中，你可听见／我怎样把活着的你呼唤。／我已经没有足够的力量，／关上你虚掩的门板。"

弗吉尼亚·伍尔夫的第二任丈夫伦纳德与其说是欣赏她的美丽，不如说是被她的文字深深吸引，从而仰慕她的超凡智慧。他曾给伍尔夫写了一封情书，堪称情书中的经典之作："我自私，嫉妒，残酷，好色，爱说谎而且或许更为糟糕。因此，我曾告诫自己永远不要结婚。这主要是因为，我想，我觉得和一个不如我的女人在一起……正因为你不是那种女性，就把这种危险无限地减少了。"

但是，伍尔夫的心理疾病落下的性恐惧和性冷淡，使伦纳德极为困扰。他们结婚第二年，伍尔夫因旧病复发，精神分裂，吞服安眠药企图自杀。伦纳德从此认命，他眼里，伍尔夫是"只可远观不可亵玩的智慧的童贞女"，他被她的智慧所吸引，迷恋她表述的文字，这桩基本无性的婚姻，继续了二十九年，他自此追求精神之爱——"她是个天才"，他给她足够的敬仰与照顾，就够了。

俄罗斯女诗人茨维塔耶娃终其一生都不曾见过里尔克。这是段因文字而吸引，因文字而生情的爱情。1926 年春天，三十四岁的茨维塔耶娃通过帕斯捷尔纳克的推荐和介绍，与诗人里尔克取得通信联系，距离里尔克身患白血病辞世，仅剩七个月时间。他们以热情的文字，无羁的情感与纯净的热望，妙不可言的诗性与爱情串起诗歌及精神生活的文本。里尔克被茨维塔耶娃的文字深深吸引，他致信茨维塔耶娃：“我所有的话语都骤然向你涌去，每个词都不愿落在后面。”“哦，我如果能像你阅读我那样地阅读你，该多好啊！”

而茨维塔耶娃的炽热与大胆，袒露的激情，更是难以想象。不可思议的是，他们火一般的恋情，也只停留在纸片上的亲吻和拥抱。茨维塔耶娃在致里尔克的信中说：“我不活在自己的唇上，吻了我的人将失去我。”并且她说明自己追求的是“无手之抚，无唇之吻”，只是，“请你别生气，今夜，我想和你睡在一起”。不过，“就是单纯地睡觉，再没有别的什么了”。

正如茨维塔耶娃所说的，这段爱情只活在言语中。当她的文字深深吸引里尔克的同时，她也被里尔克的文字所吸引。这是一种相同的气息，让她无力自拔。

在得知里尔克死讯后，茨维塔耶娃仍满怀深情地，写下最后一封情书：

“亲爱的，爱我吧，比所有人更强烈地，与所有人更不同地爱我吧。别生我的气，你应当习惯我，习惯这样的女人。”

精神的探寻是一场历险

1977 年情人节，女性日记小说家阿娜伊斯 · 宁去世，享年七十四岁。她死后，位于美国东部海岸的《纽约时报》和西部海岸的《洛杉矶时报》为这名杰出的女性作家刊发讣闻。让人惊愕的是，在《纽约时报》的讣闻中，她是银行家雨果的妻子，著名文学家亨利 · 米勒的情人。而在同一日的《洛杉矶时报》上，她则是鲁伯特 · 保罗的爱妻。

两桩婚姻，多重关系，真实与伪装，分裂的人格，这就是阿娜伊斯·宁。二十二年来，她的两个丈夫在分享着同一个妻子，浑不知觉。而阿娜伊斯也在这两个丈夫的婚姻中，练就了惊人的不可思议的平衡能力。她一生的情爱不止如此。《北回归线》的作者亨利·米勒始终是阿娜伊斯无可取代的情人。她的日记中还有声名显赫的名人——戈尔·维达、爱德蒙·威尔逊、杜鲁门·卡波特、理查德·莱特、萨尔瓦多·达利和超现实主义者安德烈·布雷顿等人的身影，也有艾伦迪、兰克等心理医生，更有寂寂无名之辈。在阿娜伊斯眼中，“不管什么爱情，我都无法抵抗，我的血液开始起舞，我的双腿张开”。

许多年来，人们以为自己读这些从1931年开始记录，直至1965年已经壮大到一百五十多集——打印累积一万五千多张的《阿娜伊斯·宁日记》，就意味着偷窥了她生活的全部。事实上，连她身边的男人都不知道她生活的真相。纪实与虚构，是阿娜伊斯日记中分裂的两面。在其中，我们看到的不仅仅是她的情爱，还有，心理分析和自我成长。她以真实的日记体，去书写谎言，为生活而艺术，还是为艺术而生活，让人怀疑阿娜伊斯·宁脆弱的内心世界以及缺失的道德力量。

无可置疑，每个写作的女人，都有着一种与正常性有点偏离的特质。她们生活在常规以外，游离于世界的规则之外，她们的存在，一往无前，直接袒露，勇敢傲然，放浪形骸，而又隐秘迷乱，充满漂泊与分裂。她们也付出了代价。

比阿娜伊斯早出生四十年的露·萨乐美，就是其中一个。作为“俄罗斯流亡贵族的掌上明珠、怀疑上帝的叛逆、才华横溢的作家、特立独行的女权主义者、不守妇道的出墙红杏、为尼采所深爱、受弗洛伊德赏识、与里尔克同居同游”（《在性与爱之间挣扎：萨乐美回忆录》）的女性，萨乐美的一生，充满传奇色彩，多少个伟大的人迷恋着她，却没有一个能够拥有全部的她。而爱过她的男人多半也没有幸福的结局，三位终身未娶（尼采、保尔·李、泽克曼），两位自杀身亡（保尔·李和陶斯克）。希尔·比耶尔也曾特别指出："萨乐美可以在精神上对一位天才全神贯注，却不能彻底与之融合。这或许是她生命中真正的悲剧。"她渴望从自己强烈的个性中解放出来，从而追求精神的绝对自由，却得不到拯救。从某种深层意义上说，萨乐美是一位未曾获救的女人。

我们习惯在写作的女人身上投射一种浪漫情愫，对她们身上发生的一次次美丽的邂逅报以宽容，甚至，更多的时候，我们会觉得她们的生活可以凌驾于一般道德之上——但是，这种貌似的宽容只不过是我们试图认同她们的作品的某种方式。

阿娜伊斯或许是吸收了奥托兰夫人的教训，后者是欧洲文艺事业的赞助者和支持者，她是众多艺术青年的导师和保护者，她这一生，活着似乎就是为了成就别人，以致她慷慨的女主人生活带来的巨大开支消耗她的财产，直至破产。阿娜伊斯与奥托兰夫人截然不同的是，每个路过阿娜伊斯生命的男人，都反让她汲取了他们生命中的营养，从而丰厚她自己的生命体验，而这些感受，在她的小说、日记中，得到了丰富的呈现。我们可以这样说，每个男人都是阿娜伊斯创作的"缪斯"，就连亨利·米勒，在她的一生中，也只是充当了这样的角色。也有人认为，阿娜伊斯此生最大的成功，并不是她视为至宝的日记，而是拥有亨利·米勒这样的在文学之路上给她重要影响的情人。确实，正因为这段情感经历，她的笔触从纯粹的私生活转移到了更深层的精神世界，同时也向我们展示了一个丰富饱满的艺术时代与她对精神领域的探索。不无道理。

如果探究一下西方女性写作的发展轨迹，我们会发现，无论是西蒙·波伏娃、乔治·桑，还是玛格丽特·杜拉斯，都是从自身潋滟而又琐碎的生命体验中，溶溶漾漾地去寻找精神自由的绝对境界。因为迷惑、情欲、感慨以及孤独，她们终其一生地挣扎，飞蛾扑火。对于她们来说，觉悟的人生，无疑是一场历险。

作为贯穿十九世纪西方文化史的女性，乔治·桑就是如此。她的女性情怀与宽阔胸襟，脂粉与书卷，在历史长河中，成为宏大的叙事中最华丽的篇章，备受赞誉，而又惊世骇俗，引发争议。应该说，对比她的文学作品，有过一次失败婚姻的乔治·桑的爱情生活更成为人们关注的焦点。在离巴黎数百公里远的诺昂庄园中，缪塞、肖邦、巴尔扎克、福楼拜、雨果、李斯特、屠格涅夫、小仲马等都是她家的座上嘉宾。这其中许多人与她过往从密。龚古尔兄弟称，“她以一种冷血的姿态来描写她的情人们，而他们几乎都跟她上过床。”而她与大文学家缪塞的艳事，与音乐大师肖邦长达十余年的同居生活，成为十九世纪法兰西的谈资之一。

我们发现，许多人在描述1840年到1845年间的肖邦时，都将其描绘成一个病魔缠身的人，备受一个欲壑难填的荡妇折磨。事实上，肖邦严重的肺结核病根本无法过正常的性生活。很多年后，1847年5月12日，他们感情走到终了的那一年，乔治·桑写信给他们共同的朋友阿尔贝·克齐马拉，表示了自己的委屈：“我如处女那样，和肖邦及其他人生活在一起。已经七年了。……我认为你是知道内情的。”可是，知道了又怎么样？她1804年出生，七十二岁去世，像她这样感情丰富的女性，没能在婚姻中得到爱情、温柔和满足，却用多角的、激情的情爱，成为西方文化史的缪斯，而她自己，也以旺盛的创造力，为后人留下244部作品，100卷以上的文艺作品、20卷的

回忆录《我的一生》以及大量书简和政论文章。但是，她从来没有遇上一个完全征服她的男人。不论是缪塞曾经的强烈的情欲驱使，还是与肖邦精神上的默契，这些男人都没有足够的力量能够让她停留，她内心的苦痛可想而知。

应该说，女性主义是一个标志性的概念，在自我和他者的关系上，不再单纯从政治、经济和生理的差异上，而是从更广阔的角度生成两性之间的关系。法国哲学家爱尔维修说，所有的观念都来自感觉，而感觉与欲望相关，欲望是服侍某些感觉所获得的快乐之回忆。那么情欲呢？这则是持久的欲望，其强度则依记忆或预期的痛苦和快乐所定。同时，受启蒙运动及浪漫主义影响，在人们看来，性、欲望能得到绝对超越，并能升华为爱情。这是对爱与欲望的探寻，同时也是对爱的自由的探索，更是对精神自由的一种探索。我们可以看到，从十八世纪的斯达尔夫人、十九世纪的乔治·桑，到二十世纪的波伏娃，她们强烈的爱欲与绚烂的爱情无不例外地向文学艺术生成。这是文化传统使然，更是女性自由精神迸发的结果。

不可否认，爱与欲望，历来是女性写作探讨的一个重要话题。大多写作的女人，色彩斑斓的情爱，才是她们创作的底色。然而，正如斯宾诺莎所言，“欲望是人的本质。”对欲望本质的深谙，本来就是危险之旅。当玛格丽特·杜拉斯声称，“如果我不是一个作家，会是个妓女”，那么，对爱情、欲望和激情的渴望，似乎注定玛格丽特·杜拉斯一生情感路上的所有探寻，只为成全她七十岁时创作的一生的巅峰之作《情人》。“每当我有欲望，就有爱情。”杜拉斯的魅惑就在于，当她讲述一份爱情如何持续、衰竭，欲罢不能，又怎样被呈明，被召唤时，读者往往能跟随她游离在她笔下汹涌的欲望之中。人被欲望挟裹时，对爱的追求伴随着新的绝望，而让读者彻入骨髓的爱的绝望不是幻灭，而是得到了永生。

谁能与写作的女人相爱？很少有人既欣赏罂粟花的绝美，也能贴心地信赖她，懂得她的好。

但是，不论在哪个时代，这些写作的女人都是奇特而吸引人的。当她们的内心在破碎与孤寂中升腾起一种强大的力量，无疑，这些写作的女人同时也拥有了无限宽广的隐秘的空间与精神上的绝对自由。只是，当她们作为一个身体力行的写作者，我们不禁感叹，写作的女人，活得危险。

写作的女人与向死而生

1836年，夏洛蒂·勃朗特二十岁，她大着胆子把自己的几首短诗寄给当时的桂冠诗人骚塞请他指教。然而，得到的却是这位大诗人的一顿训斥。骚塞在回信中毫不客气地对她说："文学——不是妇女的事业，也不应该是妇女的事业。"

这是封有名的回信。事实上，只要打开生于1661年的温澈西夫人的诗集，就会看出这是一个普遍的答案，我们也能看到温澈西夫人对写作的女人地位的愤愤不平：

唉，一个尝试写作的女人，
被人认为是这么狂妄的东西，
以致再没有美德能赎回这个过错。
他们说我们错认了性别和为人之道；
礼貌、时髦、跳舞、衣着、游玩，
才是我们应学的才艺；
写作、看书、思想、发问，
会遮蔽我们的美貌，靡费我们的时间，
而且阻挡我们青春时代的获得，
至于卑贱的家务管理，
有人认为是我们最高的艺术和用途。

在传统美学和男性文化的双重权力中心支配下，无论如何有才华，身为女性，就必须要奉献和牺牲。连大文豪巴尔扎克都认为，"女人的命运和她唯一的荣耀是赢得男人的心……她是一份动产，确切地说，只是男人的附属品。"写作的女人的艰难可想而知。女性必须照顾家庭、孩子，且举一生之力支持男性，适当时候还要为男性鼓掌，似乎只有这样，才是女性活着的所有价值。而且，一旦她开始写作，就注定既要背负沉重的历史与社会责任，同时必须承担着她的家庭责任。“如果说女人是世俗的、平庸的、基本上是功利主义的，那是因为她被迫把自己的生存奉献给做饭和洗尿布，她无法取得一种崇高感！”——西蒙·波伏娃在《第二性》中对此也早有论述。

很少有女人能在完满的婚姻生活中将欲望化为叙事，并呈现其思想的深度与力度。弗吉尼亚·伍尔夫是个例外。用她日记中的一段文字：“要是我嫁给利顿，我肯定写不出任何书。不久前晚餐时我作如是思想。他限制和约束人的方式怪异，伦纳德可能更严厉，但他善于激励人。与他在一起，存在着各种可能性。利顿是温和消沉的，就像一片秋天的湿树叶，孤零零的已过壮年。”世上有几个伦纳德，能给弗吉尼亚·伍尔夫们以“存在”的“各种可能性”。大多情况下，处在婚姻中的女人，如西方思想家舍勒所说，婚姻不可避免地会妨碍她们的精神“从周遭结构的铁钳中挣脱出来，成为投向世界大全本身的自由目光”。

当阿娜伊斯·宁必须在两桩婚姻中寻找自己文字与激情的出口；西蒙·波伏娃与存在主义鼻祖萨特终身相依，却未走向婚姻，两人签订协议，其中约法三章：云游四海，多配偶制，一切透明。这份契约当时为期两年，遵守则合，违约则离，却履行了一辈子。与西蒙·波伏娃、汉娜·阿伦特并称为西方当代最重要的女知识分子的苏珊·桑塔格，十七岁时，遇到了二十八岁的社会学家菲利普·里夫，十天后，两人闪电结婚。二十六岁，她离婚，携带了“七十美元、两只皮箱、七岁儿子”来到纽约，再也没有步入婚姻。我们不能不说，完美的婚姻与写作的女人始终是矛盾的存在体。稳定的婚姻生活往往会削弱了女性思想与表达的欲望，钝化女性的复杂感受。同时，完满的婚姻也是女人安身立命的温床，其中稳妥的生活方式以及伦理标准，则让女人失去了对思想内核的探寻。

然而，这些写作的女子，一方面，文学和艺术更让她们接近精神的内核，而另一面，琐碎的日常生活与忙碌的家务操持，让她们无法找到自己创作的欲望与生活中多种矛盾的平衡。于是，终其一生，她们向往婚姻生活带来的世俗的圆满，但她们往往没有了婚姻。

这些文学艺术领域的杰出人物，都因自己的超凡才能而付出巨大代价，此后，她们也大多面临共同的生存困境：精神折磨、贫困、对抗常规、受教育权被剥夺、为世人指责或唾弃、早逝、疾病、吸毒、酗酒或被送入疯人院。

1995 年 9 月，孤独终老的七十五岁的张爱玲被人在洛杉矶西木区的公寓里发现已经离世，时值中秋。死时身边竟无一人。她身穿一件磨破衣领的赫红色旗袍蜷在地板上。这是她最后的姿势。比起勃朗特三姐妹，张爱玲也算寿到终寝。勃朗特三姐妹中，最长寿的夏洛蒂三十九岁去世，这年她刚刚出嫁，生病去世时还怀有身孕；单身的艾米莉仅活到三十岁，小妹安妮去世时也仅二十九岁。写作的女人，很少高寿，这亦是不争的事实。

萧红以一部《呼兰河传》立世，可惜她三十一岁因病去世，结束了颠沛流离的生命。有着“明治紫式部”之称的女作家樋口一叶，留下令人萦怀难忘的文学芳香，死时年仅二十四岁。世称与莎士比亚齐名的简·奥斯汀去世时才四十一岁。《心是孤独的猎手》的作者卡森·麦卡勒斯则五十岁去世，她十五岁时患风湿热，勤勉的写作加速毁掉了她的健康，之后，她经历了三次中风，二十九岁时瘫痪，一生备受病痛折磨和家庭暴力的困扰。

艾米莉·勃朗特倘能活到更长时间，她或许会给世人更多的惊喜。我无法否定我读《呼啸山庄》的震撼，当她以寥寥几笔点明的一张脸后面的精神世界，并将她自己繁盛强大的生命关注以及对人性的思索灌注到作品之中，这是一种发自女性内在的创作的力量，让人充满敬意。如小说中面对死者，内心迸发的一段话：

> 我看到了一种无论人间或地狱都无法破坏的安息，我感觉到了对那无穷无尽、无形无影的来世的一种信心——他们已进入的永恒——在那里，生命无限地延续，爱情无限地和谐，欢乐无限地充溢。

可惜她只活了短短的三十岁，没有结婚，没有子嗣，除了工作以维持父亲这个穷困的家庭，还要承担全家繁重的家务劳动，洗衣服、烧菜、烤面包，晚上的一点余暇写作的时间，是对一天枯燥乏味的辛劳工作的一种解脱。试想，如果她有如同弗吉尼亚·伍尔夫所说的，一间自己的屋子，经济独立，生活上不受干扰，会不会更有利于她创作，去写她想写的东西，抑或，她会长寿些？

但是，同样一个问题，让我们矛盾与尴尬，那就是，如果她拥有这样的生活，她还能写出《呼啸山庄》吗？

在简·奥斯汀时代生活的十八世纪末十九世纪初，心爱的伴侣、体面的婚姻，差不多就是——作为没有社会话语权的女性，藉以掌控人生的唯一出路。当简·奥斯汀把一生大部分的时间都贡献给了琐碎的家事，小心翼翼地不让别人知道她在写小说，我们可想而知她内心的悲苦。“她躲在屋里写小说时，只要有人一推门，她就把稿子迅速藏起来”，“为了不让人发现，她使用很小的纸片，因为小纸片容易收藏，或者可以临时用一张吸墨纸盖住”。她的另一个哥哥亨利则在回忆录里写道：“要是她还在世，不管会给她带来多大的名声，她也不会把自己的名字署在作品上。”正因为这样，她发表第一部作品

《理智与情感》时，扉页上仅署名为“一位女士”。这个女人，她一生都和姐姐卡珊德拉（Cassandra）共用一间卧室，没有“一间自己的屋子”，尽管她写作，但是，她往往没有自己。

1941年3月28日，二十世纪最伟大的小说家之一，五十九岁的英国女作家弗吉尼亚·伍尔夫在自己衣服的口袋里装满了石头，投水自尽。

正如她生前的最后一部作品《幕间》所述，清凉的睡莲池旁，曾有一位妇人投水溺亡。——那是一片浓绿的水，其间有无数鱼儿“遨游在以自我为中心的世界里，闪着亮光”。

自杀前，她给丈夫伦纳德的遗言中写道，“我要说的是：我生活中的全部幸福都归功于你。我不能再毁掉你的生活了。我想，两个人不可能比我们一向更开心了。”

在此之前，她已有两次自杀的经验。她不爱旅行，不爱社交，也不热衷于恋爱，“参加宴会能把裙子穿反，烤面包能把戒指丢进去一起烤了”。穷其一生，她都与自己的幻觉斗争。写作加剧了她疯癫和幻听等精神分裂的症状，当精神分裂来袭，死亡使她免于再次受精神分裂和疯狂的折磨，这无疑是一种解脱。

茨维塔耶娃写死亡的诗并非如某些人所指责的那样，在歌颂死亡，沉迷于死亡之美当中。她笔下的死亡的诗带有一种历史感，是对自己的未来的一种信念。她坚定地相信，百年过后，她虽死犹生。“经历了整整的一百年啊，／我才最终迎来了你！”《致一百年以后的你》（1919）在自传中，茨维塔耶娃陈述道：

“我对生活中的一切都是在诀别时才喜爱，而不是与之相逢时；都是在分离时才喜爱，而不是与之相融时；都是偏爱死，而不是生。”

1941年8月，茨维塔耶娃经历了一生最不堪承受的精神和物质双重的危机。她期望在即将开设的作协食堂谋求一份洗碗工的工作。但是，这一申请遭到了作协领导的拒绝。8 月 31 日，绝望中的她自缢身亡。或许，只能用她自己的这一行诗作解释：她等待刀尖已经太久！

1963 年情人节的前夕，二十世纪最有影响力的诗人西尔维娅 · 普拉斯平静地为孩子们做好早餐，小心翼翼地、在自己两个幼童的小床里放上面包和奶，然后，封住了自己的门，开了煤气自杀。这是她经过艰难的四次自杀，最后一次拧开煤气在厨房自杀终于成功。如她所说，“死亡，是一种艺术，我令它更加精彩。”

为何这些才情四溢的女子，会迷恋死亡，就如同迷恋写作？当她们向死而生，写作串起了生存与死亡的纽带。正如西尔维娅 · 普拉斯所说，“写作是一种宗教行为。”选择了写作，也就意味着选择了一种信仰。这当中，必须忍受被排斥和抛弃的命运，忍受孤独、骄傲的心的不被理解，

以及忍受纷至沓来的妒忌与质疑。当她们无法释放内心的情绪，写作往往会加剧毁灭，而这种直抵内心的毁灭，却也成就了她们中的许多人在文学史上的璀璨地位。

艰辛而百感交集的旅程

大凡写作的女人，总是将写作的起点建立在对传统经典文本的解构与重建上，关注女性的内心与生存状态。这些女子，无法屈从生活，只有毁灭。而另一些女子，她们无法湮没在尘埃之中，于是就扎根大地，在艰辛中顽强绽放。安娜·阿赫玛托娃就是后者。

一个世纪了，读安娜·阿赫玛托娃（1889—1966）作于1911年的献给普希金的诗句，我仍有头皮发麻的感觉：

> 黝黑的少年在林荫道上徘徊，／漫步湖畔，愁肠百结，／一个世纪了，我们还在怀念／那窸窸窣窣的脚步声。
>
> 刺人的松针绵密地／铺满低矮的树墩，／这里放过他的三角帽，／一卷破旧的帕尔尼诗集。

阿赫玛托娃经历了三段失败的婚姻，她的一生与许多人有过亲密关系，她非贤妻，也非慈母。1910年，阿赫玛托娃与第一任丈夫古米廖夫相识六年后结婚，对方曾为了娶她而四次自杀未遂。婚后，彼此都发现，两个诗人的结合却是荒谬的。1918年12月，离婚后的阿赫玛托娃嫁给考古学教授希列伊科，很快发现，这是一个“悲惨的误会”，希列伊科需要的是一个妻子，而不是诗人。阿赫玛托娃与第三任丈夫艺术史家普宁，是一段长达十三年的“不忠”之恋。两人结婚时，普宁并未离婚。阿赫玛托娃则与他签订了一份婚约：“我同意尼·尼·普宁与别的女人生孩子。”这是一段畸形的感情，普宁风流成性，阿赫玛托娃的激情更为奔放，不时会有或精神或肉体的红杏出墙。直到1938年，她还未离开普宁，这样的生活碾碎了她的精神。这时候的阿赫玛托娃像个普通而认命的女人：“这就是我的生命，我的传说。有谁能拒绝自己的生活呢？”

事实上，早在1921年，阿赫玛托娃的第一任丈夫古米廖夫因“参与反革命阴谋活动”被处决，1924年，阿赫玛托娃的诗歌被禁，她就步入艰辛的人生之路。此后，她经历了贫困、监狱和战争的磨难，她唯一的儿子因不承认父亲的罪行三次被捕入狱，一生中有二十多年是在监狱中度过的。作为一个母亲，阿赫玛托娃把她的这段不平常的血泪史记载成这首《安魂曲》。这是一首由十四首小诗组成的抒情长诗，在未曾平凡的岁月悼念那些在三十年代肃反扩大化中冤屈而死的所有无辜者。苦难让她把目光投向了整个俄罗斯民族的共同灾难，诗作中强烈的人文精神，也让阿赫玛托娃登上诗歌创作的巅峰。

我们发现，阿赫玛托娃这一生，旖旎的诗情始终追逐着她苦难的生活，同时也让她打开了被诗评家称为“一颗与其说是极其柔软，倒不如说是刚强的，与其说是爱流泪，倒不如说是残酷的抒情的心灵”。她早年以撷取生活的戏剧性细节表现恋爱中人物的心理活动而见长，在走过了偃蹇多舛的生活道路之后，诗风变得开阔而苍凉。无论是斯大林授意苏联作家协会称其“不完全是修女，不完全是荡妇，更确切地说，是混合着淫秽和祷告的荡妇与修女”，还是她的第三任丈夫普宁称其“如此完美和纯洁的天使竟会与如此肮脏和罪恶的肉体合为一体”，当一个女人选择书写，她就多了一份争议，也多了严肃内心无法清算的与世界沟通以及表达的力量：

上帝！你看哪，我已倦于复活，

甚至也倦于死亡、倦于生活。

拿走一切吧，但要留下这朵红玫瑰，

让我再一次感受到它的鲜艳。（阿赫玛托娃《最后的玫瑰》）

一个世纪了，这朵静静的涅瓦河边绽放的红玫瑰，依然光彩夺目。或许是最苦难的生活，最无望的爱情，造就了有着“俄罗斯诗歌的月亮”之称的阿赫玛托娃，而女性自身的坚韧与期待，在她的作品中熠熠生辉。无可否认，上苍赋予阿赫玛托娃非凡的诗情之时，又命她必须支付沉痛代价。而她情感路径的放浪、肆意、率性，命运的多难，始终与其高贵、柔情、苍凉的诗风，并驾齐驱。

上个世纪三十年代被誉为“文学洛神”的萧红，一生坎坷。用她自己的话来说，“半生尽遭白眼冷遇，身先死，不甘，不甘”。而“最大的痛苦和不幸，是因为我是一个女人”。从十七八岁到三十一岁去世，萧红在每个城市住过的时间不超过一年，即使是在上海这一座城市，她还搬过七八次家。在情感上，她一生都在不断找寻和被遗弃。她爱过萧军，最后被萧军所弃。与端木蕻良生活在一起，病逝时，却是一人孤苦伶仃。但是，在苦难的生活中，萧红以柔弱多病之躯，创作了一批卷帙可观、风格独特的文学作品。极端苦难，总带着极端体验，随之而来的，就是缪斯女神的青睐。

如果说玛格丽特·杜拉斯是在欲望与激情的叙事中，将自己献给了迷醉的酒精与性欲，从而成就了自己一生最好的文学作品，弗吉尼亚·伍尔夫则是向死而生，为非道德欲望化写作提供活着的证据。

这世上那么多人都爱在世时默默无闻辛苦操劳家务的简·奥斯

汀小姐。1995 年，美国畅销杂志《名人》选“1995 年二十五个最耐人寻味的人物”，生于二百多年前的简 · 奥斯汀高票当选，她在西方文学史中的地位无可非议。想当年，瓦尔特 · 司各特也毫不回避自己对简小姐的喜爱，毛姆叔叔更不必说。司各特的文字很有魅力，凡是读过司各特的传记、日记和小说的女人，没有哪一个不神魂颠倒地爱上他。1822 年 2 月 10 日，距简小姐去世已有五年，司各特致信乔安娜 · 贝利：

“你认识那位写过几部小说的女作家奥斯汀女士吗？”

呼唤与被呼唤就是这样不相应和。

写作的女人，她们作品中的语言或许能够苍翠欲滴，或者华美饱满，亦或者，清冷孤寂，简洁从容，她们的生活却通常支离破碎。她们内心自始至终都存在着对不可能实现的至善与自由的向往，而她们自己，终其一生，也都在清晰地意识到这种向往与现实的巨大差距中挣扎。

这些女子，当她们写作，注定拥有的是——艰辛而百感交集的旅程。

而别的，让她们终身不肯俯就。

乔治·桑：我喜欢你是寂静的

我以为乔治·桑长得美艳绝伦。看了一些图片资料，有点失望。1838 年 2 月，巴尔扎克写信给乔治·桑，请求允许自己到“诺昂去朝拜”。三十三岁的乔治·桑已经“有了双层下巴，非常胖”，她身着睡袍，趿着饰有蓬边的漂亮的黄拖鞋，穿着雅致的长袜和一条红长裤，晚饭后吸着雪茄烟，坐在孤独的大房间的壁炉旁等待他。

对乔治·桑来说，1838 年是重要的一年。她生命中最重要的爱情又已来临。这年春天，乔治·桑几次来到巴黎。她和肖邦住在一起。两人都沉醉在塞纳河畔“吹过的晚风”之中，这是“燃烧着的天国之爱火”。这样的夜晚，“是最大的幸福”。

乔治·桑此时已有两个孩子。她在 1835 年，宣布与丈夫离婚。在遥远的东方，1835 年正是清朝道光十五年，道光帝三宫六院，一共有二十个后妃。对于西方文化史来说，乔治·桑则理所当然地成为女权主义的符号性人物。

其实，肖邦一开始不喜欢乔治·桑，他对朋友说：“这个乔治·桑多么讨厌！她真是个女人？我怀疑。”然而，在斯塔尔夫人旧居名流云集的客厅里，肖邦在演奏曲子《多瑙河的传说》。月桂、紫丁香，忧伤的音乐……毫无疑问，乔治·桑眼睛深情地看着他。肖邦在日记写道："她忧郁而奇怪的眼睛，老是盯着我。""她倚在钢琴旁，灼热的眼光使我的全身发烧……我们被鲜花包围，我的心被征服了。""我又见到她两次，从此，她爱上了我。"此时的乔治·桑已经结束了与诗人缪塞的爱情，又开始长短不一的各种"偶然的爱情"，肖邦则让她神魂颠倒，她甚至一度认为，"肖邦似乎是上帝有意为我而降生的"。这个小她七岁的男孩子，有着与她曾经的情人李斯特一样漂亮的外形，"褐色的双眼与其说有活力，不如说很忧郁；面颊正中长着一个鹰钩鼻子；他的微笑甜润，嗓音低沉，整个人显出某种庄严的、难以形容的贵族气质"。流亡的生活，让他怀念家乡，怀念祖国，更眷念那温存的母爱。不能不说，肖邦激发了乔治·桑心中无限的母爱，她渴望照顾这个年轻的体弱多病的音乐家，从某种角度说，她愿意把他当情人，更愿意把他当孩子。

肖邦也在乔治·桑身上找到了一种力量，一种他自己所不曾具备的力量，也找到了被当时已经颇负盛名的女子欣赏与仰慕的快乐。评论家莫罗阿则认为，"乔治·桑这个慷慨的女人，只求献身于他。尽管肖邦生性害羞，好像从来就怕冷，终究禁不住诱惑"。这份感情并不被祝福，一个情史无数的女人与一个多病柔弱的音乐家之间的感情，总会引发诸多争端。这年 11 月，乔治·桑带着两个孩子与肖邦一起到巴黎以外的地方去"编织美好的爱情"，肖邦"容光焕发如玫瑰，沉默不语似萝卜"，他们到了西班牙的马略岛。葡萄藤从宽广的阳台伸出，垂挂在墙上。院落里长满柠檬树、无花果树和石榴树。肖邦开始创作。乔治·桑则动手修改《茱莉亚》，并且开始了小说《斯皮里蒂翁》的写作。

颠沛流离的音乐家第一次有了归属感。但是，雨季的开始，肖邦的咳嗽又发作了。他成了当地居民讨厌和惧怕的人物，房主害怕他得了会传染的肺痨病，将他赶了出去。于是，乔治·桑只好带着“我的三个孩子”，穿过灌木丛和阿福花，搬到了修道院。

这种劳碌奔波不言而喻。她像慈母般地照顾肖邦，“我可怜的肖邦不能孤独一人待在家里”。她又担心肖邦吃不惯饭菜，于是亲自做饭，带着自己的两个孩子顶着大雨，坐着破旧的马车，来往奔波，到店铺买东西，肖邦则在“家”创作曲子。此时肖邦对她的意义，就是一个孩子，一个需要她照顾的孩子，如同她的儿子与女儿。

1839 年，肖邦入住诺昂庄园。

他时常在庄园里散步，或顺手采摘一些花。然后，从早到晚的弹琴不止。这个夏天，他创作了降 B 小调《奏鸣曲》、《夜曲》，乔治·桑成了男友音乐的知己。

两人在一起九年。无法说清谁为谁付出。到了分手的时候，也无法说明谁对谁错。许多人认为乔治·桑欲壑难填。不过，知情人总是有的。肖邦的同乡密茨凯维支也说，肖邦“对于乔治·桑来说，是祸根，是精神上的吸血病和苦难的十字架”。而且，“他最终也许要把乔治·桑置于死地的”。这样的说法似乎有点过分。但他们在一起，确实是肖邦创作上最为成熟，也是他艺术上的全盛期。与乔治·桑分手两年后，肖邦因肺结核复发，1849 年在巴黎去世。

回顾乔治·桑的爱情，实在是色彩斑斓。福楼拜、雨果、李斯特、屠格涅夫都名列其中，人们愿意叙述的，还是肖邦与缪塞。如果肖邦是她一生舒缓忧伤的曲子，那么缪塞，则以情欲的名义，奏响高亢激昂的乐曲。但是，不可否认的是，乔治·桑对两人都有着深刻的母爱的因素。

早在 1833 年，二十九岁的乔治·桑在《两世界评论》举行的盛宴上认识了身材单瘦，金发飘动，仪容英俊的年轻诗人缪塞。这个

二十三岁的小伙子从拜伦那里，学会了讲究衣着，天鹅绒衣领一直开到腰部的礼服，挺括的领带，天蓝色的紧身长裤，乔治·桑觉得：他太讲究衣着了，我们会合不来的。

与五年后开始的与肖邦的那场恋爱不同的是，乔治·桑对缪塞并不主动。倒是缪塞，他喜欢歌颂“褐色胸脯”的女子，喜欢“处女的胸脯，如嫩葡萄一样金黄鲜嫩”，他不由自主地被她的眼神吸引。如果说肖邦眼中乔治·桑的眼神是“忧郁而奇怪”，“灼热的眼光”，那么缪塞眼中乔治·桑的眼神，正如他们分手后，他经常在梦中不由自主地看见的，“她那如天鹅绒般温柔的眼睛，带着深邃忧郁的目光，从眼前经过”。那天见面后，他回到家，写给她一首诗：

“桑，你写书时，在哪儿看见／印第安娜床上的可怕场面：／半裸的诺娜，与莱蒙陶醉欲仙？／爱情以颤抖的手，徒劳地寻觅／她幻想中深深钟爱的幽灵……”

这首诗的挑逗与暧昧不言而喻。对于经历了早年被祖母送进修道院接受严格教育和婚后压抑生活的杜德望男爵夫人来说,她能成为乔治·桑，自有不同凡响之处。缪塞是一个多情而敏感的诗人，他的生活，总是被肉体的放荡所吸引，而他强烈的情欲，对乔治·桑来说，也是一种吸引。

这年 7 月，乔治·桑写的《茱莉亚》的初稿完成。她需要给这部作品加上一首诗。缪塞完成了这首《醉酒歌》：

如果我的目光从狂饮中抬起，/如果我颤抖，沾着红泡沫的/嘴唇去寻找亲吻，/但愿我强烈的情欲，不会在/快乐来临时，面对情场女郎/的裸肩有所减弱；/但愿她们淫荡的抚摸/今天在我平淡的血液里，重燃起/廿岁教士痉挛的欲火。/

乔治·桑于是不拘礼节接待他，“黄色丝绸晨衣敞开着”。很快，缪塞与她一起生活。

乔治·桑写道：“当命运把我们一个人抛向另一个人的时候，我们不曾寻求过爱情，情欲却向我们袭来，既没有战斗，也没有思考。你的欲望超过我，并支配了我。我接受了你的爱情，却不懂得自己爱情的力量。”

两人一开始的狂热激情，让她感觉自己“年轻了十岁”，她说，“每天我都更爱他几分……他的亲近我觉得甜蜜”；缪塞则被这个有着琥珀色的肌肤，激起他隐秘的肉欲的女人所吸引。更何况，她是那么有才气，时常，当缪塞工作了整整一天，晚上，又喝了一瓶烧酒，才写了十行诗，而乔治·桑则喝了一升牛奶，却写了半卷书。

这年 12 月，乔治·桑准备与缪塞到意大利观光旅行。这时她还未离婚，她的丈夫得知后，极力促使“为她的知识和快乐”旅行。乔治·桑则是大胆地向缪塞的母亲保证，自己一定会像母亲一般地照顾她的儿子。

旅行并没有想象中浪漫。旅行开始，两人乘船赴热那亚。缪塞写了一首诗：“乔治在甲板上／吸她的烟卷／缪塞肠胃翻腾，／像一只畜生。”而旅途的乔治·桑依然勤奋，写作于她是一种“摧毁不了的激情”，她一生写了一百一十卷作品，她被称为多产的“写作奶牛”。在热那亚和佛罗伦萨，这位“多产奶牛”要求夜里写作八小时，要是任务没有完成，她绝不开门。缪塞开始不满，责备她“讨厌的化身，空想家，傻瓜，修女”。倒霉的是，一向强悍的乔治·桑开始生病，发烧，缪塞则避开她，饮酒，出去游玩。性欲和疾病根本无法协和，也最能考验这场爱情。

意大利之旅的最后一站是威尼斯。乔治·桑曾对威尼斯充满期待。他们在达尼埃里旅馆租了房间，然而，她的病并没有痊愈，严重的痢疾让她总是钻在厕所里。于是，缪塞每个晚上都去威尼斯的酒吧，又找了一些女人，“寻求舞女的亲吻”。有一天早上，他不知和谁打了架，鲜血淋漓地回家，开始可怕的发病。他大脑发烧，时而清醒，时而谵妄。“他看见周围有一些鬼魂，惊恐、骇异得直叫……这是世上我最爱的人，看到他这种情况，我真是惶惶不安……”这是乔治·桑给治疗缪塞的年轻医生帕吉洛大夫的信，在那样的失望之后，她依然称他为“世上我最爱的人”。后人研究这对世纪情侣时，这段文字都是激烈的辩论内容。确实，无法探究两人谁对谁错，在他近二十天的类似癫痫的病症中，乔治·桑悉心的照顾却是事实。但是，她在缪塞的病床前，居然爱上了与她一起照顾缪塞的帕吉洛大夫，让缪塞无法忍受。

关于他们分手的原因当然多种，更让人想到的还有一种——考验两人感情的最好办法，就是让他们出去旅游。在旅途中，最能让平时隐藏的许多习性与情感暴露无遗。据说有些国家，在飞机场直接设了离婚点，有些夫妻旅行回来直接在那里分道扬镳。

两个情人之间，有那么多的事情，只有他们自己才能评判。

乔治·桑与缪塞分手后没多久，她写信给他："往后谁照顾你？往后谁照顾我？谁会需要我？我又愿意照顾谁？……再见，我的小鸟！永远爱你可怜的老乔治吧。"而缪塞一旦远离乔治·桑，他又怀念她，怀念这个骄傲的狂女人，怀念她的黑色卷发和美丽的眼睛，怀念她慈母般的照顾。"我依然一往深情地爱你。""后人将反复传诵你我的名字，就像传诵那些不朽的情人的英名。"

此后两人一次又一次地绝交，又一次又一次地和好，在执拗的胶着中，这场坚持了三年的爱情，宣布告终。

1836年，与乔治·桑分手后的缪塞，创作了《一个世纪儿的忏悔》。书里以勃莉吉特·皮尔松之名描写了乔治·桑。男主人公生活放荡，他的勃莉吉特却一直怀着慈母心肠。"是的，当您让我痛苦时，"她说，"我不再把您看作情夫；您是一个患病的孩子，我愿意照料，愿意治愈，一边重新获得我喜爱的……但愿母亲和情人的保护神让我完成这一任务。"

这就是乔治·桑，她从来没有遇上一个完全征服她的男人。不论是缪塞曾经的强烈的情欲驱使，还是与肖邦精神上的默契，这些男人都没有足够的力量能够让她停留。

我们看到她无数段情史中的这两段，肖邦和缪塞，一个比她小七岁，一个小六岁，都有才气，都有激情；一个自私挑剔，另一个任性放荡，他们也都有弱小的一面。作为情人，他们需要她足够的温情，作为比他们年长的女人，他们需要她作为母亲的强大和对他们的虔诚的照顾。乔治·桑有足够宽广的胸怀，有绝对仁慈的心接纳他们，当才华与禀赋极高的她深深低下自己的头，无微不至地服侍这段爱情的时候，她自己的灵魂，始终在动荡漂泊之中。

在每一桩爱情中，她都无可避免地充当了母亲和情人的角色。甚至，从某种角度讲，每桩爱情，她从征服男人开始，正如巴尔贝·道莱维里模仿她的笔调嘲笑她的，“我写小说就像桃树开出粉红色的花一样，只求成为惹人爱的人”，但是，此后，她忘记了神秘的情欲与忠诚，她心中的仁慈和悲悯，让她沉浸在自己营造的理想国中。

所以，当她在威尼斯发生与帕吉洛大夫的一段感情，可以说，这只是她暂时为了填补缪塞带来的伤痕的一段情事。

在《卢克莱卡·芙洛丽安尼》中，她为自己辩白道：“当她爱的时候，爱得全心全意；当她不再爱时，她从不欺骗对方。她从未同时爱过两个男子，在思想上也没属于一个以上的情人。”乔治·桑的爱情中，她是缪斯女神，是母亲，她的情人大多不富裕，而她拼命地写作，也只不过是为了挣稿费养活孩子甚至情人。

这个追求绝对的爱情，绝对的自由的女性，在爱情的道路上，所有的色彩斑斓，其实只为了一朵花的盛开。

换言之，人们可以比较多地指责她的爱情生活，但是，对于一个为艺术献身的人，他们经历的爱情无法用道德去衡量和评判。或者说，一个道德家完全有资格说乔治·桑与缪塞的爱情，本应该贞洁与忠诚，但是，这样一来，文学史上的名作《一个世纪儿的忏悔》就不可能诞生，肖邦的《夜曲》又从哪里寻找灵感的来源？伟大的艺术作品，或许就建立在艺术家的过错，或者他们的痛苦体验之上。至于乔治·桑，她终身气喘吁吁地寻找爱情，无论肖邦、缪塞，还是帕吉洛，雨果，小仲马等，都无法征服她。尽管她认为男人有时格调低下，却有无限高尚的精神力量，并且宁可跟他们谈论“自由，而不可谈论被奴役”，她依然无法找寻到某种理想主义的爱。

1840年底。有一天，缪塞在剧院遇见了乔治·桑。

其时，乔治·桑正与肖邦热恋。她依然年轻，漂亮。她嘴角挂着笑意，像个陌生人一样盯着他看。

回来时，缪塞穿过枫丹白露的树林。想起这个女人，善感的诗人写下《雏菊》：

我爱着，什么也不说，只看你在对面微笑／……我宣誓：我爱着放弃你，不怀抱任何希望，但不是没有幸福。／——只要能够怀念，就足够幸福，即使不再能够看到对面微笑的你。

这首诗打动了许多人。对于乔治·桑来说，她此时最好的回应，无非就是聂鲁达的诗：

我喜欢你是寂静的，仿佛你消失了一样。

阿加莎·克里斯蒂：不可思议的诱惑

不得不说，写作取代了十字绣或陶瓷画的位置。

——阿加莎·克里斯蒂

一

读阿加莎·克里斯蒂的小说，就是一种诱惑，充满深渊的诱惑。

“我们不会再在一起侦察罪犯了，我的朋友。我们第一次侦察罪犯是在这里——最后一次也是在这里……那都是些美好的时光。是的，那一直都是美好的时光……”

这是阿加莎·克里斯蒂最后一部推理小说《帷幕》的结句。1975年，阿加莎·克里斯蒂在这篇小说里，让大侦探波洛在书中死去。至此，这位被称为世界推理小说三大宗师之一的阿加莎·克里斯蒂正式谢幕。

在六十年写作生涯中，阿加莎·克里斯蒂创作了近八十部长篇推理小说和多部短篇推理小说集，创造了无数罪案经典，也让波洛和马普尔小姐这两个侦探角色留存世间——她被英国女王授予“侦探女王”的桂冠，这些殊荣超过了福尔摩斯的创作者柯南·道尔生前所获得的荣誉。如同她所有的小说进行的严密推理，她预知自己最后的结局，以及，死期的来临。几个月后，1976 年 1 月，八十五高寿的她在英国沃林福特平静地与世长辞。

女人摇曳多姿，风情妖娆，大抵能吸引人们的眼球。阿加莎 · 克里斯蒂不属于这类。她沉静、温和、宽仁，面对秩序与规则，内心风起云涌。她以自身的存在，让八十多个杀人游戏破空而来，她在沉默的书斋，将想象化为故事，将故事化为往事，将事情在真假难辨中均衡慰妥，让真相在理性中客观呈现，无懈可击——她和她的作品，一起被记忆和传说。

提及她的推理智慧，我想起了翟永明的一句诗：

“她秘密的一瞥使我精疲力竭。”

二

如果你看过《尼罗河上的惨案》《东方快车谋杀案》《无人生还》——没错，这就是阿加莎 · 克里斯蒂的作品。

在《东方快车谋杀案》中，一列由伊斯坦布尔出发的火车开往巴黎，大雪围困，与外界毫无联系。一名遭人厌恨的百万富翁被杀，他身上有深浅不一的十二处刀伤。而列车上正好有十二位乘客，每个人都给出了相互契合的证词。谁是凶手？

同样，在《无人生还》中：十位客人被富有的欧文先生邀请到了印第安岛上的私人别墅里。与世隔绝的孤岛、华丽神秘的别墅、呼啸而来的暴风雨、十位互不相识的到访者，全被指控为疑凶。似乎有一双神秘的眼睛在时刻窥视着这场死亡游戏，到访者就像消失的印地安小瓷人一样一个又一个地走向死神，无人生还。

阿加莎·克里斯蒂谈到自己的一些创作感受，提到了《无人生还》，她说：我之所以写这本书，是因为它很难写，可是这个想法一直萦绕在我脑际。有十个人要相继死去，而又不能写得太荒唐，或者使谋杀者显得一目了然。我是经过大量的策划之后才写成的，我对自己写成的这本书感到高兴。它条理清晰、直截了当，虽然有重重谜团，但却有个非常合理的解释。

确实，作为“侦探之王”，她的小说在细节铺排的精确和推理的严密上，起承转合，绵里藏针，呈现了最高的技巧与思维能力。我一直认为，与许多侦探小说不同，阿加莎·克里斯蒂的小说深具魅力的一点就是，她挑战读者的智商——从圆滑诡谲的布局，曲折悬疑的过程开始，读者就进入重重谜团，不断释疑，试图找出真相。不能不说，这种智商对决，对读者来说，是致命诱惑。同时，能与作家对弈，对于阅读者，当然也是快感。

也就是说，案情扑朔迷离，你以为走到绝境，根本无从下手，阿加莎·克里斯蒂会在墙角，轻盈一笑，抛出一条线索或提示，告诉你，案情其实很简单。于是，当你每每不由自主地惊呼：“就是他，他就是凶手，线索如此明显！”实际上，或许是他，但也可能不是他，一个新的转折必将会推翻你的自以为是。

这些可以伸展你想象最远极限的谋杀案，最终的结局通常总是大大出乎常人意料，却又是如此合情合理。而真相的诱惑，让我们必须有种冲动——与作者的智商较量，老实说，这么多年来，我从来都是败下阵来，甚至没有打过平手。

事实上，她才是最大的侦探。

人，关于爱情与世俗，她有的只是聪明人的残酷而已。

杜拉斯则不同。她的故事总是从绝望开始，或者说，绝望总是从一开始就存在。却又有西西弗斯不断推倒重来的勇气。而这，倒未必是先天取得的能力。

无限的忠诚写着相同的故事

“妈妈曾经对我说，我一辈子再也看不到像湄公河和它的支流那样美丽壮观而又汹涌澎湃的河流……”

1914 年杜拉斯生于印度支那（越南西贡），有两个哥哥。她的父母受雇于法国政府，在西贡做教师。父亲后来因病被送回法国，1921 年去世。杜拉斯的母亲带三个孩子回到越南，在暹罗湾附近买了个农场，企图建起一道堤坝挡住太平洋。童年记忆便成为杜拉斯一次又一次回归的主题。

可以说，没有一个作者，像杜拉斯一样，以无限的忠诚写着相同的故事，重复叙述，而又不断地拆解、构建动机和主题。古老的西贡，潮湿的湄公河，绝望地抗争命运的母亲，敏感的小哥哥，以及恒河岸边的女乞丐，还有安娜·玛丽·斯特莱特，都在不同的文本，不同的时间与空间，反复出现。——以同一种气息。

> 对你说什么好呢，我那时才十五岁半。
>
> 那是在湄公河的轮渡上。
>
> ——《情人》

这条奔淌在杜拉斯的记忆中的湄公河，裹挟着绝望而又令人歇斯底里的炽热欲望——那些迷狂岁月中在激情的牵引下穿越生命的各个临界状态——疯狂、潮湿、迷恋、决绝，让人们进入对爱情、空间、时间的三重冥想。一切都已逝去，却又在回忆，——这种“回忆的片断，欲望的火焰，痛苦时的迷失、愤怒、号叫、等待和沉默”，则成为杜拉斯作品“不容置疑的源泉和内容”。（阿德莱尔）

无可非议，杜拉斯笔下的男女主人公都在疯狂地攫取以及寻求爱情，却又无法在汹涌之海中把握欲望。无论是那个湄公河边的中国北方的情人，还是《副领事》《直布罗陀海峡的水手》《广岛之恋》《如歌般的中板》等作品，爱情是杜拉斯作品永恒的话题。

每一段爱情，就像自杀一样，永远是一个无法解开的谜。我们可以对它进行没完没了的分析和解说，却始终无法达成充分和圆满的理解。

杜拉斯于是将爱情不断地推倒，又不断地重来。她试图从不同角度切入，给这个话题赋予新的解读。从《情人》到之后的《中国北方的情人》，让我们感受最深的是皮埃尔·梅尔唐斯的说法，“这些形象突然再度出现，仿佛来参加告别的仪式，……同时也向我们承认了她写作时体会到的疯狂的快感”。由于小说中与她有关的人都已去世，她的回忆已无所顾忌，笔触也更为大胆，对肉体之爱的描述也更为肆意。毫无疑问，她在写作中把自己重新活了一遍。

——这是她热爱的事情。

欲望与爱情

“每次我有欲望，我就有爱情。”

在杜拉斯生命中，欲望与爱情是等值的。如果你没有体验过欲望带来的爱情，这样的爱情只能说是“不够充分”。爱情或许应该先服从于身体的欲望，才能有更深层的爱的活力。

《情人》在她七十岁那年写成，当苍老的时光并没有湮没曾经的情欲，塞纳河畔的明月依然闪烁着记忆的光亮，她的文字，显然浓缩着生命的体验。

这个女孩，茶褐色真丝裙衫、戴着一顶男式呢帽、梳着两条印第安人的长辫子，伫立在泥泞的河水的闪光之中，在渡船的甲板上孤零零一个人……

1930 年，她年仅十六岁，纤弱美丽。那个清晨，在湄公河边，她与中国北方的富商之子李云泰邂逅。

他穿着浅色柞绸西装，坐在黑色的利穆新轿车中，下车走了过来。

他说，如果你愿意，我想送你回西贡。

……

这样的爱情故事似乎很老套，如果让亦舒去写，这个女孩倒也未必又是一个喜宝，却绝对能在现实生活与浪漫中找到安身立命之地。

如果是伍尔夫的手笔，那么说不定又是一篇精彩的《飞蛾之死》：“当天早上洋溢着生之欢愉的巨大、变化多端的可能性，只能以一只飞蛾的角色参与生命，且是一只只有一天寿命的飞蛾，运气似乎太坏了；而他兴致勃勃地要把握每一个寥落的机会去享受生命，令人神伤。”

杜拉斯让《情人》在自传与一般作品之间摇摆不定。年仅十六岁，她在湄公河渡江时与一个中国富家少爷邂逅，引出一幕疯狂而绝望的爱情悲剧，“昏暗的房子里，两个赤裸的身体挣扎在一起。呻吟与痉挛的肉体搅浑了浓烈灰色压抑的空间，周围是喧闹的街市，像不知名的海洋一样……”这场绝望之爱因为无法逾越世俗的种族观念和伦理道德，以及双方家庭的极力反对而失败，最后她回到巴黎定居，李云泰的父母则强迫他遵从千年礼法娶了抚顺一位从未谋面的中国姑娘。

杜拉斯的创作，明显受到了西方哲学思想以及女权主义理论的影响，强调用身体思想，并主张从欲望出发，对自我进行真实言说。

“肌肤有一种五色缤纷的温馨。肉体。”

“大海汇集成为无限，远远退去，又急急卷回，如此往复而已。”

“我要求他再来一次，再来再来。和我再来。他那样做了。”

法国评论家米雷尔·卡勒·格鲁贝尔称“承认或者隐而不说，是形成杜拉斯作品风格的魅力之所在：意指的震颤波动。”这种“意指的震颤波动”，来源于灵魂的力量，无法被人模仿。

因而，当杜拉斯讲述一份爱情如何持续、衰竭，欲罢不能，又怎样被呈明，被召唤时，读者往往能跟随她游离在她笔下汹涌的欲望之中。谁管它结局如何？爱情何必一定要在婚姻中安身立命？什么都不重要，只要有——“爱的能力”。

这是一种魅惑，简洁，有力。

我们依然清晰地听到了情欲轻轻滑过岁月的声音。

妓女的肉体，作家的灵魂

1988年，杜拉斯接受访谈说了一段意味深长的话：“她写作，玛格丽特·杜拉斯。除此之外，她一无所有。”

如果不写作，那么她是谁呢？

“如果我不是一个作家，会是个妓女。”

妓女的肉体，作家的灵魂，这就是玛格丽特·杜拉斯。

多年来，她经历了斑斓的生活，身边情人不断。然而，与欲望、男人、写作一样不可或缺的，还有酒精。

好几年整个夏天，她一个人生活在诺夫勒，大量饮酒。

“酒一经喝上，我就成了酒鬼。我就像一个酒鬼那样接连不断地喝。我喝得把所有人都抛在后面了。”

她酗酒成疾，甚至生命垂危，但是她依然无可救药地迷恋上了醉酒的幻象与疯狂。并为自己的醉酒找到了合理的借口：“醉酒于是用来承受世界的虚空，行星的平衡，行星在空间不可移易的运行，……还有那痛苦挣扎所在地专有的那种默无声息的冷漠。”而且，在她看来，“真正酗酒的人，无疑是最单纯的人。”（《物质生活》）

幸运的是，当她年老多病，她身边始终有个伴随她的年轻人，

杨 · 安德里亚，他比杜拉斯年轻近四十岁。这是杜拉斯一生最后的情人，他伴随她走完了人生的最后十五年零八个月。

《情人》就是由杜拉斯叙述，杨来打字。他是杜拉斯最忠实的写作帮手与生活伴侣。

生活中，她有时甚至一把调羹也拿不住，口液不停地流出来，弄得到处都是，走路也不行，不能走了，杨 · 安德里亚在她身边，满脸怜惜。

这个年轻人，或许就是爱着她的灵魂，附带了她的肉体。

正如杜拉斯在《信》中评论扬对自己的情感：“没有爱情，留下来不走，是不可能的。”

当然，哪怕她已经老得不成样子，我们都知道，还有个男人，“向她走来，他对她说：‘那时你是年轻女人，与你那时的容貌相比，我更爱你现在备受摧残的面容。’”

一本《情人》，写尽一生

对于女作家来说，有完美婚姻的确实很少。所以奥斯汀，只能独身。伍尔夫总算嫁了个爱她的男人，最后还是沉河自尽。阿娜伊斯 · 宁只好过着双城生活，在谎言中维系着自己与两个男人的婚姻。乔治 · 桑的婚姻对她来说是名存实亡，结婚与离婚，都不妨碍她的大量情人的存在。

玛格丽特 · 杜拉斯的一生当然也是骇世惊俗的。尽管她经历诸多情事，也曾有过失败的婚姻，但是，她依旧认为这段爱情“使我生命中的其他爱情黯然失色，包括那些公开的和夫妻之间的爱。在这种爱情中，甚至有种在肉体上也取之不尽的东西。”

这个让她年轻时无法断定她是不是曾爱过他，是不是用她所未曾见过的爱情去爱他的堤岸男子，如今，已经消失于历史，就像水消失在沙中一样。而经历五十多年的莽苍与风雨，当这个鬓发苍老的女子，回头找寻曾经的爱情，依然有种悲剧的力量穿过黑暗。

于是，我们跟着她，把记忆停留在湄公河畔，停留在那些年，那些事。越是与时光疏离，她的情欲越有张力。

杜拉斯的创作不属于任何一个流派。这是一个在法国文学史上难以归类的作家，一个现实生活中难以模仿的女性。

用她自己的话来说，那就是：写作，是为了消灭我自己。

更何况，她的作品呈现的其实从来不是什么故事。而是——溽热、萎靡，激荡着绝望的情欲，贯穿着“许多个世纪的我”。

杜拉斯说，每一本书都有一个存在的理由。我们阅读《情人》，更多的是因为，我们试图窥探——绝望之爱的真相，以及，爱的能力。

阿伦特：我的一生得到证明

“我们之间的一切都应是简单、明晰而纯粹的。唯有如此，才不辜负这场相遇。”1925 年 2 月，在给“亲爱的阿伦特小姐”的信中，海德格尔这样写道。我们可以感受到这位哲学大师当时内心的期待与矛盾。“Be happy，good girl”，他说。一个情窦初开的少女，确实很难抵抗，一个睿智成熟的男人，顷刻间的，柔情四溢。

他们的相遇是在 1924 年的德国马堡大学。三十五岁的具有“天才与大师”美誉的海德格尔在课堂上侃侃而谈，这位被称为“迈斯科奇的魔术师”，长得可是又矮又黑，家有两个孩子，还有一个名声在外的醋坛子妻子艾尔芙莱德。那年，美丽的汉娜·阿伦特十八岁，她显然对这个深不可测的精神化身，心存爱慕。用埃廷嘉的讲法就是：汉娜·阿伦特投入海德格尔怀抱一点都不令人惊讶，由于海德格尔对学生的强有力影响，这件事几乎是无法避免的。而海德格尔的另一个弟子卡尔·勒维特描述得更为生动，“海德格尔的讲课技巧就那么几招：先构筑观念大厦，然后把它们一一摧毁。他向入迷的听众呈现谜语，接着又把他们无助地抛在一旁。在瞎猜了那些谜语三年之后，有个大学生还搭上了她的一生。”而这个搭上一生的大学生，就是汉娜·阿伦特。

让我们再回到两人相识的最初。事实上，写这封“亲爱的阿伦特小姐”信以后没多久，海德格尔与阿伦特的爱就无法阻挡，如火燃烧，但又只能在暗夜中绽放隐秘的花朵。这是份危险的爱，因为在因循守旧的马堡大学，一旦事情败露，海德格尔就有可能被革除教职。海德格尔精心安排与阿伦特的每场幽会，约会时间精确到分秒。担心被人发现，甚至用密码编来往的情书。同时为了减少被人发现的可能性，海德格尔让阿伦特到海德堡去学习。而阿伦特对这份让她召之即来挥之即去的师生恋，对离开马堡大学，视为替海德格尔做出的自我牺牲，她说，“总是如此，我所能做的唯有顺从、等待、等待，无穷无尽的等待”，但是，之所以这样做，“是因为我对您的爱，而其他事情都算不了什么”。

后来有人针对这桩情事，在《纽约时报》上评论说，这个故事告诉人们两个重要的教训：第一，对天才的盲目崇拜是危险的；第二，无论多么伟大包容的爱情，从客观的角度看来，都是十分愚蠢的。

我们不妨假设，阿伦特没有遇上海德格尔，她会不会成为二十世纪最有原创性、最伟大的政治思想家之一？甚至，此后，她的名动欧洲的作品《极权主义的起源》以及《人类的境况》，从内容及思想上看，实际上都脱离了海德格尔哲学的影响，走上了一条完全独立的道路，那么，海德格尔在她的人生中，是不是可以说，可有可无？

让我们想起尼采的《苏鲁支语录》里的教诲：假如一个人只配做学生，那他肯定对不起老师。从这一个角度而言，作为海德格尔最有才华、最有成就的弟子，汉娜·阿伦特的思想受惠于海德格尔，而又独立于海德格尔，1960年，给她带来极大声誉的《人类的境况》德文版出版时，阿伦特写给海德格尔：“没有我在年轻时从你那里学到的东西，这本著作是不可能出现的。它是直接从马堡最初的那些日子而来的，从一切方面看，几乎一切都幸亏有你。”作为弟子，阿伦特的这番表白，是对老师的最好的赞誉。

那么，抛开纷纷扰扰的说法，我们不妨认为，阿伦特与海德格尔，这其实是场彼此成全的爱。

想想看，在你最青春的时候，你有幸聆听一个哲学大师的哲学思想，你看到的是一个拥有心澄神明，伟大而孤独的灵魂的男人，他的深邃思想直接追问人类的生存状态，他带你进入一个广阔无边的神秘地点，那一刻，眼前的男人足以让你迷恋。我在这里用了“迷恋”一词，只因为想起康德，阿伦特来自哥尼斯堡，这也是康德的家乡，同乡康德说，爱一个人也许还能够同时保持正常的视觉，但迷恋一个人却不可避免地对所爱的人的缺点视若无睹。忽视作为情人的海德格尔的冷漠自私等弱点，能够承受长时间的痛苦地等待与煎熬，阿伦特无疑是，迷恋上了这个男人。

这世上，不是每个智慧美丽的女人，都能激发大师的灵感与激情。很多年后，海德格尔向阿伦特承认，如果没有她，他不可能写出《存在与时间》这部传世之作来。“你是我生命的激情”，他这样对她说。我们只能这样认为，如果不涉及阿伦特与海德格尔的哲学，这桩爱情故事还有什么意思？如同这世上那么多痴情女子的爱情，她们为男人倾注一生的爱，但如今，她们湮灭在无尽的荒芜中，徒留一些叹息与感伤，如此而已。

当然，如同大多数我们知道的爱情，这场延续了半个世纪的爱，无可避免，亦是分分合合。阿伦特与海德格尔最长的一次情感的决裂期为十七年。那是在 1933 年，海德格尔公开投靠了纳粹。在此之前，当海德格尔将担任弗莱堡大学的副教授，处于事业巅峰的海德格尔担心与阿伦特的爱会影响自己，要求和阿伦特结束这段感情。

1950年，阿伦特重返德国，当他们再次相见时，忘却时光的流逝岁月的裂痕，两人前嫌尽释。有一份爱是可以重来的，尽管海德格尔年逾六十，两鬓斑白，尽管他谈话间不停地解释自己怎样卷入政治，并称之为“鬼迷心窍”，抱怨人们对他的谴责，而阿伦特其时已著作等身声名在外，作为一名具有国际声望的犹太知识分子，作为极权主义的主要批评家，对于这个她爱过的男人，对他们十七年后的重逢，她仍然如此欣喜地评论这次见面，她告诉海德格尔：“我的一生，得到了证明。”此后，阿伦特致力于海德格尔著作在美国的出版，在海德格尔受到指责之际，她为他辩护、洗刷，四处宣传他的作品，甚至谴责他的妻子影响了他的创作。一切，都只为，爱情依然在延续，尽管欲望早已退场，而灵魂正在登场。

我们知道，在生活中，爱情并不是必需。但它一旦灵魂附体，便可以超越所有。阿伦特何其有幸，尽管经历过一次失败的婚姻，尽管曾经四处流亡，甚至待过集中营，但多年来，陪在她身边的，是深爱她的男人，她的第二任丈夫亨利希·布吕歇尔，这个男人给了阿伦特最大的宽容与独立的思想。在她的远方，还有个她思念的男人。尽管后来阿伦特与海德格尔已经很少见面，但正如阿伦特告诉海德格尔的，“我失掉了你的爱，就失去了真正的生活。”这场爱情，不是阿伦特的独舞，她有世人为之瞩目的哲学成就，与这个男人分不开。这桩情事，成为哲学史上的一曲圆舞。

或许，女性的特质，是容易将爱情信仰化。在她最芬芳的岁月，若是遇上一个以他的智慧引领让她为之爱慕的男人，她一生的轨迹，早已写定。

西蒙·波伏娃：在激情与落寞中行走

“别人告诉我，这是等待萨特的女人之一”

“我1941年头一次见到她时，”波伏娃的朋友、作家多米尼克·德桑蒂回忆自己初见波伏娃时的印象：“别人告诉我，这是等待萨特的女人之一。”

萨特一生艳遇不断，波伏娃只能是其中之一。但是，波伏娃深知萨特对自己的价值——这个年轻的萨特，“就跟年轻的柏辽兹或年轻的歌德一样”。波伏娃比谁都明白，自己不应是“等待萨特的女人之一”，而应该是“终身等待”萨特的唯一女人。

波伏娃在《回忆少女时代》中，曾提到：“命中注定能成为我丈夫的人，不能是有别于我的一类人，他既不能比我差，也不超出我许多，他保证我很好的生活，但不剥夺我的自主权。”婚姻是每个女子寻求的归宿。但是，萨特对她说，不要结婚，我们签个两年为期的协议吧。

波伏娃果然同意。这份著名的协议，就像萨特的《存在与虚无》以及波伏娃的女性圣经《第二性》被人所提及。协议约法三章：云游四海，多配偶制，一切透明。简单说，就是灵魂紧紧相依，身体可以自由，关系要透明。这份契约当时为期两年，遵守则合，违约则离。双方不得隐瞒任何私情，双方分开后，保持通信联系，一日一信，如实讲述。

双方都遵守了这份契约，并将协议的保质期扩展为，一辈子。波伏娃终身没有婚姻，也不生育。谈到这个选择，波伏娃说：对我而言，那是理所当然的。并不是我对养育小孩这件事本身感到厌恶。当我还很年轻，并憧憬着与表兄杰克缔结一个布尔乔亚式的家庭时，我也许想要有小孩。但我与萨特的关系主要是建立在知性而非婚姻或家庭的基础上，因此我从无生小孩的欲望。我并没有特别的欲望去复制一个萨特。

从波伏娃与萨特相识的1929年起，一直到萨特1980年辞世，一起共度了五十一个春秋。1939年二战爆发，萨特上了前线。在炮火的间隙里，萨特忠于协议，每天都给他“亲爱的迷人的海狸”写情书，爱的气息弥漫着这一对终身伴侣。

波伏娃则追随着萨特耀眼的光芒。她曾经毫不隐讳这一点，并称这种追随经过了她自身的思考。因而，当萨特启发波伏娃：“如果你是男的，你的成长经历就跟现在完全不一样，你应该进一步分析这个问题。”这句话成为奠定她一生成就的《第二性》写作的一个动机。

1949年，《第二性》出版。这本书被誉为“有史以来讨论妇女的最健全、最理智、最充满智慧的一本书”，甚至被尊为西方妇女的圣经。波伏娃可以说一生都在强调女性在父权制的现代社会中的地位，女人应当“跟父亲一样担负起夫妻间的物质和伦理责任”，应当有“自由的成年生活”，而不仅仅是承担母亲的功能，最根本的是：“人不是生来就是女人，而是后天造成的”。这些理论在当时可谓骇世惊俗，波伏娃也当之无愧地列入现代妇女运动最早的权威理论家。

二十世纪下半期法国女性主义研究专家西尔维·沙波隆认为，在法国有整整一代女性知识分子追随波伏娃，她们的研究和著述在很大程度上丰富了波伏娃的思想，并由此构筑起一个新的研究领域，而我们今天正在受惠于这个体系。这个“后天造就的女人”，实现了自己的愿望——一个自由的女人。如果说萨特是为了他的存在主义哲学而活着，那么波伏娃则是以特立独行的理论与实践，为了“自由”而活着。正如她执拗地认为：我想要的是生活的一切。

“我试图在这种关系中得到满足，但我白费了力气”

尽管有契约，但是，萨特的身边从来不缺情人。他与他的无数情人之间公开而放肆的调情与热恋，根据契约，波伏娃应该全部知晓。由此，她的内心是矛盾的。她一方面要笃信萨特对自己所说的，“我们之间的爱，是一种真正的爱”；另一方面，她必须承受他所说的，“如果我们能同时体验一下其他意外的风流韵事，那也是件乐事”。——直至老年，波伏娃在回忆录中也承认：“我试图在这种关系中得到满足，但我白费了力气，我在其中从未感到过自在。”她的朋友们也否定了她在自传《盛年》中称自己对萨特的纷至沓来的情事，“没有丝毫嫉妒的感觉”，在他们看来，这话才是真正的嫉妒了。

在萨特与波伏娃各自众多的“偶然之爱”中，俄裔少女奥尔加显得很特别，因为她是萨特与波伏娃共同的情人。奥尔加十七岁那年，通过波伏娃认识了萨特。萨特被奥尔加的执拗与灵性所吸引，开始疯狂地追求。奥尔加走进他们的生活，让这段“三重奏”备受折磨。

萨特在《战争日记》中回忆道：“我对奥尔加的感情，就像一盏煤气灯的火光，把我日常生活的浑浑噩噩一烧而空。我异常消瘦而激情万分，不再寻求任何安慰。”他也忆及，“从 1935 年 3 月到 1937 年 3 月这两年间，我因对奥尔加的感情和疯狂而陷入了人生的最低点。”

波伏娃在回忆这段情感时说：“在这种三人的聚首中，我总感到受了双重的损害，他们之间总有一种旖旎的气氛，我则舍己投效，玉成其好，但我一想到这种三重奏长年累月持续下去，我就不寒而栗。”

这是段混乱的情感。奥尔加后来嫁给了萨特的学生博斯特，而波伏娃一开始就暗恋上博斯特，萨特又与奥尔加的妹妹塔尼娅开始一段情爱。波伏娃的自传性小说《女宾》，演绎的是两个女人和一个男人的性爱生活。她的小说从来都很真实。书的扉页写着：献给奥尔加。这个女子在她心中有一定分量。

波伏娃的情事还在继续。1938 年 7 月，波伏娃在阿尔卑斯山脚下远足时，她写给萨特：“发生了一些我出发时完全没有料到的快事——我和小博斯特已经同床共枕整整三天……我们一起度过田园牧歌式的白天和激情似火的夜晚。”

这年波伏娃三十岁，被称为萨特最聪明的学生博斯特，比她小八岁，长着褐色头发和绿色眼睛，迷恋黑格尔和拳击。根据契约规定，波伏娃如实汇报了与博斯特的情爱细节。而萨特信守契约，接到信时很平静，只是问波伏娃怎么挤得出时间去看博斯特。

在 2004 年发表的波伏娃和博斯特《来往书信集》（1937—1940）中，可以看到波伏娃排山倒海的爱情。他们几乎每天都在写，诉说更多的是彼此的思念。“对你的思念把我的心都撕碎了”、“我想你都快想疯了”、“我终于可以给你写信了——我刚把萨特送到火车站”……而萨特也被告知，海狸和博斯特情投意合，得到情爱和性爱的双重满足，但这不影响她对萨特的情爱，也不影响博斯特对萨特的友情。

萨特收到信后，说自己很感动。他尽管一生有许多的狂蜂乱蝶，但是，他的性功能的单薄，也为众人所知。因而，他写信感谢博斯特使波伏娃得到双重快乐，尤其是，她获得了自己无法给予她的那种极大的性满足。

波伏娃与博斯特的书信持续了不到三年，如同大多数的“偶然的爱情”，有执迷，有轻狂，无疾而终。

“我非常爱 M，但我现在是和你在一起”

契约婚姻最大的危机，来自 1945 年萨特的美国情事。这年 1 月，萨特以记者身份随团去美国，遇上了美国美女记者多洛莱斯（波伏娃在书中称她为 M），萨特疯狂地追求她，并获得了美人的芳心。这是与萨特相爱多年，第一次让波伏娃感到焦虑以及担忧的萨特的“偶然之爱”。“他们互有好感，相当的好感。”波伏娃感到了威胁。波伏娃问萨特：“坦率地说，你是爱 M 多点还是爱我？”萨特回答：“我非常爱 M，但我现在是和你在一起。”

尽管如此，这年 12 月，回到巴黎的萨特依然无法遏制对美国情人的思念，再度飞往美国，并在那里租了公寓，用以与多洛莱斯约会。

在《时势的力量》中，波伏娃称自己对萨特的这场有别于他的其他风流韵事的“偶然之爱”，绝望，迷惘。“我必须弄清楚自己的命运”。她把自己关在旅馆房间，三十七岁的她没有婚姻，无子无女，孤身一人，写作成为她唯一的事业。孤独与痛苦，使她继续大量地创作，同时也使她经过阵痛，脱蛹而出。这一年，随着《他人之血》《吃闲饭的嘴》两部作品的问世，以及评论杂志《现代》的创办，波伏娃作为一个独立的作家，在人类社会学、文学等许多领域赢得赫然赞誉。

1947年1月27日，波伏娃到美国作巡回讲座，终于见到了被萨特疯狂爱恋的多洛莱斯。这个金发美女，果然美丽魅惑，是无与伦比的尤物。其时，多洛莱斯正准备飞到巴黎见萨特。波伏娃的心一下子沉入深深的谷底。

2月，落寞的波伏娃去芝加哥，意外地邂逅高大的美国作家艾尔格伦。在离开芝加哥去加州的火车上，她读他的小说，并且开始他们一生中三百零四封信件中的第一封。

富有戏剧性的爱情开始。波伏娃与萨特都在进行跨国之恋。艾尔格伦与多洛莱斯，都以爱情的名义，走进二十世纪两颗耀眼的明星的感情世界。

5月，久别萨特的波伏娃结束了美国的讲座，准备回巴黎。但是萨特告诉她，最好能够推迟回去，多洛莱斯喜欢巴黎，她想再待上一阵。极度孤独与莫名的感伤之下的波伏娃最终拨通了艾尔格伦的电话。热情的芝加哥情人，与她一起，在美国西海岸共度了生命中的一段浪漫时光。这个不擅于想象，总是以自传性质写小说的女人，在她的长篇小说《名士风流》中，将自己对艾尔格伦深深的缱绻记录其中：

突然，他不再那么笨拙，也不再那么正经。他的欲望把我全然改变成了另一个人。我早就失去了欲望，失去了肉体，如今我又拥有了乳房、肚子、性器官，重又拥有了肉体。我犹如面包一样富有营养，宛如土地一样芬芳四溢。这一切都是多么神奇，我竟没想到去计算我的时光，去衡量我的欢乐。我仅知道当我们昏昏入睡时，耳边已经响起了黎明时微微的啁啾声……

肉欲与爱情，让这对跨国情人疯狂而激情。但是波伏娃无法放下萨特。这一生，她听命于萨特的召唤。当她告别艾尔格伦，离开芝加哥，回到了巴黎，发现萨特的情人多洛莱斯并未离开，正与萨特住在一起，情意绵绵，巨大的失落与哀伤，包围了波伏娃。波伏娃只好住到了巴黎乡下的一家旅馆里，与萨特约会。

我们想象此刻波伏娃的心情。波伏娃是个极其理性与冷静的女子。她不会轻易地被击毁，这也是她与萨特绵亘一生的契约之所以延续的重要原因。尽管这个夏天，她将乡间盛开的风铃草花寄给艾尔格伦，表示自己无法抑制的思念，而事实上，她比谁都清楚，萨特就是自己一生的伴侣，她无法脱离他独立存在，而他也会回到她身边。

只是，芝加哥情人艾尔格伦无法接受这份“无法在一起”的情爱。这年 9 月，当波伏娃再次从巴黎飞到芝加哥，狂热的爱恋中，艾尔格伦送她订婚戒指，希望她留下，结婚，定居芝加哥。没过几天，波伏娃突然丢下了艾尔格伦提前返回法国——因为大洋彼岸的萨特在召唤，他希望波伏娃回来帮自己修改他的一本哲学书稿。波伏娃对惊愕的艾尔格伦说：“不管是你，还是我的生活，或者我自己的作品，什么都不在萨特作品之上。”——这是一切的根本。只是，她回到巴黎，在那儿遇到的是萨特已和他的轮流情人度假去了。

“我不能用一生去等待只能陪伴我几个月的女人。”艾尔格伦决定与她分手。他也极其反感波伏娃所说的“偶然的爱情”。“在我们这里，妓女们才会如此。”他在另一封信中则写道：“手臂再温暖，当它远在大洋彼岸的时候，它就不再是温暖的了。”

波伏娃则徒劳地向他保证，对方是自己“唯一的爱情”，她在情书中甚至称他为“我亲爱的丈夫”，说自己是他“永远的妻子”。她很纯情地告诉他：“我会乖乖的，听话，我会洗碗，拖地，我会自己去买鸡蛋和甜酒，如果没有你的允许，我不会碰你的头发、面颊和肩膀……我永远不会做你不准我做的事情。”如此炽烈的表白，萨特也不曾听过。

然而，不管爱情如何击中她，波伏娃总有更高的理性坚守着这份契约。写作，尤其是在萨特身边写作，以“自由爱侣”的理想姿势，这是波伏娃一生不可动摇的选择。自从 1929 年以来，萨特与波伏娃的名字就紧紧相连。萨特《存在与虚无》的出版，在当时引起极大轰动，萨特对波伏娃在思想、文学领域所起的作用更是至为重要。从本质上说，波伏娃在萨特的私人生活和文学活动等方面密不可分。——相比婚姻，他们两人更看重的是，自由，以及写作所代表的生存价值，这才是这份“必然之爱”的唯一答案。

1951年秋天，波伏娃再次到美国看望艾尔格伦。艾尔格伦正和前妻复婚。波伏娃心灰意冷，回到巴黎。

在《名士风流》中，波伏娃提到分手的原因：

“如果我留下来，您会继续爱我吗？”——“再问也是枉然，因为问题正是我没有留下来。”

“一个四十岁的人仍有许多岁月要度过”

1952年，波伏娃四十四岁，结束了跨国之恋，这个女人疲惫，孤独。6月的一天，她意外地接到比她小十七岁的朗兹曼的电话：“我想请你看电影。”经历了几场废墟般的爱情，波伏娃挂上电话，居然眼泪夺眶而出。

如她的《第二性》所说，“一个四十岁的人仍有许多岁月要度过。”朗兹曼是《现代》杂志的记者，波伏娃觉得他很像“年轻时候的萨特”。波伏娃此时已经声名大振，并站到了二十世纪思想界的闪亮位置。但是，朗兹曼说：“我从未觉得自己是与一名偶像在一起生活。她有趣，快活，是真正的女人，完全的女人。”

朗兹曼是波伏娃唯一共同生活过的男子。哪怕萨特，他与波伏娃也只是在巴黎的旅店里租了楼上楼下的房间，定期地住在一起，很快又分开。波伏娃一定深深喜欢这个年轻的男子，他们住在巴黎毕榭西路的小公寓，后来又搬入波伏娃用荣获龚古尔奖的小说《名士风流》版税买的维克多舒乐赫大道的新居，那里有绿地与花园，他们一起生活。

六年后，波伏娃五十岁，朗兹曼和她分手。波伏娃平静地接受这一切。他们曾一起在欧洲旅行，一同写作。她也曾站在巴黎机场，深情等待他访问莫斯科回来。年龄与衰老是不可避免的事。到时候了。

此后，他每周来看望她两次，直至波伏娃离世。

对于波伏娃来说，与奥尔加、博斯特的爱，成就了她一生的处女作《女宾》。至于与美国作家艾尔格伦的爱，在她的《名士风流》以及回忆录《盛年》中到处可见。然而，对于艾尔格伦来说，这些美好的过往与私情，竟然被“厚颜无耻”地公开发表（甚至包括艾尔格伦写给波伏娃的信件段落），他无法忍受。事实上，当他七十二岁在一个记者面前回忆此事时依然怒不可遏。——她无视他的感受，直至生命的终老，他都很难原谅她。

1981 年，艾尔格伦孤身一人，在芝加哥心脏病复发去世。他的身边却有个开着的铁盒，里面竟是那两朵干枯的来自法兰西大陆的风铃草花和一大堆信件。那个遥远的法兰西的夏季。无法知道他对这个女人的情感。

萨特生命的最后十年中，身体很差。1971 年萨特第一次中风，1973 年旧病复发。从那时起，波伏娃减少了自己的写作，每天照顾他的生活。

关于波伏娃与萨特的关系，萨特在晚年的表述是：“大部分情形下，我和波伏娃之间的关系是最重要的，而且也一直都是如此。我和其他女人之间的关系，则是属于次要的层次。”“和波伏娃在一起是生命的全部。”

正如波伏娃的养女希尔维所说：“不是因为波伏娃选择了萨特而使她变成西蒙 · 波伏娃，而是因为她是西蒙 · 波伏娃，她才选择了萨特。”

波伏娃一生执迷于爱，她是一个对精神与欲望的放纵交织有着极致追求的女性。波伏娃的伟大，从她的情感轨迹而言，在于她听命于最初的选择，此后终其一生，特立独行，实践和追随了自己的理想。在肉欲与情爱的多重选择中，波伏娃与萨特身边都有许多美丽的诱惑，但是，最终，他们都视对方为不可替代的唯一，并成就了彼此的辉煌。这是二十世纪不同凡响的一对“终身伴侣”，也是追求自我与自由精神的意味深长的一对伴侣。

1986 年 4 月 14 日，波伏娃去世后，和萨特合葬在巴黎蒙帕纳斯公墓。她的手指，戴着一枚戒指，来自艾尔格伦。或许，她真的爱过他。

她在回忆录中写道：

> 回顾我的过去，还没有一个人值得我羡慕。

阿赫玛托娃：不要抹掉我脸上的皱纹

1910年，阿赫玛托娃与第一任丈夫古米廖夫结束了长达六年的恋爱，两人终于步入婚姻殿堂。但是，同年11月，她的诗作《他曾喜欢过……》暗示了这桩婚姻的隐患：

> 他曾喜欢过世上的三种事物：/黄昏时的歌唱，白色的孔雀/和磨损的美国纸牌。/他不喜欢，孩子的哭啼，/不喜欢喝茶加入马林果酱/以及女人的歇斯底里/……而我曾是他的妻子。

这桩婚姻持续了八年，阿赫玛托娃唯一的儿子列文1912年出生。其间，古米廖夫还与许多女人保持亲密的关系，1911年与另外一个女人生有一子。如果说当初古米廖夫曾为了娶她而四次自杀，那是一往情深，那么，如愿成婚只是这段爱情的终点而已。古米廖夫似乎终于明白两个诗人的结合却是荒谬的，阿赫玛托娃不过是个“女巫”，他也不愿屈从于任何“魔法”。事实上，阿赫玛托娃也并不爱他，他不过代表了她所渴望的文学世界，这期间阿赫玛托娃自己纷繁的情事，连传记作家伊莱因也忍不住评论她：“阿赫玛托娃这几年的生活过得既轻佻又不道德，她业已厌弃专注于某一特定的男性……她诗歌

的名声再次成为她的自尊最持久的支柱。”

1918 年 12 月，阿赫玛托娃嫁给考古学教授希列伊科，这个选择让周围人难以相信。但是，阿赫玛托娃有自己的理由：“我走向他，感觉自己是这样肮脏，我想净化自己。”她把自己选择希列伊科形容为一种近乎宗教皈依的形式，并决心过一种一夫一妻制的生活，但是，很快发现，这是一个“悲惨的误会”，希列伊科需要的是一个妻子，而不是诗人。这桩婚姻延续到 1921 年，写到这段时期的生活，阿赫玛托娃用“丈夫是屠夫，家庭如监狱”的诗句反映了这阶段的心迹。

阿赫玛托娃与第三任丈夫艺术史家普宁，更是畸形之恋。1925 年 11 月，阿赫玛托娃带着自己的孩子列夫 · 古米廖夫住进普宁的住宅，普宁并未离婚，阿赫玛托娃与后者的妻女生活在一起。在此之前，阿赫玛托娃还与他签订了一份婚约：“我同意尼 · 尼 · 普宁与别的女人生孩子。”她的生命中，爱情就像赌注，每遇到一个危机，这些赌注就像纸牌搭的小房子般塌下来。但是，直到 1938 年，阿赫玛托娃还无法离开普宁。伊莱因称：“她与普宁过得这样痛苦，只是在她离开以后才意识到，她太消沉以致不能及早分手。”这些年的生活碾碎了她的激情。这时候的阿赫玛托娃像个普通而认命的女人：“这就是我的生命，我的传说。有谁能拒绝自己的生活呢？”

事实上，从1921年，阿赫玛托娃的第一任丈夫古米廖夫因“参与反革命阴谋活动”被处决起，贫困、监狱和战争的磨难就时时考验着阿赫玛托娃。她唯一的儿子因不承认父亲的罪行三次被捕入狱，一生中有二十多年是在监狱中度过的。作为一个母亲，阿赫玛托娃把她的这段不平常的血泪史记载成这首《安魂曲》。

> 在那令人担惊受怕的叶若夫年代，有十七个月我是在排队探监中度过的。一天，有人把我“辨认出来了”。排在我身后那个嘴唇毫无血色的女人，她虽然从未听说过我的名字，却突然从我们大家特有的麻木状态中苏醒过来，在我耳边低声问道（在那个地方人人都是悄声说话的）：“您能把这个都写出来吗？”
>
> “能。”我说。
>
> 于是，在她那曾经是一张脸的部分掠过一丝似乎是微笑的表情。
>
> ——阿赫玛托娃《安魂曲》代序

《安魂曲》是一首由十四首小诗组成的抒情长诗，悼念那些在三十年代肃反扩大化中冤屈而死的所有无辜者。苦难让阿赫玛托娃从个人情感中挣脱而出，把目光投向了整个俄罗斯民族的共同灾难，而这也是阿赫玛托娃诗歌创作的巅峰。

1946年，斯大林授意苏联作家协会讨论诗人安娜·阿赫玛托娃的创作问题。列席的作家对其进行了攻击，称其“不完全是修女，不完全是荡妇，更确切地说，是混合着淫秽和祷告的荡妇与修女”。她的第三任丈夫则称其为“如此完美和纯洁的天使竟会与如此肮脏和罪恶的肉体合为一体”的诗人。到人生暮年，她的荣誉却再次纷至沓来，人们公认她为“诗歌语言的光辉大师”，“二十世纪俄罗斯诗坛屈指可数的诗人之一”，“俄罗斯诗歌的月亮”。

无可否认，她一生的放浪与艰辛，铸成了她的不朽的诗篇。上苍赋予她非凡的诗情，她的诗歌拒绝带苦情与哭腔的哭诉，将痛苦、软弱和自以为是的坚强，熔为一炉，铸成优雅、倦怠，散发宗教气息的诗章。

阿赫玛托娃曾是艺术大师莫迪里阿尼的缪斯。后者为她画下十六幅素描，其中大多为裸体。一直资助并收藏莫迪里阿尼作品的医生保罗·亚历山大称：“莫迪里阿尼为阿赫玛托娃的异乎寻常的美，她的高贵气质和优雅的仪态所迷恋，这也是他在古埃及女性的身上所看到的。于是在赋予她诗意的、神秘的天性的时候，他或许把她想象是一位埃及女皇。”

早在1912年，先锋派艺术家和立体派画家阿尔特曼也曾为安娜·阿赫玛托娃作了一幅肖像画。阿赫玛托娃穿一身柔软的蓝色外衣，一块有折叠感的黄色披肩，高贵优雅，这个画面在岁月中凝固。这也是阿赫玛托娃在读者心目中的最为经典的形象。

年老之后，她脸上臃肿肥胖，灰暗，让人无法面对。岁月的磨难在她脸上清晰地留下痕迹。如她的诗所说：“很久以来我就不喜欢/别人对我表示怜悯。”确实，对于她来说：“不要抹掉我脸上的皱纹，我好不容易有了这些。”

萨冈：你好，忧愁

2004年9月，弗朗索瓦兹·萨冈六十九岁，她死于烟酒毒品带来的肺栓塞。

这位十八岁时就以一部小说《你好，忧愁》成为千万富翁的畅销书作家，五十年后，依然眼神明澈透亮，笑容迷人。

这一生，她热爱切斯特菲尔德牌香烟，让·路易·雪莱的礼服，美洲豹XK140的赛车。她迷恋速度、赌博、醉酒、吸毒和转瞬即逝的感情。她说：作为理想，我打算过一种下流的、丑恶的生活。

作为小说家，尽管以写字为生，她却挥金如土。她说："我的大部分快乐都归功于金钱，坐车快速兜风的快乐，有件新连衣裙的快乐，买唱片、书籍、鲜花的快乐。"十九岁那年，出版社告知这位才女她将有五十亿旧法郎的版税入账，她的父亲说："在你这个年纪，这太危险了，花掉它！"于是她开始大肆挥霍，时常邀请几十个人到圣特罗佩消夏，这样一直持续了好几年，直到有一天醒来，她说，我发现自己负债累累。

不过，对年轻时的她来说，金钱确实不是大问题。作为畅销书作家，她文章写得快，钱赚得也快，当然花得更快。到了老迈之年，她曾两次因吸食可卡因而被判刑；2002年，她又被法院认定为有骗税行为，判处一年监禁，缓期执行。此后，由于她债台高筑，即使把她日后的全部版税用来还债，也要到 2031 年才能还清。

当然，这都不妨碍，这个被哲学家萨特称为“顽皮的莉莉”，与法国前总统密特朗“肩并肩”坐飞机的女人在人们心中的位置。多少人称她为“迷人的小魔鬼”，又有多少人试图了解她与入主法国爱丽舍宫的密特朗之间的关系，但大家知道的仅是，每个月密特朗都要到她家里吃上一两顿饭，他们谈文化，谈小说，但不谈政治。如果她不高兴了，密特朗徘徊在她家门外许久，同样进不了门。1985 年，她同密特朗总统一起在哥伦比亚旅行，那年，她已经五十岁。这是一段路人皆知而皆不知的关系，其中的细节与你认为的可能的爱情的种种，只有她自己知道。

其实爱情对她来说，仅仅被归结为“约会、拥吻与疲惫”，这种想法也贯穿了她的整个人生。至于婚姻，她离了两次婚，生过一个儿子，完成了女人应该做的，对她来说，已经足够。

据说萨冈最喜爱的是学者雅克 · 夏佐，这个男人以“四十年来总能让我笑出泪来”和“他的玩笑让人心花怒放，笑后让人心存余温”而深得她心。有一天，萨冈向他求爱，被拒绝，那时雅克心里割舍不下另一个人，他心不在焉地说：“好的，要迟些时候。”几个月后，轮到雅克向萨冈提出结婚请求，得到的便是萨冈残酷的回答：“不，亲爱的，今晚我并不感到忧郁。”

这样的回答极具文艺性。她的答案就是她的书名。这也是萨冈式的幽默。事实上，对于男人的爱，她说自己“可以持续三到四年，绝不会更久”。而速度却让她一生为之迷恋，如同她此生无法穿越的酗酒、豪赌与吸毒。

“我是一个持续性事故”，萨冈说。在夜色降临时，她时常开着她的美洲豹，离开巴黎，经过马尔肖林荫大道，一直冲向乡间。沿路的梧桐树不断地被拉平，加油站的霓虹灯光正在拉长和扭曲，轮胎摩擦地面发出的尖叫声不断地被消除。她穿着牛仔裤套头衫，灌了几杯威士忌，打着赤脚飙车。1957 年，她以一百六十公里的时速飙车，在一个拐弯处翻车撞伤了颅骨，差点丧了命。哪怕经历了如此可怕的撞车事故，她依然疯狂地追寻这种疾速梦幻的感觉。她告诉警察："我相信自己有权自毁，只要这不伤及他人。"

她这一生，任性而又忧郁，叛逆而又羞怯，暴烈而又激情。生命的无法把握、无法预知与无法拥有，总以她的独有的方式，在她的文学作品里，忧郁地浅吟低唱。

"没有写作，我只能拙劣地生活。没有生活，我只能拙劣地写作。"她说。当她写作的时候，她的内心充盈着一种因爱和失败而产生的忧郁——温柔而忧伤。

而那些慵懒和漫不经心的气息，无所事事的自由，夜总会中的迷醉与烦恼，随性与放浪的生活，对小酒馆中的钢琴师或侍应生的兴趣，所有这些场景都会变成萨冈笔下的素材。从这个角度而言，与其说是写作成全了萨冈的物质生活，还不如说是她的放浪形骸的生活方式，成就了她的作家人生。

早在九十年代初，萨冈就写下了时人为之轰动的墓志铭："1954 年，她带着一部单薄的小说《你好，忧愁》走向世人，这部小说已经成为众所周知的丑闻。而在写出了众多轻率的文字、经历了同样轻率的一生之后，她的离去却是一个只属于她自己的丑闻。"

林徽因：而那种风华

林徽因并不受女人欢喜。同类相斥是动物间的规则，女性尤其如此。更何况，女人与女人总有古老的敌意。

1933年10月27日天津《大公报》文艺副刊连载冰心《我们太太的客厅》，里面写道："越众上前的是一个'白袷临风，天然瘦削'的诗人。……诗人微俯着身，捧着我们太太指尖，轻轻的亲了一下，说：太太，无论哪时看见你，都如同一片光明的云彩。"

这篇连载小说发表的时候，梁、林夫妇正去山西考察古建筑，路途辛苦，终日在山间寻访古迹，让当时的知识阶层与坊间热闹了一阵子。林徽因回到北平，她带了一坛又陈又香的山西醋，立时叫人送给冰心。

冰心向来以温婉著称，这次她却极尽讽刺之能事。"我们的太太自己以为，她的客人们也以为她是当时当地的一个'沙龙'的主人。当时当地的艺术家，诗人，以及一切人等，每逢清闲的下午，想喝一杯浓茶，或咖啡，想抽几根好烟，想坐坐温软的沙发，想见见朋友，想有一个明眸皓齿能说会道的人儿，陪着他们谈笑，便不须思索的拿起帽子和手杖，走路或坐车，把自己送到我们太太的客厅里来。在这里，各人都能够得到他们所想望的一切。"

这篇小说的隐射不言而喻。“太太”，以及那个“诗人”，“白袷临风，天然瘦削”，口吐“云彩”，明着说林徽因与徐志摩，大家心照不宣。

李健吾曾说：“林徽因的聪明和高傲隔绝了她和一般人的距离……绝顶聪明，又是一副赤热的心肠，口快，性子直，好强，几乎妇女全把她当作仇敌。”

都说优秀的女人，少同性朋友。这观点在林徽因这里得到佐证。被传与林徽因不和的冰心，比林徽因大四岁，在林徽因去世四十四年后，以九十九岁中国文坛祖母的身份与声誉离世。在她晚年，《人民日报》海外版要冰心撰文介绍民国以来的女作家，该文面向包括美国读者在内的大批海外读者，冰心在这篇颇有影响力的文中列举女作家数十位，前辈有袁昌英、陈衡哲等，后辈说到了舒婷、王安忆、铁凝等女作家，唯独不提林徽因。不能不让人确信两人的心生嫌隙。

而林徽因直接议论冰心的文字，只在她写给费慰梅、费正清的信中有过一段话，但林徽因对冰心的名字在英文信中译成 Icy Heart（冰冷的心）。Icy Heart 在英语中显然不是褒义词。以林徽因让人折服的英文水平，不至于犯这样的错误。

2001 年 12 月 6 日，学者陈学勇在《文汇报》发表了《林徽因与李健吾》一文，在他看来，李健吾非常敬重女作家，然而他并不像一些文章那样，把林徽因说成人人怜爱的社会宠儿。林徽因绝顶聪明，过从皆知识界精英，如政治学家张奚若、经济学家陈岱孙、哲学家金岳霖、物理学家周培源，无不是他们各自学术领域里的泰斗人物，就不必说胡适、沈从文、叶公超、朱光潜……毋庸讳言，女性鲜有此辈，才情多远远逊于林徽因。她们既不能和林徽因在同一层面对话，林徽因又不知作谦和状和她们敷衍、周旋，那么同性们的误解、生分乃至嫉妒、怨怼，可想而知了。

这桩公案甚至延续到后世。据说作家柯灵极为赞赏林徽因，他主编一套《民国女作家小说经典》丛书，计划收入林徽因一卷。但多时不得如愿，原因就在出版社聘了冰心为丛书的名誉主编，林徽因儿子梁从诫为此不肯授予版权。2012 年 5 月 31 日，冰心孙子因家庭纠纷，在冰心与丈夫吴文藻纪念碑上用红漆涂上八字："教子无方枉为人表"。让人唏嘘感叹。

相传为了林徽因终身不娶的金岳霖，在其晚年的回忆录中，还执着于当年往事，特别用心地撰写了《说说我的客厅》一文，里面提到：

在三十年代里，有人写了一篇文章，题目是《少奶奶的客厅》。这篇小说个别的意思好像是三十年代的中国少奶奶们似乎有一种"不知亡国恨"的毛病。……少奶奶究竟是谁呢？我有客厅，并且每个星期六有聚会。很明显批判的对象就是我。

这份维护自己所爱的人的心意，经历了五十年的烟云，依然灿若列星，昭然在目。

这不是寻常的女子。有人称她矫情。有人称她民国第一女子。我们还是用庸常的手法，来说说她生命中著名的三个男人。

一

梁思成林徽因是我最亲密的朋友。——金岳霖金岳霖与林徽因的这桩爱情，由梁思成后来的妻子林洙提供了佐证。后者曾回忆自己当年问梁有关金岳霖的故事，梁说：

> 大约是在1932年4月，梁思成从宝坻调查回来，林徽因哭丧着脸对梁思成说："我苦恼极了，因为我同时爱上了两个人，不知怎么办才好。"梁思成听后半天说不出话，他把自己、老金、徽因三个人反复放在天平上衡量，第二天，他告诉徽因："你是自由的，如果你选择了老金，我祝愿你们永远幸福。"金岳霖得悉后，对徽因说："看来思成是真正爱你的，我不能去伤害一个真正爱你的人，我应当退出。"

后来的事实也证明了这一点。他们终身为友，金岳霖也终身未娶。三个人始终是好朋友。梁思成后来说："从那次谈话以后，我再没有和徽因谈过这件事，因为我相信老金是个说到做到的人，徽因也是个诚实的人。"

1932年，宣布退出"婚姻竞争"的金岳霖搬到北总布胡同3号，"择林而居"（金岳霖语）。他对林徽因的这份情感深埋心中，不再提及。"他们住前院，大院；我住后院，小院。前后院都单门独户。我的中饭晚饭大多搬到前院和梁家一起吃。"从爱情，转化为家人那样的亲情，就这样从容。"金先生的风度很像魏晋大玄学家嵇康。"（冯友兰语）所谓的魏晋之风，金先生这也算其中一种吧。

抗战以后，"一有机会，我就住在他们家"（金岳霖语）。林、梁故去后，金岳霖还是住在梁家，并自称，"我一离开梁家，就像丢了魂似的"。梁家后人也以尊父之礼相待。金岳霖晚年回忆录中称，"我同梁从诫现在住在一起，也就是北总布胡同的继续。"

金岳霖晚年也经常回忆当年与林、梁的趣事。三十年代，一天早晨，他正在书房研究，忽然听见天空中男低音声音叫“老金”。只见梁思成夫妇都在他们正房的屋顶上。金岳霖道：“我早知道思成是‘梁上君子’，可是，看见他们在不太结实的屋顶上，总觉得不妥当。我说你们替我赶快下来，他们大笑了一阵，不久也就下来了。”

金岳霖曾说：爱与喜欢是两种不同的感情或感觉。“爱”说的是父母、夫妇、姐妹、兄弟之间比较自然的感情。我和我的二哥与六哥就是这样。“喜欢”说的是朋友之间的喜悦，它是朋友之间的感情。金岳霖对林徽因的这份感情，说起来还真是爱了。为了她，老金把从美国辛苦追来的女友都抛掉了。这在三十年代，也是尽人皆知的事情。

1955 年，林徽因去世。金岳霖有一天突然把老朋友都请到北京饭店，没讲任何理由。饭吃到一半时，金岳霖站起来说：“今天是徽因的生日。”

1983 年，有人将一张泛黄的 32 开大的林徽因照片给金岳霖看，询问他林徽因当时拍照的时间背景。八十多岁的老人接过照片，大概以前从未见过，凝视着，嘴角渐渐往下弯，像是要哭的样子。他的喉头微微动着，像有千言万语梗在那里。他一语不发，紧紧捏着照片，生怕影中人飞走似的。许久，他才抬起头，像小孩求情似地说：“给我吧！”

在林徽因去世后，这个男人写出这样的挽联：

一身诗意千寻瀑，万古人间四月天。

爱一个人，就是这么纯粹。不管她是否当得起。

二

徐志摩当时爱的并不是真正的我，而是他用诗人的浪漫情绪想象出来的林徽因，可我其实并不是他心目中所想的那一个人。——林徽因

最了解徐志摩的，应该是林徽因。

1920 年 11 月的一天，刚从美国的哥伦比亚大学转学到伦敦的徐志摩，到林长民在伦敦的寓所拜访。这位才华超群的年轻人，没有想到在异国他乡会遇到他认为近乎完美的女子林徽因。

1931 年，徐志摩乘飞机遇难，此后，林徽因无法停止对他的想念。她的《悼志摩》《纪念志摩去世四周年》分量很重，也感人至深。“去年今日我意外的由浙南路过你的家乡，从昏沉的夜色里我独立火车门外，凝望着那幽黯的站台，默默的回忆许多不相连续的过往残片，知道生和死间居然幻成一片模糊，人生和火车似的蜿蜒一串疑问在苍茫间奔驰。……如果那时候我的眼泪曾不自主的溢出睫外，我知道你定会原谅我的。”

如果说林徽因少同性朋友，费慰梅倒是她的密友。费在《梁思成与林徽因》一文中也提到人们关注的徐林之恋：她不时对我谈起他，从来没有停止思念他。我时常想，我们之间用流利的英语谈着各种题材、充满激情的话，可能就是徐志摩和林徽因之间生动对话的回音。我想，她永远忘不了他，当她还是个小女孩，在伦敦徐志摩为她打开了一个更宽广的世界，引导她认识英国文学和英语的精妙。

这对金童玉女并没有缔结姻缘。尽管此时徐志摩已与原配夫人张幼仪离婚，1924 年 7 月，林徽因还是与梁思成踏上赴美留学的旅程。

事实上，1922 年的时候，双方的家长，就已为他们出国留学作好准备。但因为梁思成 1923 年 5 月 7 日骑摩托车去参加北京学生示威游行途中被北洋军阀的汽车撞翻，此后，跛足伴随他一生，出国之事推迟到 1924 年。

梁思成与林徽因之间的这桩婚姻，首先应该是父辈撮合的结果。梁思成和林徽因出身名门，梁思成是梁启超的长子，林徽因则是林长民的女儿，民国初年立宪派的名人，曾出任北洋政府的司法总长，堂叔林觉民、林尹民则是黄花岗革命烈士。其次，应该是两人有着共同的志趣。那就是他们终生痴迷的对中国古建筑的探寻。两年多前，罗马建筑理论学家维特鲁维斯曾说，建筑的三要素是适用、坚固、美观。一个完美的老公想必也应如此吧。

徐志摩去世后，林徽因致胡适的信中提到了自己与徐志摩、梁思成之间的感情："这几天思念他得很，但是他如果活着，恐怕我待他仍不能改的。事实上太不可能。也许那就是我不够爱他的缘故，也就是我爱我现在的家在一切之上的确证。志摩也承认过这话。"

张幼仪的自传中说道，林徽因在1947年见了她一面："一个朋友来对我说，林徽因在医院里，刚熬过肺结核大手术，大概活不久了。连她丈夫梁思成也从他正教书的耶鲁大学被叫了回来。做啥林徽因要见我？我要带著阿欢和孙辈去。她虚弱得不能说话，只看著我们，头摆来摆去，好像打量我，我不晓得她想看什么。大概是我不好看，也绷著脸……我想，她此刻要见我一面，是因为她爱徐志摩，也想看一眼他的孩子。她即使嫁给了梁思成，也一直爱徐志摩。"

林徽因去世后，她的友人们相对是缄默的。有人曾央求金岳霖给林徽因诗集的再版写一些话。古诗文有云：旧中更有痴儿女，君应有语。没想到他摇摇头，一字一顿地说："我所有的话都应当同她自己说。我不能说。我没有机会同她说的话，我不愿意说也不愿意有这种话。"就此封缄。

徐志摩更不用说，他英年早逝，对林徽因的情感，留在他的文字中。有一年七夕，林徽因到山上休养身体，徐志摩、梁思成、金岳霖留在北总布胡同。徐志摩写了一封信：我愁望着云泞的天和泥泞的地，直担心你们上山。……下午忽然诗兴发作，……现在抄了去请教女诗人。

附上的这首题为《你去》的诗中有这样几句：你去，我也走，我们在此分手……有那颗不夜的明珠，我爱……你！

徐对林的这份情感暧昧而又明确。许多人都惆怅于林徽因的理性选择，在一首诗与一幢建筑面前，她选择了后者。她的这种哲学与逻辑学的严密与理性，左右自己一生。

也有人议论志摩与徽因的未尽之缘。陈巨来的《安持人物琐忆》中有一章节写《陆小曼》，说到徐志摩回国后，致电在美国读书的林徽因，微露求婚之意。不久，林徽因突来一电，内容云：

> 独处国外生活苦闷，希望你能写一电对吾多多有以安慰，使吾略得温暖云云。

志摩得电后，大喜欲狂，即写了一长电，情意缠绵，以谓可得美人青睐了。次日即亲至电报局发电，哪知收电报之人忽笑谓志摩云：先生，吾今天已同时收到了发给这位黛微丝的电报四份了，你已是第五个了呀！……志摩才开始一意追求小曼，而成夫妻。

这件事情似是确凿无疑。也充分满足人们的八卦心理。微博上曾有个段子讲“民国美女林徽因如何泡男人”（这标题起得也真是），里面提到了五点：一、自己要保持美色、思想独立和个性；二、混各种高端圈子，认识文人商人诗人学者官员；三、储备各种男人，谈着挂着放着，不舍不弃；四、同一时间和多个人谈恋爱，同样的话和场景复制给多个人，节约时间成本；五、嫁给最名门的，绯闻给最出名的，再挂着最死心塌地的。一时引来转发和跟帖无数。说起来，这么有难度的事情，也只有民国女子林徽因做得到。

三

> 老婆是自己的好，文章是老婆的好。——梁思成

这话梁思成有资格说。同在美国留学的顾毓琇说："思成能赢得她的芳心，连我们这些同学都为之自豪，要知道她的慕求者之多有如过江之鲫，竞争可谓激烈异常。"据说林徽因当初在众多的追求者中最终选择了梁思成，梁思成问：有一句话，我就问一次，以后再也不问了。为什么是我？林徽因：关于这个问题，我的答案很长，我已经准备好用一生来回答你，你准备好了吗？

或许，对男人来说，他的真正胜利，是女人坦率地把他看作自己的命运。

1928 年 7 月，林徽因和梁思成结束了游学，回到中国，并赴东北大学建筑系任教。1932 年，因日军侵略沈阳，已有两个孩子的林徽因与梁思成夫妇离开沈阳，回到北京。此时，费慰梅和费正清夫妇从美国而来，认识了这对年轻的夫妇，并缔结了一生的友谊。

费慰梅著《林徽因和梁思成》一书中这么描述两人：他们很年轻，相互倾慕着……俩人都会两国语言，通晓东西方文化。徽以她滔滔不绝的言语和笑声平衡着她丈夫的拘谨。

与梁思成婚后，林徽因跟随他四处奔波，对古建筑进行测绘考察。他们十五年间对一百九十个县两千七百三十八处古建进行调查的历程，并记录下众多的珍贵古迹和国宝。在沈阳、北京近郊、晋汾，以及河南、四川，到处留下他们的足迹。林徽因写给家人的信中说道：

> 每去一处都是汗流浃背的跋涉，走路工作的时候又总是早八点至晚六点最热的时间里……可真真累得不亦乐乎。

1934 年夏，林徽因与梁思成对晋汾古建筑进行考察。这是辛苦的旅行，其中从介休到赵城，三百余里大半徒步，餐风宿雨，两周艰苦简陋的生活，林徽因称，此处“与寻常都市相较，至少有两世纪的分别”。在汾阳峪道河龙天庙，林徽因记道：

庙中空无一人，蔓草晚照，伴着殿庑石级，静穆神秘，如在画中。两厢为“窑”，上平顶，有砖级可登，天晴日美时，周围风景全可入览。此带山势和缓，平趋连接汾河东西区域；远望绵山峰峦，竟似天外烟霞，但傍晚时默立高处，实不竟古原夕阳之感。

古建筑的坚实厚重，以及漫溢的灵动的诗意，就如这对夫妻，他们的组合无可替代。

1937 年七七事变后，梁、林举家离开北京，来到长沙，再颠簸跋涉，到达昆明。途中孩子生病，担惊受怕，战火硝烟，自不堪言。1940 年 12 月，营造学社再次搬迁到四川南溪县李庄。这是艰苦的地方，是真正的穷乡僻壤。到李庄不久，阴冷潮湿的天气以及旅途的辛苦奔波，诱发了林徽因的肺病。

梁思成此时正在重庆为营造学社申请经费，闻讯后，用全部的薪水买了药品匆匆赶回李庄。他学会了肌肉注射和静脉注射，每天给林徽因打针。

在李庄简陋的农舍和昏黄的灯光下，梁思成开始撰写《中国建筑史》，而躺在病床上的林徽因则翻阅《二十四史》和各种资料典籍，对书稿进行润色修改和补充。在这里，他们整整生活了五年。

他（思成）作为历史学家的责任有些不同寻常：他要烤面包、砌炉灶、秤煤和做各种家务事。……她（徽因）是全身都浸泡在汉朝里了，不管提及任何事物，她都会立刻扯到那个遥远的朝代去，而靠她自己是永远回不来的。（金岳霖 1941 年 11 月于四川李庄《致费正清、费慰梅的信》）

这个困居李庄，亲自提了瓶子上街头打油买醋，还能“全身都浸泡在汉朝里了”的女子，如今我们仅凭一首“你是人间的四月天”或者几段恋情来评价她的一生，对她来说是一种不公，也是我们的浅薄。作为一个深具创造才华，审美能力和广博智力活动兴趣的女子，她内里的质地，自有柔韧素朴的一面。

1945 年，林徽因双侧肺部和一侧肾均已被结核菌严重感染，最多只能维持五年生命。事实上，林徽因活了十年，迎来了新中国的成立。她和梁思成被聘为清华大学的一级教授，主讲《中国建筑史》，还集中写作和译著了有关古建筑和城市建设以及规划方面的文章。1950 年 6 月 23 日，林徽因在中南海怀仁堂见证了属于她一生的光辉时刻，她设计的中华人民共和国国徽，在全国政协第一届二次会议上以热烈而经久不息的掌声通过。

多年后，梁思成对林洙说：林徽因是个很特别的人，她的才华是多方面的。不管是文学、艺术、建筑乃至哲学她都有很深的修养。她能作为一个严谨的科学工作者，和我一同到村野僻壤去调查古建筑，测量平面爬梁上柱，做精确的分析比较；又能和徐志摩一起，用英语探讨英国古典文学或我国新诗创作。（林洙：《梁思成、林徽因与我》）

但是，毫无疑问，梁思成后来还说了一句大实话：“做她的丈夫很不容易。”这其中，种种情绪与生活的细节，只有梁林二人最为清楚。

1962年，在林徽因去世七年后，梁思成续弦，与林洙结婚，这桩婚姻遭到亲友的激烈反对。“梁先生的这桩黄昏恋，在建筑界传得沸沸扬扬。据说，梁先生的多年好友张奚若闻讯后警告说，你若跟她结婚，‘我就跟你绝交’。”（《多少往事烟雨中：乘鹤西去程应铨》）沈从文则说：“林洙就是爱钱。”世上再无林徽因。林洙本来就不是像林徽因那样高蹈于世的女子。在梁思成看来，这桩婚姻却似乎终于有尘埃落定之感。

张爱玲：爱玲极艳

很少有人，像胡兰成，看张爱玲，看到张爱玲骨髓里。

1944 年，二十三岁的张爱玲与三十八岁的胡兰成结婚。这是她传奇一生最为传奇的一章。用李碧华的话来说，张爱玲的小说是小说，张本身，也是一个小说。

这个婚姻没有仪式，只有一纸简单的婚书，文曰：胡兰成张爱玲签订终身，结为夫妇，愿使岁月静好，现世安稳。

其时胡兰成已有家室，任汪精卫伪政府要员。他称张爱玲为“临水照花人”。两人缱绻缠绵，夏天的一个傍晚，两人在阳台眺望红尘霭霭的上海，西边天上余辉未尽，有一道云隙处清森遥远。胡兰成跟她说时局要翻，来日大难。张爱玲道：“我恨不得把你包包起，像个香袋儿，密密的针线缝缝好，放在衣箱里藏藏好。”

这是在当时就不看好的一段情爱，张爱玲陶醉其中。她身穿一件桃红单旗袍，只因为这个男人说“好看”；每次他来，在房里她总穿一双她去静安寺庙会买得的绣花鞋子，因为他“爱看”。

世人皆以为张爱玲文笔苍凉，性情应该也是如此。胡兰成一句，——“爱玲极艳”，让世人惊愕。（《今生今世》）

她只为这个男人绽放自己的艳丽，甚至可以委屈自己。“她想不到会遇见我。我已有妻室，她并不在意。再或我有许多女友，乃至挟妓游玩，她亦不吃醋。”

1943年，张爱玲的小说集《传奇》问世，一时间洛阳纸贵。她才气四溢，孤高自傲，目下无尘，却也是个寻常的女子。像她这样在小说中苍凉通透，将人生看得如此清楚的女子，谁也想不到她会爱上胡兰成。

1946年2月，张爱玲辗转路途，不辞辛苦，去温州看望避难中的胡兰成。

“想你就在那里，这温州城就像含有宝珠在放光。”这等痴迷如爱玲。

没有想到，胡兰成见到前来探望的张爱玲，“心里即刻不喜，甚至没有感激”。

与张爱玲婚后，胡兰成身边女人不缺。在武汉，他与十七岁的护士小周纠缠不清。到温州时，这个心底浮泛、流连花丛的男人身边又有了新欢范秀美。“爱玲一见就与我说范先生是美的。”“当下她就给秀美画像，却忽然停笔不画了……秀美去后，爱玲道：‘我画着画着，只觉得她的眉眼神情，她的嘴，越来越像你，心里好一惊动，一阵难受，就再也画不下了。’”

临别前，两人走在曲折的小巷里，爱玲说出小周与她，要胡兰成选择。胡兰成不肯。张爱玲叹道，“你是到底不肯。……我将只是萎谢了。”

现代女作家中，张爱玲可能是唯一的一个将男女之间的“爱”还原得透彻明白的人。就如她笔下《创世纪》中的匡潆珠，毛耀球对她有好感，于是与她搭讪，想邀请她去看电影。“潆珠淡漠地摇摇头，笑了一笑。他站在她跟前，就像他这个人是透明的，她笔直地看通了他，一望无际，几千里地没有人烟——她眼睛里有这样的一种荒漠的神气。”如此通透的笔调，把自己隐在作品中，冷眼旁观，又俯视众生，这才是张爱玲。

这回，张爱玲终于不孚众望，她终于上岸。

回到上海后，张爱玲写信给他：“我已经不喜欢你了。你是早已不喜欢我了的。”

可是胡兰成的话更绝情，多年后，在《民国女子》中，他追忆这段事，称：“其实我并不觉得爱玲与我诀绝了有何两样，而且我亦并不一定要想再见她，我与她如花开水流两无情……”

1975年，张爱玲根据多年前的这段生活，开始创作《小团圆》。这年她五十五岁。独居大洋彼岸。她的第二任丈夫美国剧作家赖雅已经去世十一年。三十年前的月亮早已沉了下去，三十年前的人也死了，然而三十年前的故事还没完。

张爱玲在与友人的信中提到："《小团圆》是写过去的事，虽然是我一直要写的，胡兰成现在在台湾，让他更得了意，实在不犯着，所以矛盾得厉害，一面补写，别的事上心神不宁。"

文本与现实的差异果然不大。在《小团圆》中，盛九莉虽然明知邵之雍是汉奸，有好多个女人，她还是与他签下婚书："邵之雍盛九莉签订终身，结为夫妇。岁月静好，现世安稳。"后面的十二个字，与她自己当年一模一样。没有"几乎"。

按照米雷尔·卡勒的说法，在今天，选择写自传性作品，无异是很难，自传样式的作品在许多方面已经变质破坏。罗布·格里耶就说："除说我自己之外我什么也没有说。"米歇尔·比托尔则说："我只愿意谈我自己，不过其中也须含有虚构。"那么，当张爱玲打开遥远的、尘封的记忆，如她自己所说，这种事情毫不客气，我还是自己来揭发自己为好，开始创作《小团圆》——这个纠缠张爱玲一生的情爱故事，她试图呈现什么呢？

而我们，又怎么去叙述她的内心呢？我们以为她早已脱身而出，而她却沉浸其中，"她从来不想起之雍，不过有时候无缘无故的那痛苦又来了"。明知道，"他老了，但是早几年未见得会喜欢她，更不会长久"，哪怕她清楚，自己其实"一直什么都不相信，就相信他"，哪怕她明白，"我并不是为了你那些女人，而是因为跟你在一起永远不会有幸福"，可是在那个离别的早晨，"之雍来推醒了她。她一睁开眼睛，忽然双臂团住他的颈头，轻声道：之雍"。好一个"轻声道”，让你百转千折终又难以释怀。

很多年后，当她移居海外，她梦见五彩片《寂寞的松林径》的背景，“有好些个孩子在松林中出没，都是她的。之雍出现了，微笑着把她往木屋里拉”，“二十年前的影片，十年前的人，她醒来快乐了很久很久”。

这就是她的团圆，因其小，更显其荒芜与暖意。

《小团圆》是一个热情故事，我想表达出爱情的万转千回，完全幻灭了之后也还有点什么东西在。（张爱玲）

不知为何，我想象她如今面对世人对她“自揭隐私”的纷纭的评说，竟忽然觉得她该有这样一副神情：“倚门回望，却把青梅嗅。”

第三辑

樱桃之远

萨维奇小姐：樱桃之远

它使我想起第一次认识你时你吃樱桃的情形。那天我正向画廊走去，天气很热，我记得，我在伯纳斯街有树荫的一侧遇见了你，你正从一只小篮子里拣樱桃吃……一言不发，心满意足，当我经过的时候，你把篮子递给我，仍然没有说一句话。我抓了一把樱桃就接着往前走，心里很快乐，却也没有开口。那以前我没有注意到你和别人有什么区别……

这是十九世纪英国才女萨维奇初次邂逅小说家塞缪尔·巴特勒的情景。时日不详，也非惊鸿一瞥，却让萨维奇怦然心动。她记录了这一刻。

此后日子，或许只为了证明——为了爱，辗转一生，只为了初见时的理由。

他们的通信始于1871年2月底。她的笔法，可爱，节制，真实——我们知道，这个姑娘到死也没有把自己嫁出去。

我总是一厢情愿，觉得巴特勒应该娶萨维奇。他欣赏她，仰慕她的才气，将她作为自己作品的第一读者、审稿人和私人编辑。他自信又自负，萨维奇刚好能够满足他的需要。他尽人皆称："奥斯汀能做到的，萨维奇亦能。”这种认同，与爱情所需要的元素——浪漫——以玲珑剔透的樱桃——达成了一致。

可是，翻开整个十九世纪英国文学史，萨维奇小姐寂寂无名。奥斯汀却是《傲慢与偏见》的作者，英国文学史上占有无可取代地位的小说家。无论如何，巴特勒的这个评价看上去不尽合理。

钱钟书先生读了巴特勒的传记，他评说巴特勒对萨维奇的这番评价，他说：“虽未溢美，尚非海样语也。”

为何这样说呢？钱钟书先生在《容安馆札记》中写道：

> Savage（萨维奇）尺牍，笔舌玲珑，胜于巴特勒多矣。

可惜她留下的文字极少。如今我们只能在一本关于刺绣的书和她与巴特勒的书简中见其些许文字。巴特勒却是大名鼎鼎。世人称其为英国古典散文大师，萧伯纳称他为“十九世纪后半期英国最伟大的作家”，巴特勒的所有生前作品，差不多都要贴上“文学经典”的标签。

不是每个人都能像巴特勒那样好运，遇到一个叫萨维奇的女子。

也不是每个有才情的女子都能做到，终其一生，只为了成就另一个男人。

我们回到他们初见时萨维奇的怦然心动。

这世上的怦然心动，各有境遇，也各有描述的方式。

1833 年，缪塞从邮局给乔治 · 桑寄来了爱情的表示，热烈，坦诚：

> 亲爱的乔治，我有某件愚蠢可笑的事情要对您说……您会当

面耻笑我，会在迄今为止我和您的所有联系上，把我当成一个说漂亮话的人。您会把我赶出门，您会认为我撒谎。我爱您，从头一次上您家那天就爱上了您。

胡兰成第一次见张爱玲，在《民国女子》中，他寥寥数句，让我们窥见两人相恋的最初：

后来我送她到弄堂口，两人并肩走，我说："你的身材这样高，这怎么可以？"只这一声就把两人说得这样近，张爱玲很诧异，几乎要起反感了，但是真的非常好。

沈复倒是直指情怀，他的《浮生六记》，省却无数纠结：

遂与比肩调笑，恍同密友重逢。戏探其怀，亦怦怦作跳，因俯其耳曰："姊何心春乃尔耶？"芸回眸微笑，便觉一缕情丝摇人魂魄，拥之入帐，不知东方之既白。

世上每份真挚动人情书的发出，未必有对等的回应。巴特勒面对萨维奇的这份婉约的示爱，就是如此。

这或许只是女人们所幻想的，男人们总是无法献出。作为故事，这份爱有着令人缺憾的情节。

萨维奇的失望应该是难以形容。但是，她依然鼓励他前行。

巴特勒当时情绪多变，兴趣甚广，在画画、音乐和写作之间游走，找不到自己的落脚点。萨维奇的鼓励是有效的。她的急切，似乎她降生到这世间，就是为了他。

《众生之路》在她建议和督促下写出。漫长的写作过程，每成一章都先交萨维奇阅读，全书写完后又在她的协助下按她的主张进行修改。这部书在巴特勒死后出版，也让巴特勒一举成名。在1988年兰登书屋评选的百部最佳英文小说中，《众生之路》赫然跻身前列，远远高于海明威、戈尔丁等诺贝尔奖得主的代表作，足见其历史地位。

萨维奇学识丰富。据说她经常夜晚很迟的时候去大英博物馆读前边的人留在桌上的书，用这个法子浏览了许多非常奇异而有趣的作品。这种办法被后世称为“萨维奇读书法”。她的文学造诣非常特别，也可能是通过旁门左道自修成才的。她为巴特勒耗尽自己一生的积累，巴特勒的作品中，也有她的才情附体。

可是，这位被称之为萨维奇小姐的老姑娘，终身未婚。巴特勒也一生未娶。1885年，萨维奇因病去世，活了五十岁。

我试图寻找巴特勒面对萨维奇的婉约求爱——基本沉默的合理解释。他明明也欣赏这个女子，她明明也是他生命中不可或缺的人，可是为何始终没有走进对方？

在他们长达十四年的交往中，我们看到更多的只是，他们的书信来往。止于书信之间。巴特勒显然一直在躲避萨维奇对他的爱恋，却又如此渴望她对他的精神上的启发与帮助。

1885年1月，萨维奇重病。作为他们情感交流的唯一工具，她依然选择了写信。她告诉他：“似乎全世界的流感都集中在我一人身上了。”

她应该是期待他来看望自己吧。弥留之际，人都会想起自己的挚爱。

她的笔调如此轻松与机智。他没有看出潜藏的气息。

2月10日，在久等萨维奇的信件没有回音之时，巴特勒按捺不住，他写道："你好久没写信了，轮也该轮到你了。"

事实是，萨维奇小姐已经过世。

萨维奇死后，巴特勒深负其咎，他放下自己的创作，整理自己与萨维奇的书信，这原本都是大师的遗孀们做的事，巴特勒不遗余力。他用这种方式弥补、回报一个为自己倾注全部爱意的女子。

可是，什么是他们无法走近的理由？

钱钟书在有关萨维奇的札记中对萨维奇一声叹息：

——萨维奇小姐，有才无貌，令人叹惋。

另见巴特勒的一首诗：

因为她又丑又瘸又胖又矮／而且还四十大几……／爱，假设她不那么仁善却更加漂亮／说不定会发现我的心思另是一样。

原来如此。

试想她要是"态浓意远淑且真，肌理细腻骨肉匀"，抑或，"俏丽如三月之桃，清素如九月之菊"，再者，倘若没有天生之丽质，自有几分妩媚娇嗔，巴特勒说不定早就屈倒在石榴裙下。可是，她就是"又丑又瘸又胖又矮／而且还四十大几……"，这有什么办法？

如果托尔斯泰笔下的安娜·卡列尼娜是又丑又瘸又胖又矮，又会怎样？幸好，时光流逝，都会老去。当看到镜子自己的老态，都会释然。

萨维奇与巴特勒在思想的最深处相遇。仅此。

至于爱情，除了那份暧昧的表达，她与巴特勒的书信之中，再也不涉及这类话题。

"她的规避"，是对他一生躲闪的回复。

如今，她的墓碑上刻着一句引自《圣经》的铭言：不求自己的利益。——这是她一生最好的注释。

她去世二十余年，巴特勒对她的爱，却与日俱增。他不再纠结她的容颜，他在一首十四行诗中写道：

如今，虽然已是二十年秋去春来，／那矮小跛足女士的面容仍时时萦回；／没有一天，她不是与我同在，／日复一日，以后也将永远相随。

玛莎·葛利宏："想想"，不是挺好么？

"喜爱人文却厌恶人类"，这是海明威对自己的第三任妻子玛莎的评论。

当然，这个评论对于玛莎·葛利宏来说，若换成"喜爱人文却厌恶海明威"似乎更为合适。

通常，一个女人嫁了一个名丈夫，总有值得炫耀的理由。但玛莎居然对这段历史深恶痛绝，并以此为耻。这事情估计让海明威无比懊恼。无论如何，一个身上嵌入过二百多块弹片，经历战火硝烟，又从两次飞机失事的大火中站起来，坚信"人可以被毁灭，但不能被击败"的男人，是无法容忍自己爱过的女人这样看待自己的。

他们曾经并肩站在一起，为了采访内战前往西班牙，爱的火焰在战火中燃烧。但是，在海明威把双筒猎枪放进嘴里，扣动了扳机之前，海明威的妻子就如公交车，去了一辆又会来一辆。玛莎不是海明威的终点，就如宝琳取代了海明威第一任的赫德莉，后来玛丽接替了玛莎成为了海明威的第四任妻子。海明威终究是一个抵抗不住诱惑的男人。他不断地离开爱他的女人，寻找下一个站点。而玛莎的主动离开，也让海明威充分尝到了被遗弃的滋味。

玛莎的个性很强。她漂亮，按世俗的观点，她应该找个男人，过着安稳的生活。但是，她却无法安静下来。一个柔弱女子，“活出了她作品之外的不平凡”。作为作家和新闻记者的她，从西班牙内战起，她的一生采访了八个战争，直至八十多岁，她还采访了巴拿马战役。对于一个女子，这需要怎样的力量支撑，需要足够的对事业的坚定信念，才可以置年龄于岁月之外，置生死于生命之外。

看过玛莎的一份介绍，说她后来有一段时间长期深居非洲的丛林，拒绝与他人往来。而且，她一生虽然爱情故事不断，晚年却孤独一人，与一些崇拜她的年轻人为伍，在伦敦度过余年。

在海明威的情爱历史上，这个有着“硬汉”之称的男人，想必是接受不了玛莎的这种生活方式的。想当初，他们也是你情我愿卿卿我我，脸上写着幸福步入婚姻的殿堂，想当初，玛莎也是极其崇拜仰头看看这个已经小有名声的男人，而且，他为了她还离开了他的第二任妻子。离婚这种在福克纳看来简直是傻透了的事情，海明威都乐滋滋地去做了。但是，没有想到，如此辛苦组合的婚姻，事隔经年，就被玛莎掉头而去给破碎了。

玛莎终究不是一般的女子。没有孩子，漂泊四海，她在战火中寻找她认为的“存在的意义”。她不愿意过在她看来“琐碎非常”的家庭生活。她当然更无法让自己受控于某个男人。于是，事情就是这样，距离一旦消失，爱情也走下神坛走向现实，通常总会幡然醒悟自己需要的究竟是怎样的人。偏偏海明威又是这样一个大男子主义，他也根本无法容忍自己的想法受控于某一个女人，他明明千疮百孔，却又自卑好斗，自以为是。按照玛莎的性格，她是无法苟同于他的，只有决绝而去，好让海明威有了让婚礼进行曲为他演奏第四次的机会。

或许，爱情最初只是因为彼此吸引，尤其是对方身上有着自己熟悉的气息。但是，生活在一起后，就会发现，几何学上的互补定律是多么正确。

前几天，看海明威《太阳照常升起》，男女主人公相爱却始终无法走到一起，当两个人在漫长的分别和漂泊后终于重逢，女人说："我们要是能在一起该有多好！"书中的"我"回答："这么想想不也挺好吗？"

一对个性太强太为相似的人，如玛莎与海明威，为什么一定要走到一起呢？

"想想"，不是挺好么？

大野洋子：摇滚歌手的妻子

如果不是因为他是约翰·列侬，不是因为他与大野洋子在伦敦的那场相遇，不是因为他们结婚一年后世界摇滚乐史上的经典乐队“甲壳虫”乐队就分崩离析，不是因为约翰·列侬后来被一位疯狂的歌迷枪杀，大野洋子或许都不会是这样一个引发如此争议之人。

但是，事情就那么都发生了，你无法阻挡，也无法预测。

对于大野洋子来说，早在认识列侬之前，她已经是一位戏剧家，诗人和抽象艺术家，可惜是个无名的艺术家。与列侬婚后，她突然扬名，多少人艳羡或妒忌或愤恨于她拥有甲壳虫乐队的灵魂人物，这个男人说：“我有一种感觉，我要么娶大野洋子，要么对我的乐队以身相许，没有其他选择。最后我选择了大野洋子，后来我知道，我的选择是正确的。”

列侬 1980 年四十岁那年死后，大野洋子成为了世界上最著名的遗孀之一，她开始被无边无尽的抱怨和谣言包围。世人普遍认为，是大野洋子的出现，导致列侬与甲壳虫的其他成员不和，并且导致乐队的解散。“看看列侬逝世前一天的最后一张人体摄影吧。看看这个亚洲女人把列侬装扮成什么样子。”这是一张裸体的列侬和他衣装整齐的妻子大野洋子拥抱在床上的照片。但是在 2005 年全球封面杂志评审大赛上，这张照片却获选为四十年以来的最佳封面。

一个遗孀的命运通常如此。如果她选择消失，那么，享受他所留下的物质财富，从此远离谣言与嫉恨。但若自以为可以继续站在风暴眼中，那么，就等待时光去见证她的人品与她的力量吧。

“当我遇到他时他正是二十多岁，我大他八岁，但我从未把他当作一个比我年轻的人。当你接近他时，他释放出的强烈的精神颤动对于一个年轻人来说太沉重了。有些人一出生就衰老了，那就是约翰·列侬。”

1966 年 9 月，三十三岁正在经历第二场失败婚姻的大野洋子在伦敦举办了一场个人艺术展览。画展中，有一个作品要求观看展览的人必须爬上梯子，然后用天花板上垂下来的一个望远镜观看贴在天花板上的一个纸条。约翰·列侬好奇地进来，他吃了作为艺术道具的红苹果，这让大野洋子无比恼火。然后，他也爬上了梯子。

当时，这个伟大的乐手二十五岁，他的乐队却已席卷了整个欧美流行乐坛，他们每年都推出一张专辑唱片，一经面世便被抢购一空。

约翰·列侬后来回忆自己如何被这个亚洲女人所征服，原因很简单，他爬上梯子，他通过望远镜看到了纸条上写的内容，一个“YES”。他说，那个 YES 让我觉得很温暖。那一瞬，一桩惊世骇俗的爱情就开始了。

“直至今日，我依然能够感觉约翰·列侬的灵魂。”在约翰·列侬离开后，这个有着海藻般浓密的头发的日本女人，几十年来奔走在世界舞台，按照她的方式延续这个摇滚乐的教父的音乐生命。她频繁出席有关列侬的所有音乐发行仪式和各种纪念活动，她在他离开后，每隔一年，就推出一部他的作品，直到 2005 年，已有二十四部约翰·列侬的作品全球发行。

但是，很少有人愿意走近大野洋子。人们看到这个女人坚韧地活着，更多的人在想，为什么那个歌迷杀掉的不是这个女人？每个遗孀背后都有难言的东西。陆小曼说过，“真的是海一般深的凄凉啊”。杰奎琳·毕加索在毕加索死后的第十四个年头，选择把枪对准自己的太阳穴。而“涅槃”乐队前主唱柯特·科本的遗孀柯特尼·洛芙选择吸毒，想必都是无法承受某种东西。她们都是凡人。世人关注她们，并不会因为她们自身的光芒万丈。但她们又不是庸常之人。她们有幸走进这些大师，而且，在他们身后，她们有些人坚持着他们曾经的艺术理想，承受着常人难以承受的苦痛，延续着他们的艺术生命，那么，我们难道否认，她们的熠熠生辉？

一个女子真正成熟的境界，铁凝认为，在穿透了悲伤、内心的不平静、诸多的麻烦之后，仍然能升起来一种对生活保持明亮的心境和善意，而且能具有母性的胸怀。大野洋子应该就是这样的女子吧。

2005 年，在列侬的纪念会上，大野洋子说：这是我认识的约翰·列侬，不是你们通过印刷品、唱片和电影所认识的约翰·列侬。我希望与你们一起分享我对他的认识。

毫无疑问，如今，大野洋子——一个摇滚歌手的妻子，这个身份，无可争议。

可可·香奈尔：绝色之花

“我爱过的男人，永远会记得我。”

有谁能够这样自信而且张狂，如此叙说男人与爱情？

我想，如果让可可·香奈尔形容自己的情感经历，她或许会喜欢智利诗人聂鲁达的传记题目，那就是，《我承认，我曾历经沧桑》。

作为时尚界的尤物，可可·香奈尔缔造了香奈尔王国，这是一个不老的神话。NO.5号香水，圆顶窄边钟形帽，小黑连衣裙，手感柔软的格子呢，黑、棕色的浅口皮鞋，八角形手表……可可·香奈尔是个符号，优雅，高贵，神秘，幽远弥香。听到这个名字，你无法不想起这个站立在时尚和经典之巅，白色的男式衬衫外套着一件黑色的小西装，挂着一串长长的人造珍珠项链，斜倚着抽烟的传奇女子。香奈尔从一贫如洗的孤儿，成为法国时尚代表标志之一的双C品牌的创始人，与她的美貌、天才的敏感与智慧分不开，当然，也离不开她生命中重要的两个男人。

其实，香奈尔一直不承认自己爱过艾迪安·巴尚。这个初恋的男人引领原是裁缝店小丫头的香奈尔进入巴黎的上流社会。与热衷于马术的巴尚一起生活，香奈尔成为一名美丽的女骑师。想必她后来设计的经典女帽受此影响。“因为巴尚常带我去赛马场，我注意到当时的帽子都比头小，戴上后还要别上帽针才能固定，很不实用。所以我决定设计出稍宽大而没有太繁缛装饰品的帽子。”

没有巴尚，或许香奈尔的一生寂寂无名。可谁能说得准呢？以香奈尔这样的女子，她或许能创造另一个奇迹。但是，有了巴尚的香奈尔，她的人生就此不同。我们不知道香奈尔对巴尚的情感，但是，香奈尔终生都佩戴着同一条项链，上面穿着一枚紫水晶戒指，这个戒指就是巴尚送的。

或许这就是感激之情吧。与爱情无关。因为，她说，我今生只爱过一个男人，那就是，博伊 · 卡保。

卡保是个年轻的实业家。在他的资助下，香奈尔开始了她的事业。她在巴黎坎朋街 21 号开设女帽店，日后，整个坎朋街也因她而闻名。卡保把香奈尔引入真正的上流社会和艺术沙龙，他以自己的知识与品位塑造了一个新的香奈尔。卡保是我灵魂的朋友，香奈尔这样说。只是，这个男人最终还是娶了一个贵族女子，并且在一次与香奈尔约会后赶去见妻子的途中，出车祸而死。

失去了卡保的香奈尔，她的生活仍然充满迥异的色彩。她此后的一生风起云涌，事业上创造巅峰时刻，她的爱情也更为传奇。她几乎一生都在恋爱，尽管她最爱的只有卡保。多少显赫的人物在她的身边经过，才华横溢的音乐家斯特拉文斯基，流亡法国的俄国沙皇亚历山大二世的长子狄米拉，英国首富威斯敏斯特公爵等，多少人爱慕她的美貌与才情，毕加索、雷诺阿、莫朗、达利，还有丘吉尔，温莎公爵，她却选择了终身不嫁。

“公爵，这世界有很多公爵夫人，但是，可可 · 香奈尔只此一个。”

就这样，她拒绝了这个当时全欧洲最有吸引力的钻石王老五威斯敏斯特公爵的求婚。

关于她的不婚，难道正如她自己俏皮所说，“大概因为我没有找到一个能和‘可可·香奈尔’媲美的名字。”抑或如同她的自传所言，“按照中国人的方式推算，我出生那年恰好是虎年，因此我的命中注定独立，无法与个性比我强的男人相处。”

1934年，香奈尔带着女仆入住1898年由“世界豪华酒店之父”凯撒·丽兹创办的巴黎丽兹酒店。香奈尔在这里一住就是三十多年，直至她八十八岁生命的终了时刻，气息如兰，留在丽兹。

没有家人，甚至也没有家。世人都会感叹她盛名之后的孤独与凄凉。香奈尔的自传中有这样一段话：“也许我会令你感到惊讶，但总而言之，我认为一个女人若想要快乐，最好是遵从传统的道德。否则，她便要具有英雄般的勇气，而最后又必须付上孤独的代价。孤独能帮助男人找到自我，但却可以摧毁一个女人。”

她终究不是一般的女子。她没有被摧毁。她在孤独中绽放出一朵绝色之花。

或许，正如她自己所说，可可·香奈尔只此一个！

萨乐美：爱的可能

“我无法拯救自己，假如你将我获取。除了摧毁你还能做什么？我永远不会相信。”这是露·萨乐美写给十九世纪后半叶最伟大的哲人尼采的。

确实，事情的结果表明，谁能将萨乐美获取？尼采不能。其实谁都不能。

往往恋爱中的人都有种无法自拔的迷狂。想当年，尼采心甘情愿地充当护花使者，陪同萨乐美和她的母亲旅游，并让她们一路得到了无微不至的照顾。他们相处得越快乐，尼采就越感觉萨乐美是“一定愿与我一道肩负起人类精神的十字架”。他更加坚定地相信自己找到了“一瞬间就能征服一个人灵魂的人”，幸福得难以言表。

但是他的求婚遭到了拒绝，这也是这位内向羞涩的哲人没有想到的。他的自信势必遭到重大打击。若干年后，他依然耿耿于怀，对女人充满仇恨：“你要到女人那里去？别忘了带上你的鞭子。”

萨乐美是忙碌的。告别了尼采，她与里尔克相爱，她被弗洛伊德深深赏识。当然，还有许多的人，诸如保尔·李、泽克曼、陶斯克等，都甘愿自动地拜倒在石榴裙下，为她终身不娶或者自杀身亡。她的一生，有人评论是“堪称华丽无比”。毕竟，她与当时欧洲思想界的三大魁星过从甚密，尼采为之疯狂，里尔克称她为“母亲——情人”，可怜的弗洛伊德没有了她只有大谈性爱才能安慰自己。还有诸如瓦格纳、托尔斯泰，他们虽然无法享受前面几个人的待遇，却也期待着能与她有着“长久而又温柔”的爱。

这自然是一个奇异的女子，让人非常困惑的是她的爱的能力。她可以轻而易举地爱上许多人，而对方往往是在思想史上对后世起着重要影响的人物。她的一生只与伟大的人物共舞。而且，告别了萨乐美的伟大男性，几个月后往往有惊人之作问世。是萨乐美成就了他们，还是他们造就了萨乐美？每次与他们的告别，同样也是萨乐美创作欲望最强的时候，这些作品，同样也奠定了她在欧洲文化史上的地位。

当然，我们可以认为她是一个绝顶智慧的女人，同时也是充满激情的女人。连当年与她一起竞争陶斯克的情敌爱伦·德尔普也不得不说，萨乐美身上具有对爱情不可遏止的追求，对真理不可遏止的探询以及对苦难人生不可遏止的悲悯，所以才会有如此“华丽无比”的人生。

萨乐美终究是孤独的。一个不断遭遇爱情的女人，一个此生只与伟大的心灵共舞的女人，想必，每次的激情谢幕后，定然有被爱灼伤的痕迹。晚年的时候，萨乐美身患糖尿病，乳房因肿瘤被切除，从1921年开始，一直到她生命的最后一刻，1937年2月5日夜晚，她全身心地投入心理医生工作，基本上是每天工作十个小时。她的人生余下的热情都献给了工作。

或许，生命只有走到最后，人们才明白自己真正需要的是什么。萨乐美此生不断地与爱她的或者她爱的男人告别，但人生最后十多年，她在超负荷超压力的工作中，为别人理清生命中无法解开的结，诠释生命的困惑的同时，也清理了自己纷乱华美的人生。

陆小曼：真性女子

分明是正娶夫人，死后却不能与丈夫合葬。他离开时她二十九岁，此后她素衣服丧，直至三十四年后孤身一人病逝于上海华东医院。她被刘海粟赞誉为“一代才女，旷世佳人”；她被他深深爱着，他对她说：“我有你什么都不要了。文章、事业、荣耀，我都不要了。诗、美术、哲学，我都想丢了。有你我什么都有了。”她的结婚之日，证婚人梁启超没有祝福，而是严厉地训斥道，“你此后不能再分他的心，阻碍他的工作”。

她是谁？你说她曾经风华绝代艳压群芳毫不为过。你说她在他死后“浪漫烟去此恨绵绵”也是实情。作为徐志摩的第二任夫人，社交名媛，陆小曼在徐志摩生前，就备受争议。在他死后，她绝迹于社交圈，倾注一生整理他的遗作，并且自己专修画术，成为上海画院的专职画师。这是怎样孤寂而又隐忍坚持的日子呢？

徐志摩死后多年，他的结发妻子张幼仪回忆他说：“如果照顾志摩和他家人叫爱的话，那我大概爱他吧。”徐志摩在剑桥时，张幼仪远涉重洋到英国，乘飞机时呕吐了一下，他嫌弃地撇过头去，说，“你真是个乡下土包子”。徐志摩在张幼仪产后不到一个月逼她离婚。徐志摩这辈子羞辱过的女人或许就是张幼仪，但是，张幼仪却抚养他们的儿子长大成人，并在他死后照顾他的家人且安葬他的父亲。徐志摩母亲离开人世时，徐家让张幼仪回去参加殡葬，却不准陆小曼出席。应该说，尽管徐志摩已经与张幼仪离婚，但她作为徐家媳妇的地位却从来未曾撼动过。

那么，林徽因与徐志摩呢？作为徐志摩生命中一个重要的女子，志摩之死与林徽因应该有着一定的联系。为了赶上林徽因在协和礼堂向外宾作的关于中国古代建筑的讲演，徐志摩搭乘一架小飞机前往。志摩三十六岁的人生就此在空中消散。此后几十年，直至林徽因去世，由梁思成从济南为徐志摩料理丧事带回的那块飞机残骸一直悬挂在她与梁思成的卧室墙上。这对林徽因，对梁思成，应该都是不容易的。

在徐志摩的情感史上，张幼仪爱他，可惜他不爱。他爱林徽因，可惜得不到。而他与陆小曼真心相爱，而且当初志摩排除家族干扰和不顾师友的反对，小曼也终于结束与王庚拉锯般的离婚，两人终于走到一起，是需要多大的勇气。“我将于茫茫人海中访我唯一灵魂之伴侣，得之，我幸；不得，我命。”这原本神仙眷属般的许诺，那时陆小曼未必真的领会。

婚后俩人开始吵架。徐父断绝了对志摩的经济援助，陆小曼的挥霍无度让志摩焦头烂额疲于奔命，他不得不同时在三所大学任教，课余还赶写诗文，以赚取稿费，但是，就是这样，也是无法满足陆小曼每月至少银洋五百元，有时高达六百元，相当于现在四万元左右的花销。此后，陆小曼又染上鸦片，她每天沉迷社交圈，赌场，这更让志摩心力交瘁。

这世上，有些人相爱着，却又彼此伤害着。只因为，尽管知道人生无常转瞬即逝，但却总是相信不会很快死去，总以为前方还有漫长道路要一起走过。

陆小曼曾对郁达夫的妻子王映霞说：“婚后，志摩对我不但没有过去那么好，而且干预我的生活，叫我不要打牌，不要抽鸦片，管头管脚，我受不了这样拘束的生活。”

徐志摩与陆小曼的最后一面是负气而别。起因是志摩让陆小曼戒了鸦片，两人大吵一场。没有想到，竟然就是诀别。

而陆小曼似乎忽然清醒过来。——她真爱这个男人。他的离去，她为之终身后悔。

徐志摩去世后，天性浪漫的陆小曼几乎销声匿迹，谢绝社交，而且终身不嫁。她居然做到如此，是人们想象不到的。而志摩去世的漫长日子里，她的卧室里都挂着志摩的大幅遗像，每隔几天，她就在遗像前放上一束鲜花，这样，直至她离开。她对王映霞说：“艳美的鲜花是志摩的，他是永远不会凋谢的，所以我不让鲜花有枯萎的一天。”

在这里不能不提到翁瑞午。翁是清代名臣之后，沪上著名公子。在陆小曼后来的个人生活中，他与陆小曼同居在一起。但是，陆小曼约定与他不结婚，也不许他抛弃发妻。翁瑞午想必是很明确陆小曼对他的情感的。徐志摩在世时，他就是陆小曼身边的一个重要的朋友，此后多年，他在她的家里，每天面对着素衣服丧的陆小曼和放着鲜花的志摩的遗像，想无动于衷是很难的。陆小曼说：“我对翁其实并无爱情，只有感情。”可想而知两人的关系。

徐志摩死后，陆小曼还戒了鸦片。她过着简朴的生活，她整理他的文稿，志摩死后的两本重要著作，《爱眉小札》与《志摩日记》就由她编辑而成。她还动手编起八集本的《志摩全集》，费尽周折，总算留下了清样与纸型，在她离开人世三十年后，商务印书馆香港分馆据此出版了《徐志摩全集》五册。她艺术上成就斐然，她的画作《唐宋人诗意》被誉为“清逸雅致，诗意盎然，自然洒脱，韵味无穷，洋溢着书卷气，是文人画的风格”。年近半百后，她走出卧室，被当时的陈毅市长聘为上海文史馆馆员，之后，又成为上海画院的画师。她努力地活着，兑现她对志摩的承诺：“我一定做一个你一向希望我所能成的一种人，我决心做人，我决心做一点认真的事业。”

年轻时都不懂珍惜。老了能如此，陆小曼不容易。

只是这一切，徐志摩都已不知了。短短一生，他是诗人，他是才子，他当然也是情种。他离开了张幼仪，远远注视林徽因，经历种种辛苦与陆小曼生活在一起，而在他死后，他生命中的这三个女人，也都用不同的方式，无法割舍对他的情感。想必，他是欣慰了的。

卡米耶·克洛岱尔：只是缄默而已

我希望我从不曾认识你

——卡米耶·克洛岱尔

如果你没有足够坚强的内心，不要轻易爱上别人。因为，爱很短，而磨难很长。

这世上曾有多少人爱慕卡米耶·克洛岱尔美丽的容颜与才华，连音乐大师德彪西也不例外。然而，如今我们说起她，依然是，罗丹的情人。倒是那个女工萝丝，守了罗丹五十年，在他去世的前一年，成为罗丹正娶之妻。卡米耶·克洛岱尔的最后三十年，每天却是穿着一件捆绑疯子的紧身衣，眼神空洞、孤寂和绝望地在疯人院和收容所中度过。因为患上“被迫害妄想症”，她甚至只吃生的鸡蛋和带皮的土豆。一个天才艺术家，剩下的漫长时光，在痛苦与恐惧中备受煎熬，直至彻底崩溃，让人不由唏嘘。

爱那么短，却总试图刺痛人一生。如此，爱的反面定然不是恨，而是漠然。一份爱，走到陌路，还能恨，终归还是有些期愿吧。在电影版的《欲望城市》中，连凯莉的朋友夏洛蒂，遇上逃婚后的大人物，也是内心愤愤，指着他大骂，“我诅咒你出生的那一天”。这并

不让人绝望。凯莉也会这样做。大多数深爱过的人，因爱生恨，哪怕诅咒，亦是爱之切。而多年前，据说有一个曼妙少女为苏轼而郁郁致死，苏轼为此伤情，一首《卜算子》，“惊起却回头，有恨无人省。拣尽寒枝不肯栖，寂寞沙洲冷”，终留其名。若真有这女子，她此生之恨，应是“有人省”，也算一种安慰吧。

卡米耶·克洛岱尔遇上罗丹那年，只有十九岁，她穿着工装服在雕塑自己的作品，芳华绝代，一双透明清澈的深蓝色的眼睛，美得让人心颤。在他们相爱的十五年，克洛岱尔既是罗丹的模特，更是他灵感与创作的源泉。后人甚至在猜测，这个时期罗丹的许多作品，可能来自克洛岱尔。因为，两者创作手法和艺术感觉如此相似，有时，连罗丹也不得不感叹：“可是我们已经相识了，于是你成了我最强的敌人。”

但是，做了他十五年的情人，克洛岱尔如同昙花，把所有的美丽终其一瞬全部绽放，如今剩下的只是，沧桑的面容，和一颗疲惫的心。她明明才气逼人，桀骜不驯，创作处于盛期，却无法摆脱艺术上附庸于“罗丹”这个名字所带来的巨大的阴影而痛苦不堪。她明明有着许多的爱慕者，却爱上一个大了二十四岁的男人，她的肉体、灵魂和爱情都臣服于这个男人，她低下自己的头，低到尘埃里，她也曾努力开出美丽的花，她的内心是苦涩的。罗丹拥有那么多情人，却连她渴望的一纸婚书，都不愿给她。当然也更加不可能如同杜拉斯的《情人》，她老了，他走过来说：“我更爱你现在备受摧残的面容。”

更多的人死于心碎。克洛岱尔对罗丹说：“我希望我从来不曾认识你。”如此，所有的过往在她的心中已经毫无意义，她否定了的不只是这个男人，还有，所有与他在一起的激情岁月，那么多融入才华、爱情以及生命的雕塑作品。所有的所有，都不如，不必开始。这是恨，也是更深的绝望。我是谁？我爱过你吗？你爱过我吗？我恨你吗？这些都已不重要。女人可以爱到义无反顾，而男人最多也只是爱到相当程度。克洛岱尔的这场爱情的残酷在于，爱不能，恨无力，哪怕漠然，亦是以余生三十年的精神失常，又老又痴，将自己彻底毁灭换取。1943年，克洛岱尔去世，上帝曾将美貌与才情集于她一身，如今，却以八十岁高寿，让她在形容枯槁、贫病交加、彻底绝望中受尽生之磨难。

许多人说到罗丹与卡米耶·克洛岱尔时，都会毫不例外地引用1932年，欧仁·布洛给克洛岱尔写的一封信，试图说明罗丹最爱的还是克洛岱尔。这封信里提到了克洛岱尔的作品《乞求者》：“有一天，罗丹来拜访我，我看到他突然在这座雕像前停下，久久地凝视，轻轻地抚摸着它，哭了。是的，他哭了，像个孩子一样……”可是，这一切有何意义呢？他若是知道纳兰容若，不妨改几个字，随吟一首：明月应笑我多情，笑我如今，辜负芳心，独自哭泣独自吟。我们还是听听尼采的解释吧："一个不同凡响的男人需要两种不同的东西，危险和游戏，因而他需要女人，当作最危险的玩物。"当然，大师总是如此，经历不同的女人，激发自己的创作，这方面，毕加索就是很好的榜样，那么，又有谁会谴责罗丹们如同公共纪念碑一样的情感经历呢？

女人不是如此，她会拿一生为爱情赌注。想来，卡米耶·克洛岱尔此生若是爱上一个平庸的男人，或许她也能享受世俗生活的快乐，亦或许，能够成就她的才华。她偏偏爱上的是罗丹，她惊世骇俗的艺术天赋与爱情，野性与激情，照亮了大师一人，留给自己，无尽的磨难。

想起佛经有云："由爱故生忧，由爱故生怖。若离于爱者，无忧亦无怖。"只是世间情事，不过徒然让人生些怜惜而已。这一切，或许正如卡米耶·克洛岱尔在这世间留下的最后一行文字：

"余下的仅仅是缄默而已。"

毕加索：欣赏他，但是远离他

我不懂毕加索的艺术。老实说，我不知道他的作品好在哪里。但是，我以前住的宿舍却挂着毕加索的画，《女人与花》。或许就因为不懂，任它挂在那里，无法评头论足，也无法因太过熟稔而生厌，好几年，就那样挂着，直至我搬走。

现在明白，最有资格说自己看得懂这幅画的女人，应该是女画家弗朗索瓦兹·吉洛。1943年，年已六十二岁的毕加索邂逅了二十一岁的弗朗索瓦兹。此后三年，他开始追逐这个美丽优雅的女子。终于，美人难过英雄关，毕加索如愿以偿。画作《女人与花》就是毕加索献给情人弗朗索瓦兹·吉洛的信物。

如同这年头定情之钻戒，香港豪门送情人的千万港币房产一般，将那些与自己生活过的女人一个也不少的表现在纸上，是毕加索创作的主要内容，然后将这些作品转送给女人，也是他的拿手好戏。想当初，与那个“有着一对如星星般闪烁的眼睛”的摄影师朵拉·玛尔多在一起时，毕加索以朵拉忧伤的形象创作了名画《哭泣的女人》，此画在朵拉去世后一周年拍卖时，价值三千七百万法郎，甚为轰动。这终究是朵拉身后之事。生前，她为了他放弃自己的事业，她忠实地记录他的创作过程和他的作品，她将自己的爱与聪慧全部奉献给这个大画家，他们曾经如胶似漆地住在一起，但最终，毕加索依然弃她而去，朵拉为之精神崩溃。

据说有一个晚上，在塞纳河畔，毕加索看着朵拉戴的戒指，越看越不顺眼。于是，他就要求朵拉取下手上的戒指，他表示要用一幅画来调换。我想，如果那些女人知道毕加索的油画目前已经占据世界最昂贵的十幅画中的五个位置，那么，肯定会争先恐后脱了手里戴的首饰，这样，毕加索每天待在画室，肯定会老实得多。作为艺术家，许多人都为他此生的“阅女无数”寻找了诸如“审美疲劳”之类的借口。也有人专门研究，说他每换一个女人，就换一次画风，想来，他从蓝色时期、玫瑰红时期直至最后的抽象主义时期，每次画风的改变，都与他每个阶段认识的女人有着密切的联系。

毕加索此生有两次在教堂宣誓天长地久的婚姻，五位记录在册的情人，当然，不可避免，他还有N个不知名但或许美艳动人的小花小草。他自称“爱的女人无处不在”。每一次一开始，他都似乎动真格地爱着女人。但是，与他相处过的那七个众所周知的女人，一个病死，一个精神崩溃，还有两个自杀。

毕加索说，“爱是不存在的，存在的只是爱的证据”。如何理解这句话呢？或许，他的证据应该就是，在他的作品中，他专注于对女人身体的描绘，所有与他有过故事的女人，无一例外地都作为证据出现在他的作品中。仅此而已。你别指望，这当中有多少深情厚谊。1940年6月，毕加索创作了一幅最凶暴的最具复仇意味的妇女形象，这是以朵拉为原型的《裸体梳妆女》。他殴打朵拉，许多次打得她躺在地板上不省人事，然后，他开始创作。真是可怕。

从这点讲，弗朗索瓦兹还是幸运的。作为毕加索的情人，她在毕加索下一个美学对象出现之前弃他而去。她为他生了两个孩子，她等待着与他步入婚姻殿堂。但是，她终于清醒，她说，“我最终对和一座历史纪念碑一起生活感到了厌倦”。她义无反顾带着两个孩子回到巴黎，并与一个平常的男人结婚并移居美国，彻底在毕加索身边消失。

朵拉却是这样的女子。她看着他拥揽一个个娇艳美丽的女人，她满腹苦楚。她备受他肉体与精神的折磨，但她仍牵挂着他。他们分手后，“有时她悄悄地来到毕加索工作室外张望。一个节日的晚上，她感到很孤单，她知道毕加索到南方去了，却穿着晚礼服，乘出租车又来到那里，她坐在车上，一直待到东方发白，泪流满面。”这样的女子，只有精神崩溃。

而作为毕加索的第二任，也是最后一任妻子的雅克琳娜，她最终也难以避免精神抑郁过度而自杀。这个被外界评说“唯一能拴住毕加索的绳子”的女人，在毕加索去世的十三年时间，“她忍受着煎熬，服用药物，饮大量的酒，精神完全崩溃，每次走过那条走廊，都悲痛欲绝。那里挂着一幅毕加索的肖像。她便对着肖像说，‘阁下，请吩咐我’”。1986 年，在毕加索生日纪念日，雅克琳娜开枪自杀。

后人总在探究毕加索究竟是天使还是魔鬼，抑或两者兼有。用《毕加索青年时代》一书的作者诺曼 · 梅勒的话来说就是，“就毕加索这个人而言，他只是个极普通的人，有不少缺点。就他的作品，我认为，他是世上极少数最优秀的艺术家之一。当我承认这个伟大的艺术家时，我愿意接受他不完美的一切”。

但是，我想，作为女人，对这样的男人，理性的态度应该是，欣赏他，但是远离他。

卡夫卡：真的与婚姻无关

“同女人在一起生活是很难的。人们这么做，那是陌生感、同情心、肉欲、胆怯、虚荣逼出来的。”卡夫卡越是这样想，内心越是恐惧。“从我决定结婚那天起，我就再也不能入睡。我对一切感到绝望。”

这位让小职员萨姆沙突然变成一只使家人都厌恶的无助的大甲虫（《变形记》），让土地丈量员 K 历尽艰辛却始终不能进入就在眼前的城堡（《城堡》）的欧洲著名表现主义作家，他的创作手法象征、荒诞以及独特，在他的笔下，现实与非现实、常态与变异、合理与悖理总是交错并列。而他自己在短短的四十一岁的生命中，激情与理性、希望与恐惧也总是交织而行。卡夫卡一生订了三次婚，同时，也退掉了三次婚。其中前两次是与同一个女人。这样，直至他患肺病死去，他的婚史依然是，未婚。

这事让人有点费解。我们看看巴尔扎克的婚姻观，“婚姻产生人生，爱情只产生快乐。快乐消失了，婚姻依旧存在，且更诞生了比男女结合更可宝贵的价值”。所以，哪怕到生命的终了，哪怕知道“我的灯油最多只够照亮我将要写的最后几部手稿了”，巴尔扎克也要顶着已经十分衰弱的心脏，熬到与韩斯卡夫人结婚的那一天。那是 1850 年 3 月。离这位新郎离开这个世界还有五个月。

再看看曾获两届奥斯卡影后的简·方达，她说："婚姻是过时陈旧的东西，我不认为让两个人发誓永远在一起度过余生是符合天性的事。"但是，她的一生还是经历了三次婚姻，如今，当这位依然健在的影后追述往事的时候，她表达自己这辈子最大的遗憾就是，没找到一个适合过一生的丈夫。

大凡，当我们爱上另一个人的时候，总希望相守终生，于是，我们总愿意怀着无限美好的期待，无比深情地，向着幸福的悠长小径张望。在这种状态下，婚姻应该是爱情的自然归宿。而或者，某天，当我们如同卡夫卡日记中所写的，我们突然明白了，"只有在深处才有一股溪流，它才称得上爱情，这爱情是找不到的，它转眼即逝"，那么，当心灵深处这股溪流再也无法寻觅，而婚姻作为约定俗成的一种模式，总会有让人心安的理由。换言之，期待与懈怠，都有足够的理由，让一个人，进入婚姻。

但是，对卡夫卡来说，想结婚与害怕跟一个女人共同生活在一起，困惑了他一生。我们看看他写给与他有了两次婚约又两次被解约的费丽斯的信。大凡文人写情书总是表达炽烈的爱情。有徐志摩与叶芝为证。但是，在卡夫卡的信中，我们可以看到，有许多的地方，卡夫卡总是纠缠着自己是否结婚这一问题。

"为了我的写作我需要孤独，不是'像一个隐居者'，仅仅这样是不够的，而是像一个死人。"毋庸置疑，写作是卡夫卡的灵魂。这是一项极为孤独但却又付出毕生精力的事业。"我的生活在根本上无论现在或过去，历来都是由写作构成。我若不写，我便等于是瘫在地上，等着被清扫掉。"

如此看来，害怕婚姻打破原有的生活秩序，无法让自己专心地做自己热爱的事，是卡夫卡始终无法选择婚姻的原因。但是，我们又看到他不停地向费丽斯诉说："费丽斯，你将觉察不到我是多么爱你。生活中猝然的风雨，时间和衰老的打击，失眠……我无力独自承受这一切。"他是多么希望他写作时她能坐在他边上的小沙发上，他又是多么希望，妻子的作用是："我躲在一个阴暗、潮湿的地窖的尽头写作，每天足不出窖。你把饭送到地窖口。"

确实，如果没有足够强大的内心，是无法选择孤寂地写作的。但世俗生活无处不在的诱惑，也总让人逡巡其中，被其牵扯，难以逃脱。大多数人能够处理好这种关系。如果不是，那么，文学史上将出现多少光棍呢？对于卡夫卡来说，写作与和一个女人生活在一起是无比抵触的事情。他既然无法让两者并行不悖，那么，这种痛苦的抉择中，他只有选择自己最热爱的东西——写作，而关闭了婚姻之门。

作家虹影估计很倾心这个男人。在她的《我与卡夫卡的爱情》中写道："卡夫卡一生好像没有碰过女人，或是说，没有女人有勇气爱上他。我现在的勇气，晚了一个世纪……我带了一枝红玫瑰……不错，一个世纪了，玫瑰还盛开着，难道不是奇迹？"

卡夫卡终究是不会寂寞的。多少人会仰慕他的才华和他孤独的坚守。但他也总算可以放下心来，人家送的不过是一枝红玫瑰，这回与婚姻真的无关。

叶赛宁：爱情灵光稍纵即逝

当她身披薄如蝉翼的红舞衣，脚穿红舞鞋，在绚烂的舞台上尽情演绎着她的生命与自然的语言，她就如一朵美艳的红玫瑰，激情四溢，光彩照人。那一瞬，她是谁，她的年龄，她的国籍，以及关于她的所有跟凡俗尘世有关的东西，对诗人叶赛宁来说，已经毫无意义。

爱情就这样来了。甚至还没有准备好。

叶赛宁的忧郁的蓝眼睛亮出了火花。那一点火花，自然不会划破长空，但至少顷刻间，已将邓肯俘获。

那年，叶赛宁二十六岁，邓肯四十三岁。他们相差了整整十七岁。

爱情是盲目的吗？如果不是这样，爱情怎么就会发生呢？

那个晚上，当俄罗斯的抒情诗人含情脉脉地看着这位到莫斯科访问的被誉为“美国现代舞之母”的邓肯时，很快，翻译尴尬地发现，自己站在边上是多余的。叶赛宁与邓肯似乎根本不需要相同的语言。他朗诵着自己的抒情诗给她听，邓肯看着这位年轻英俊忧郁的诗人，已经完全被迷住。她说，真好听，像音乐一样。

其实，他们根本听不懂对方说了什么。

但是，对于相爱的人来说，这重要吗？

你用你的语言，我用我的方式，我们始终，会因灵魂的契合而交

会。爱情通常如此，瞬间发生，刹那燃烧，毫无理由。

1922 年，叶赛宁与邓肯结婚。但是，这桩来自“红色王国”的诗人与西方舞后之间的婚姻，在旅行结婚途中就已闹得不可开交。他们生活习性居然有如此多的差异，他们的性格竟然也完全不同。

邓肯是一个率性的女子，她说：“我宁可全裸而舞，也不愿像当今的美国女人那样，半裸着还又假装矜持地在街上漫步。”她热情而快乐地活着，似乎全世界都会为他们舞蹈。而叶赛宁总是忧郁地表达自己对生命的叹息抑或生之惘然，他的性格中有着与生俱来的悲剧气质，就如他的诗歌：“生活，如今我已倦于希冀了。莫非你只是我的一场春梦？”

他们都不习惯彼此的行事方式。想当初一个亲吻可以化解的疑虑或者困惑，如今仅凭肢体语言是无法让对方释然的。于是，激情过后，留下的就是爱情的碎片。无法捡拾，也难以拼凑。他们吵架打架，他们同样听不懂对方说了什么，但是很可惜，他们都读懂了对方眼中的不满与厌倦。

婚姻就是如此。它把一切华美的面纱撕下，所有的人都赤裸着面对这个烟火尘灰的生活。

爱情或许是那样。所爱的都在彼岸。当彼岸之物走向此岸，所有的距离都已消失，你看到的是真实，那么最终，无数人选择的是不愿面对。

“我见过世面，到处漂泊／我恋爱多次，受尽折磨／我之所以酗酒和耍无赖／只因比你好的人没见过。”叶赛宁对邓肯的表白是如此深情。但是，一切终究过去。1925 年，叶赛宁在列宁格勒的一家旅馆自杀。这一年，他刚刚与列夫·托尔斯泰的孙女索菲娅·安德列夫娜结婚。他与她也是一见倾情。只是，婚后他才明白，这样的家庭生活他根本无法继续下去。

叶赛宁去世一年后，邓肯的长长的红围巾卷入开动的汽车轮子里，她曾经用来跳《马赛曲》的围巾，到头来却送她永远离开人世。

叶赛宁曾经深爱过的另一个女子别尼斯拉夫斯卡娅，在叶赛宁死后不到一年，在他的坟前自杀。

叶赛宁的一生，爱情飘忽不定。他总是在瞬间轻而易举地爱上另一个人，那桩爱情或许能燃烧他瞬间的生命激情，却无法给他永久的安慰。他期待在爱情中找到精神与肉体的永久的栖息之地。事实上，谁也做不到。

福克纳：婚姻的现实性

看福克纳的小说比较早，但这并不能证明我有福克纳情结。说实话，我只是对他的爱情比较感兴趣，所以时常会好奇，经历过那样的爱情的男人，他笔下的女人又会是怎样的呢？

当然，无论是被称为西方文学史的经典之作的《献给爱米丽的一朵玫瑰花》，还是《喧哗与骚动》，福克纳的作品娴熟地运用了意识流，风格繁复多元、意象迭变，而我们也实难由此窥见他的内心。

我想，许多爱情，往往一开始总是如同传说般美丽，福克纳的爱情应该也是如此。想想一个二十一岁的年轻人，爱上一个订婚了的比他大两岁的女人，在那个时代，这场爱就不太容易了。毕竟，你看看歌德笔下那个大名鼎鼎的烦恼少年维特，就会明白这样的后果是什么。

福克纳并不绝望。他有一支笔，可以拿它来倾诉。他的情诗被后生徐志摩学了一点，譬如志摩就那样狂热地对着陆小曼写道：“眉，我的至宝，我的心血……”抑或者，写情诗是福克纳从叶芝那里得到的灵感。只是，叶芝对毛特·冈表白，“只有一个人爱你那朝圣者的灵魂，爱你衰老了的脸上痛苦的皱纹”，这首著名的情诗《当你老了》感动了千万人，却没有感动毛特·冈。具体内幕我们自然不得而

叶芝：在阳光下抖掉枝叶和花朵

多少人爱你青春欢畅的时辰，爱慕你的美丽，假意或真心／只有一个人爱你那朝圣者的灵魂，爱你衰老的脸上痛苦的皱纹。

——叶芝《当你老了》

世间事总是如此。《当你老了》是叶芝送给这位爱尔兰自治运动的主要领导人毛特·冈的爱情诗，被艾略特称之为“匠人之作”，被世人称为“感动了一个多世纪的爱情绝唱”。它感动了许多人，当然也包括了我。但对毛特·冈来说，它只是叶芝在自言自语，柔声倾诉。事隔多年，当叶芝离开这个人世，他给自己的墓志铭是，“冷眼／看生，看死／骑士，打此而过”。颇有壮士悲歌之意。很庆幸的是，他已不知道毛特·冈到最后坚决拒绝参加他的葬礼，当然也听不到毛特·冈对自己的评价，“这个男人太女子气了”。

我不知道，一个男人，到最后，如果知道自己终极一生用灵魂去爱着的女人如此注释自己，是什么感受。

但叶芝肯定认为某天，毛特·冈也会爱上自己，到最后，他们也会结婚，守在一起。如同当年，他爱上她，那么的简单，就那一瞬，如同惊鸿一瞥，让他付出了将近一生的等待。那一刻，“她伫立窗前，身旁盛开着一大团苹果花；她光彩夺目，仿佛自身就是洒满了阳光的花瓣”。他被她身上的这种“异乎寻常的美丽”所震慑。他说：“我从来没想到在一个活着的女人身上看到这样超凡的美。这样的美属于名画，属于诗，属于某个过去的传说时代。”这一天，是1889年1月30日。但他不知道，这一天，也注定了自己一生的爱与哀愁。

世上有一种爱，它让你绝望，却又让你心存期待。你无法逃离，只因为你已经不愿离开。这种爱绵绵不绝与你的一生纠缠在一起，没有对错，也无所谓对错。诗人叶芝原本可能拥有的狮子般的心就这样瞬间被俘获，而她所展示的种种幻象激发叶芝无穷的创作欲望。我们很少看到一个诗人能像叶芝那样，他的诗歌生命那么久远，一直到生命的尽头，他激情而又智性，幻灭又冷静，无可非议，是一种不同寻常的力量在支撑着他。而这，与他跟毛特·冈之间可望不可即，切近而又辽远，痛楚而又喜悦交织的复杂感受有关。它延续了诗人创作的动力，同时，也激活了诗人灵魂深处的激情，它让诗人感情上痛苦一生，但也成就了他的诗歌艺术。你无法否认，这也是，一种和谐。

1917年，叶芝五十二岁，与英国女子乔治·海德里斯结婚，成家生子。这是在已经死去丈夫的毛特·冈再次拒绝了叶芝的求婚后。那一年，叶芝还作了最后的挣扎，他向毛特·冈的女儿伊莎贝拉求婚。哪怕做不成夫妻，成为岳母也是好的。这桩荒唐而又让人无比酸涩的求爱毫无悬念地被断然拒绝后，叶芝终于停止了这种无望的念想。他如同劳顿一生的舟车，累了。“你曾经容颜夺目，我曾经努力／用古老的爱情方式来爱过你／一切曾显得幸福，但我们都已变了……／变得像那轮空空的月亮一样疲倦”（《亚当的诅咒》）。

事实上，叶芝还是无法忘记毛特·冈。在他生命的最后几个月，

他给毛特·冈的信里写道："我亲爱的毛特，我想请你和你的朋友来我这儿喝茶，星期五下午四点半，四点或稍晚些会有车去接你们的。我一直想见你。"

或许，此时的毛特·冈，仍然只是叶芝心中的一个幻象。她年老色衰，她还吝啬得连衰老的脸上痛苦的皱纹也不让他去爱，她的身上也不再芳香四溢而且根本没有映照着阳光的苹果花，但诗人依然满腔柔情地呼唤着她。想起他的诗作《随时间而来的真理》所言，"在阳光下抖掉我的枝叶和花朵，现在我可以枯萎而进入真理"。其实，他不曾枯萎，因为，这枝叶与花朵叶芝从来就不曾真正抖掉过。

薛涛：浣花溪边校书郎

薛涛很聪明。年老色衰，还有个好手艺在。《薛涛小传》云：“涛，侨止百花潭，躬撰深红小笺，裁笺供吟，应酬贤杰，时谓之薛涛笺。”薛涛笺取成都浣花溪边百花潭之水，所造纸笺光洁芬芳，极具盛名。

想当初，一个女子，身为官妓，纵有绝色之美貌，漫溢之才情，也不过是与当地官吏和当时著名诗人诗酒酬唱而已。回眸一笑百媚生，顾盼之间，婉若清扬。只是任怎样的盛装，总有散场的时候，这种欢场过后的落寞与虚无可想而知。醉笑陪君三万场，无论是谁，终归只是忍受，而不是愿意。

薛涛幸运的是碰上了韦皋。一句“惆怅庙前多少柳，春来空斗画眉长”，让韦皋赞不绝口，也让她的艳名从蜀中流传开来。史称韦皋还准备奏请朝廷任命薛涛为“校书郎”。后人亦可从王建的《寄蜀中薛涛校书》，“万里桥边女校书，枇杷树下闭门居。扫眉才子知多少，管领春风总不知”，想象薛涛当时之名。

据说薛涛聪颖早慧，八九岁时即知声律。一日，父亲指着院中井边的梧桐树吟道：“庭除一古桐，耸干入云中。”薛涛应声续道：“枝迎南北鸟，叶送往来风。”父亲愀然久之。这句诗，居然成为她日后命运的谶语。

只是当时作为剑南节度使的韦皋，想来也是无法接受薛涛的南迎北送的欢场。他看着自己一手力捧之人，艳冠蜀中，交游于达官贵人之间，顿生不满，将其罚赴松州。但薛涛是个明智之人，她明白自己需要做什么。在赴松州途中，薛涛写了《十离诗》，运用“犬离主”、“笔离手”、“马离厩”等十个意象，来表达自己失宠后的怅惘之情。这样的诗作，美人幽怨，柔声倾诉，泪眼涟涟，任是铁骨，也会心软。薛涛得以重回成都，也与韦皋重归于好。自此，她也心生退意，换回自由身，开始了退居在浣花溪边的生活。

对于薛涛来说，四十二岁那年遇见元稹，是她情感的另一个起伏。那年，元稹三十一岁。这位创作了《莺莺传》，写过“曾经沧海难为水，除却巫山不是云”的名士，风流俊赏，才华非凡，让薛涛一见倾心。薛涛虽已是美人迟暮，但那一点的柔情突然被触发，便如同那初春浣花溪边的花瓣，绚烂缤纷，温柔绽放，任谁也无法抵挡那一刻的美艳。

薛涛与元稹的这段姐弟情史比较有名。想必当时薛涛是喜悦的，她的诗作竟有了鸳鸯戏水般的欢愉。“双栖绿池上，朝暮共飞还。更忙将趋日，同心莲叶间。”（薛涛《池上双鸟》）但这场爱也很短暂。一年过后，元稹远赴江陵。薛涛赠诗《送友人》，怅惘与苍凉心境无法自抑。“水国蒹葭夜有霜，月寒山色共苍苍。谁言千里自今夕，离梦杳如关塞长。”此后，元稹娶妻后又纳妾，元薛姻缘最终未能缔结。

想来，薛涛若是纠缠情事之中，为伊消得人憔悴，人生便是无穷尽的苦恋和相思。这是场苦役，许多人终难避免，薛涛也曾沉溺其中，黯然销魂。我们看她在元稹离开蜀中后写的流传后世的名诗《锦江春望词》就可窥见其心迹："风花日将老，佳期犹渺渺；不结同心人，空结同心草。"

但是，薛涛终究还是斩断情丝，了却情事。在她人生的最后二十余年，她远离繁华的交际场所，穿起道袍，读书造纸，不再参与诗酒花韵之事。她家居浣花溪边，门庭遍种枇杷与菖蒲。繁华过尽，已是云淡风轻。

后来白居易诗题薛涛，感叹她的迤逦妍逸一生到最后是："独坐黄昏谁作伴？怎教红粉不成灰。"但是，当我们看看同是唐代才情女子的鱼玄机与李季兰就明白了。同是美艳绝伦，同是沦落风尘，鱼玄机用情过深，却在二十六岁遭受死刑，只因为忌恨侍女绿翘。李季兰诗会天下友，却牵涉政治，因朱泚事败，被唐德宗捕杀。而薛涛则能让成都望江楼至今还留有一副楹联：

古井冷斜阳，问几树枇杷，何处是校书门巷；

大江横曲槛，占一楼烟月，要平分工部草堂。

能与工部草堂平分大唐春色，薛涛此生，足矣。

李季兰：诗心一明月

偶尔翻看《唐才子传》，初识李季兰。“美姿容，神情萧散，专心翰墨，善弹琴，尤工格律”，好一个“神情萧散”，一个绝世才情女子栩然而出。

试想一个女子，肤若凝脂，艳如桃李，风姿绰约，眉目含情，而偏又天资聪慧，琴棋书画，读经写诗，才情非凡，如此，纵然青灯黄冠，亦是春色满溢，寂寞梧桐，又怎能锁清秋？

李季兰又名李冶，在文学史上，她与薛涛、刘采春、鱼玄机并称唐朝四大女诗人，有着较高的文学地位。此四人皆有“言辞雅措风流足，举止低回秀媚多”之态，才情横溢，结交名士，把酒言欢，不一而足。或许，由于唐代道教是国教，深受皇帝尊崇，“上有所好，下必甚焉”，名门闺媛也多争相出家做女道士，入道观过自由生活的不乏其人，而道观修行者更是比比皆是。于是，我们发现，四大女诗人中的两个，李季兰与鱼玄机竟都是道姑。

只是，鱼玄机是因为被李亿纳为小妾后其“夫人妒，不能容”而出家于长安咸宜观，李季兰与之不同，她原是富家之女，被家人送入剡中玉真观，即现在浙江嵊县一带的一个偏僻的道观，只是因为其父恐诗句成谶。据《唐才子传》记载：“始年六岁时，作《蔷薇诗》

云：‘经时未架却，心绪乱纵横。’其父见曰：‘此女聪黠非常，恐为失行妇人。’”想薛涛八岁，一句“枝迎南北鸟，叶送往来风”，令其父“愀然久之”。而李季兰六岁，居然吟出“经时未架却，心绪乱纵横”一诗，“架却”谐音“嫁却”，小小年纪，竟有如此纷乱的性情，其父惊叹女儿文才之余，内心极其不安，担心女儿长大后会做出格之事，将她送入道观中。

于是，我们可以想象，青衣布衫，黄缎道冠，孤灯月黄昏，李季兰独上楼台，琴声如诉，一曲“相思怨”牵扯着她丝丝情愫。那么，她思念的那个人又在哪里呢？

是朱放吗？那个在剡溪边相遇的名士，两人饮酒赋诗，互诉衷肠，过了一段缠绵的时光，后来奉召前往江西为官，朱放再也没有回来过。两地相思，相见不得，李季兰的怀人诗，句句伤情，空留幽怨与缠绵：

离人无语月无声，明月有光人有情；
别后相思人似月，云间水上到层城。

只是，我们知道，男人的忧伤如果是“三十功名尘与土”、“八千里路云和月”，对于一个女人来说，“此去经年，应是良辰好景虚设，便纵有千种风情，更与何人说”，便是她内心最深的荒凉。

这场爱情无疾而终，按照现代诗的写法，就是，“有些爱情死于非命，有些人，见一面就少一面了”。

而与陆羽的相识，安慰了李季兰在朱放之后的寂寞。陆羽饱读经书，博学多才，深通茶道，史书上曾称由于陆羽《茶经》的问世，“天下益知饮茶”。这位被后世称为“茶神”的男人，据《新唐书》记载，因其相貌丑陋，被父母遗弃于唐开元二十三年，那时的陆羽才三岁，龙盖寺住持僧智积禅师拾得后，感其身世飘零，以“羽”命名。李季兰与陆羽的相见，更有惺惺相惜之感。两人煮雪烹茶，吟诗论道，弹琴画画，意气相投。只是从现留的诗句来看，我们发现，李季兰对陆羽的情感，以友情为多，纵然自己大病之时迁到燕子湖畔调养，陆羽闻讯后日日为她煎药煮饭悉心照顾，李季兰病愈后特作一首“湖上卧病喜陆羽至”的诗作，亦是答谢之意，没有赠朱放诗的那份浓情在。其诗云：

昔去繁霜月，今来苦雾时；
相逢仍卧病，欲语泪先垂。
强劝陶家酒，还吟谢客诗；
偶然成一醉，此外更何之？

尽管天生风情浪漫，史册上留名的关于李季兰的情事倒不多，但她的一段单相思，倒是非常有名。那就是，她爱上了陆羽的朋友诗僧皎然。皎然人如其名，虽剃度为僧，但是眉目俊秀，气宇轩然，他是谢灵运的第十代孙，诗画尤为出色。陆羽常常带皎然与李季兰聚会，李季兰心生爱慕之情，以诗诉衷情。没有想到皎然不为所动，一首“答李季兰”，流传至今：

天女来相试，将花欲染衣；
禅心竟不起，还捧旧花归。

莫非，那时的李季兰就有王菲如今的想法，“反正男人都是靠不住的，不如找个好看的”？所以，当经历了让她倾注满腔柔情，却远仕不归的朱放，那么，尽管感动于陆羽对自己的深情，但陆羽实在是容貌丑陋，只能让她视陆羽为知己，而非爱人。而皎然的“禅心竟不起”，李季兰只能无奈何。

李季兰的道观生活是热闹的，结交名士无数，常举行文酒之会，即席赋诗，爱作雅谑，酬咏甚多，诗名远涉广陵，被刘长卿称为“女中诗豪”，想是红尘中寻觅良久，终无处可归，将万千幽怨放下，诗风顿显豪迈。唐高仲武评论说：“士有百行，女唯四德。季兰则不然。形器既雌，诗意亦荡。自鲍照以下，罕有其伦。”陆昶《历朝名媛诗词》称其：“笔力矫亢，词气清洒，落落名士之风，不似出女人手。”

据说唐玄宗听说她的盛名后，传旨要她上京面圣。一代才女，当美艳动人都已是前尘往事，容颜已老青春枯萎时却又要携满腹诗才，面对圣上之颜，这是何等的荣耀与何等的不幸。聪明如她，也只有兴叹：

《恩命追入，留别广陵故人》

李冶

无才多病分龙钟，不料虚名达九重。
仰愧弹冠上华发，多惭拂镜理衰容。
驰心北阙随芳草，极目南山望旧峰。
桂树不能留野客，沙鸥出浦谩相逢。

一个四五十岁的女人，纵使眼角含情，亦有皱纹横陈，即便抚琴吟唱，亦不再有当年初见朱放时的“醉娇胜不得，风袅牡丹花”。唐玄宗见此，大失所望，送她一个“俊媪”的称呼，“优赐甚厚，遣归故山”。

那么，若是李季兰早点被唐玄宗召见，又会怎样呢？她的一生寻寻觅觅，遇人不得，遂将万千情思都化作笔下之诗，想来许多女子遇上心仪之人都会有“还君明珠双泪垂，恨不相逢未嫁时”的感慨，而对于李季兰来说，“经时未嫁却”，写《八至》时，竟已是世事洞明，目光清冷，颇有理性之气。诗句云：

至近至远东西，至深至浅清溪。

至高至明日月，至亲至疏夫妻。

她终成槛外之人，忍将昔日的缕缕期盼，浓情蜜意，都换了风轻云淡。

想象李季兰如果就这样终老，往来有鸿儒，而又专心翰墨，也是快乐的事情。李季兰后来因同叛将朱泚和诗，朱泚兵败被杀，她受到牵连，被乱棍打死。其实，我倒是觉得，她无非就是孤独了，寂寞了，找点爱，有个男人文采还行，她与他应和几句，没想到，居然卷入政治漩涡，丢了自己的性命。爱对她来说，已是一种习惯，她无法放弃，尽管她早已勘破。这个习惯有很多的风险，年轻的时候也还有大把的时光可以挥霍，而年老色衰之时，还是学薛涛，造纸也是很好的手艺。

鱼玄机：无处安放的青春

鱼玄机，这个名字充满玄机，如同她短暂的一生。

可惜她芳华二十六，就走上刑场，枉费了她的倾城之貌，也枉费了她的满腹诗才。后人总爱用“悲玄机”，对她的人生聊发感慨。更有人不愿承认鱼玄机的死去，弄了个新考据，证明鱼玄机就是韦庄，就是和凝，她并没有被判处斩刑，而是释放回去，隐居乡下，写诗为生。这样的推断，只能说明人们不忍她落得这样的下场。她貌美如花，娉婷婀娜，巧笑倩兮，美目盼兮，却以柔荑之手，杀死侍女绿翘。而那个侍女绿翘与她的情人陈韪有勾搭之事，不过鱼玄机自己的猜测而已，并非目睹。至于陈韪，他只是鱼玄机许多情人中的一个，在她的生命中，他不过是一个过客，她不会为他停留，就如他本来也只是亵玩一场而已。但是她居然动起真格，这让人匪夷所思。

那么，我们还是先来看看她的经历。不难发现，道观生活是她一生的分水岭。在这之前，唐皇甫枚传奇小说《三水小牍》记载：“西京咸宜观女道士鱼玄机，字幼微，长安倡家女也。色既倾国，思乃入神。”这个倡家女比较难以解释，一说鱼玄机少时在妓院长大，是个妓女；另一说家道衰落，她母亲在妓院边上靠洗衣缝补来维持家用，她是个舞女。无论妓女还是舞女，有一点是肯定的，这个色可倾国的女子，十二岁时诗才就誉满长安，被称之为“诗童”。据说大诗人温庭筠深为好奇，亲自前往鱼玄机家中，以“江边柳”为题考她，十二岁的鱼玄机随口吟道：

翠色连荒岸，烟姿入远楼；
影铺春水面，花落钓人头。
根老藏鱼窟，枝底系客舟；
萧萧风雨夜，惊梦复添愁。

温庭筠大为叹服，自愿做了她的老师。温庭筠相貌奇丑，有“温钟馗”之称，又长鱼玄机二十余岁，但鱼玄机爱慕他。这并不奇怪，女人通常会爱上有才气的男人，就好像男人往往被女人的美貌俘获。我们看到鱼玄机现存的五言律诗，什么《遥寄飞卿》《冬夜寄温飞卿》之类的诗句，便可知女学生情窦初开，势不可挡。这段师生情，后来始终未能上升到男女之情，我们只能这样理解，花间派诗人温庭筠，在对待自己的女学生鱼玄机爱慕自己这事上，是正人君子。

《唐才子传》记载：“咸通中及笄，为李亿补阙侍宠。夫人妒，不能容，亿遣隶咸宜观披戴。”十六岁时，鱼玄机被补阙李亿纳为小妾。但李亿的原配夫人出身望族，不能容忍这个小妾，慑于夫人之威，三个月后，李亿一纸休书，将鱼玄机送入咸宜观。

鱼玄机不相信这个男人就这样置自己于不顾，让自己以后的日子，青灯黄卷相伴。想当年，自己题在道观前的七绝，引得他想方设法通过温庭筠认识了自己，他们毕竟也是因才而相识相知然后相伴，若不是他的原配夫人裴氏，他们或许能过上安宁的生活。她相信李亿会再来找她。这期间，鱼玄机为李亿写了许多的情诗，缠绵悱恻，如杜鹃啼血，诉尽离人愁绪。只是，她没想到，李亿早与夫人离开长安，远赴他乡为官，自此不再归来。

“易求无价宝，难得有情郎。”写下这样的诗句后，鱼玄机已经不再是原来那个她了。

她在道观门口贴上“鱼玄机诗文候教”，广交才子名流，往来酬唱，门庭若市。她终日游迹，放纵淫欲，喝酒行乐，调笑奢靡。她怎能耐住寂寞，辜负了大好春光。她更无法坚守自己对李亿的一份爱，没有人值得她从一而终。当然，她若是知道许多年后，有个叫亦舒的女人说，做一个女人要做得像一幅画，不要做一件衣裳，被男人试完又试，却没人买，待残了旧了，五七折抛售还有困难，肯定很安慰。因为，鱼玄机自己本身就是一幅画，但现在，她要把男人当作衣服，那么多的衣服，试穿的过程是冗长烦琐的，却也是极大地满足了自己的虚荣。及时行乐吧，没有谁值得她再为之柔情万丈，没有哪个男人的伤害会再让她肝肠寸断。

好了，那么现在，我们再来看鱼玄机杀死侍女绿翘一事。那年，她二十六岁，青春没有消失殆尽，却已经是强弩之末，但侍女绿翘正值豆蔻，长得错落有致，处处散发着青春的气息与时光的芬芳。而鱼玄机顿起杀心，其实很简单，她妒忌了。

如果按照美剧《犯罪现场》的些许犯罪案例来分析，这次杀人当然也不属图谋已久，它只是鱼玄机的即兴发挥。援引《利特雷辞典》对嫉妒一词的解释，这种行为“源于爱的一种情感，由担心所爱对象垂青他人而引起”。而弗洛伊德这样解释：“我爱时，我是十分排他的。”至于罗兰·巴特，他的解构主义对嫉妒作了很贴切的分析：“嫉妒是人之常情。放弃妒心便是对这种常情的超越。”无法放弃妒心，从这种角度上讲，鱼玄机无法超越的不是这种常情，而是她自己内心深处的绝望，这正是她的悲剧。

或许，不要纠缠在情爱之中，女人会变得坚强。而情多无处释怀，换来的只能是“自古多情空余恨，此恨绵绵无绝期”。

红尘中活得放浪恣肆之人，从来就不在红尘之中，她们的青春，注定无处安放。

第四辑

行者的诱惑

行者的诱惑

——读《行者的迷宫》

张炜写作的时候，有时会住到朋友找的大山深处的废弃不用的房子里。那里安静得像另一个星球。兔子和獾，一群群的喜鹊，会互不相扰地在他的窗外转悠。一些鸽子飞到窗台上往里看，想知道这个只有一些书，一叠纸和一支笔的人的秘密。那里的天空清湛得没法形容，星星又亮又大，仿佛从未有过地逼近了地面。

我知道有一类作家，他们内心装满了星空、大地，装满渺茫的悲壮感。张炜就是其中一个。当我们阅读张炜与朱又可的漫长的访谈——《行者的迷宫》，这场裹挟着作家强烈的大地与灵魂气息的谈话扑面而来。它有着浪漫主义的那种浓烈的气息，又有现实主义的解剖；它极其飘逸，令人神往，表达溢出边界的那种放纵感，却又有耐久而有力的“杜甫式的酽实的钢蓝色”——当然这也是在张炜看来“大河小说”必须蕴藏的一切，很幸运的是，在访谈中我们可以窥见这样的色泽与质地。

很难想象一个作家会用漫长的时间，无比忠诚地去写一个永恒的主题，写一个散发着永恒气息的故事。在我知晓的文学作品中，《追忆似水年华》当算一个，《静静的顿河》当然也是。二十二年前，我浑然无知，文学与我，隔着冬日清晨厚厚的雾纱，张炜已开始了他的

“大河小说”《你在高原》的创作。这部长长的行走之书，出版时四百五十万字，如同普鲁斯特的《追忆似水年华》，看完的人少之又少。坦白说，我也没有看完。但是，这部书的沉郁之气肯定无论如何也无法驱赶。书的厚度，只有时间才能给予。也只有时间，才能赐予书写者如此神秘的书写的力量。

读张炜的作品，我想我们是无法对他本人得出一个简单而绝对的概念的。从一开始，他应该就不是作家，他的志趣是成为地质工作者，把海边林子里少年的幻想带向远方。地质工作者考察事物的那种刚劲有力的凿实感，以及游走带来的新奇与变化，为他的灵魂提供了意味深长的庇护所。此后，我想行走的路上，他也可以是流浪汉，是他所说的“离开家园的流浪汉”“大痴士”。但是，不知不觉，他成了这些流浪汉与“大痴士”故事的记录者。

人有时候和獾一样，也需要不停地远途跋涉，回到出生地，到生活过的老地方去——“原来我就是那只寻找老窝的獾啊”——他说。正如马克·吐温一生都没有离开那条密西西比河，海明威很难离开他的战场、拳击场、硬汉们的海洋，用了二十二年时间写作《你在高原》的张炜，也离不开他在胶东半岛的大山和平原上的漫游。

这几十年来，小时候生在海边林子里，大多数时间在荒野林中奔跑；十几岁时又离家去了山东南部山区，从那时起就常常是一个人了，许多时间都是奔走在旅途上的。

他曾经，头发细密，现在，不停地写，不停地走，头发就一点点离他而去，散在风里了。

他说自己常常有一个错觉：远处有一个人在喊我——快走啊，快走啊……在济南待不住，在龙口待长了也不行，老觉得远处有一个声音在说——走啊走啊……常常半夜醒了就听到这种呼喊。他问：你有没有这种感觉？

我有没有这感觉？我在想，我也不能在一个地方长待，但是，我还是待在一个地方。獾越来越少见，老窝也难以寻觅，记忆的坐标已经模糊，新的抵达遥遥无期，我还没有上路，基本不行走。而那些有趣的人与事，也会终将难以相遇。

我要怎样地行走，才有一路奔波的酬劳，遇到这样的——有意思的、难忘的人与事……

譬如那个不知在河汊边住了多久的老男人，无儿无女，口音怪异，他的炕下一个大洞里放着一本斯宾诺莎的《伦理学》。

譬如在平原西部遇到的一家四口，他们也住在河汊里，四周没有人迹。两个小孩好看极了，不经意间对着张炜还说出一句外语。这让他们的母亲非常不安。男主人回来了，他挑着一个大网兜，里面有刚捕到的几条大鱼。他有一双又大又黑的眼睛。他莫非就是现代隐士？半年后，张炜再次经过那个地方，只有一只黑乎乎的什么东西唰一下从里面蹿出——它是这里的新房客，一只狗獾。

还有“老李花鱼儿”，这个擅长针灸和为人做手术的方圆几十里的名医，在山上独居，自己开垦土地，自己酿酒，养肥各种野物。一个大年三十夜，他遇到了一个姑娘，在茫茫雪地里哭。老李花鱼儿把她带回家包饺子一起吃，耳听“咯吱咯吱”响，只见姑娘正在馅子里挑生肉吃。老人一哆嗦，摸过菜刀对她砍去。一声嚎叫，一道火线，就蹿得不见了人影。循迹而去，发现一个母狐，脖上中了一刀，已经死了。此后，老人再也没法在他的石头小屋住下，因为他一闭眼，就听见一个姑娘在哭。

用张炜的话来说，《你在高原》里面所写的，无一不是事实又无一不是虚构，不要以为只有特殊的历史时期才会出现触目惊心的事件，而他们一定是在看似平常的日常生活里面酝酿着，发生着。它并非是过分强烈了，而仅仅是真实而已。而这些路上的人，他们整个就是一块文学，他们也是张炜远行之路上的一种精神滋补。

如果说时间会馈赠书写的力量，那么，行走当然是为了接近这份记忆。当行走成为一种生活方式，一种习惯，这当中同样也充满危险……

有一次，为了调查徐福东渡的一些行迹，他差点命丧大海，他乘坐很小很窄的舢板，舵手是他驾船技术不好的同学，舢板在暗藏的海流中一次次撞到礁石……

有一次，他走在一个非常简陋的巷子里，月光下，出现一个不高的人，那个人的眼神好像是从另一个维度和空间出来的人。那次，张炜是真的害怕了。

还有一次，他摸黑骑着一辆老式自行车，起早从村子里往镇上的车站赶。他知道前方不远就是一座大河桥，过了大河桥，就进入镇子了。他的自行车骑得飞快，可是他不知道那个桥墩正在施工……

当张炜一次次地有惊无险，我总觉得，他是有使命未有完成。人在茫茫自然界里，大千世界里，总有很多诡谲、诡秘，包括命运，都是未知的。当他去记录，去书写这块土地、山川、河流，我们能做的就是，被这种神性的诗性以及无边的心灵的召唤所吸引。

《行者的迷宫》不仅是一部行走史，也是一部精神史与思想史。当我们阅读到深处，它铺展了灵魂的诗意与厚重，生命的旷邈和远征跋涉，年代久远斑驳的色彩而来。那离家最近的一棵大李子树——一到春天它就开满了繁花，整个世界都是它的香味，那浓旺的大树冠一直笼罩了作家的内心——现在，它们也无一不在读者心里枝繁叶茂，香气氤氲。对于阅读者而言，这也是致命诱惑。

彼岸

梁文道的《我执》中，讲到了一个故事：一百多年前，意大利畅销书作家芬妮摩尔因为暗恋同是作家的亨利·詹姆斯未果，在威尼斯跳楼自杀了。

暗恋一个人，是奈保尔笔下的“我不说，是因为我内心已抵达你”，那一刻，世界好像停靠在自己身上。亦或者，波德莱尔的观点，“也许你我终将行踪不明，但是你该知道我曾因你动情”。当然，还有，纪尘的诗句：“有个人在很远很远的地方，他不知道我一直在静静地看着他。”

这些暧昧的、多苦的、甜蜜的、须臾的、梦幻般的情绪，一时发生，纠结错乱。对于亨利·詹姆斯来说，或许他从未想过要记住芬妮摩尔，只是没想到，日后忘记她已那么难。

芬妮摩尔的这个告别方式，很决绝。她对自己的这场“静静地看着”的无望之爱定然是心灰意冷，只有一跳百了。她留下了小说《林中野兽》的提纲，但是，这场暗恋的结局有点出人意料。若干年后，亨利·詹姆斯竟然帮她完成了整部小说，这部小说的美誉度与那桩似乎存在的绯闻本身，都让她再次被谈及。

作为西方现代心理分析小说的开拓者，亨利·詹姆斯的中篇小说的造诣达到前无古人的境界，大可不必拾人牙慧，拣一个死去女子的写作提纲来写。他这样做，或许是因为爱情对他来说果然是奢侈之事，用尽力气，却不能不爱？

据说，当时闻知死讯后，亨利·詹姆斯急忙来到芬妮摩尔的住处，他以为她会在桌上留张纸，纸上或许会写着“我爱你，亨利·詹姆斯”、“你为什么不爱我”之类的话，他试图找到证据赶紧销毁。但是很遗憾，他始终没有找到他要找的东西，却看到了芬妮摩尔笔记里留下的这句写作纲要：“想象一个男人他生来就少了一颗心，他善良、正直、彬彬有礼，但就是没有那颗心。”

他就是没有那颗心，我又怎么办？对于一个女子来说，最绝望的莫过于遭遇到一场没有流血却溃不成军的战争。在这场爱情战役中，没有敌人，找不到对手，她站在那里，独自一人，萧萧班马鸣，这是何等的悲壮与苍凉。

或许，在书房里写作，对于亨利·詹姆斯而言，比爱上任何一个女子来得更为纯粹与快乐。他迷恋于写作这种表达形式，看他的小说就会发现，他一生中无法爱的人，他都通过写作来完成，所有美好的情怀，都留在他的小说里，他用更恒久精准的方式记录这些缺失或者永远无法弥补的东西。你阅读它，会被深深打动，但是，你得知道，他始终是旁观者，他旁观着自己小说中的人物，也旁观着读者如何旁观自己的作品，他用文字把玩着人们的情感，打量着你的喜怒哀乐。如果爱上这样的男人，那么只有牢记岩井俊二的经典教导：有一个可以想念的人，就是幸福。当然，至于他爱不爱你，与你已无关。

而对于距他死去近百年，我们这些还追着看他的小说的人来说，只能这样想，或许天才就是如此，上帝给了他才华、敏感，就会拿去他世俗的圆满。

自深深处

即使你拒绝收我的信，我也会照写不误，这样你就会知道，不管怎样，总是有信在等着你。

——王尔德《自深深处》

欧洲文艺史从来不缺离经叛道之人。1871 年，法国诗人魏尔伦疯狂爱上十七岁的天才诗人兰波，同居两年后，魏尔伦在与兰波的一次争执之中，绝望地向他开枪，子弹穿过了兰波的手心，魏尔伦进了监狱。这场爱情分崩离析之后，兰波于同年写下赫赫有名的《地狱一季》，年仅十九封笔，直至三十七岁离世，再无作品。

奥斯卡 · 王尔德则让这份“不伦之恋”的悲剧继续。1895 年，王尔德的同性情人道格拉斯 · 波西的父亲昆斯贝理侯爵，因为儿子与王尔德之间的不伦交往，愤而起诉王尔德。王尔德在波西的怂恿下，进行反诉，最终被判入狱。

在狱中，王尔德写给波西的长信，《狱中信》，又译《自深深处》，世称“骇世之作”。这封由艺术家的阴柔走向宗教美学的彻悟的长信，是王尔德艺术才华的惊艳释放，更是他宗教美学上的华丽蜕变。

老实说，连博尔赫斯都认为他无法对王尔德作出技术性的评价，那么，本文试图谈谈王尔德的《自深深处》，自是较为浅薄之论。只是，关于王尔德，想起他，就像想起身边的一个友人，很亲切。这是奇怪的一种感觉。或许是不忍心他受到的伤害，又无法将他在这其中拯救，于是，只剩下，怀念。

在博尔赫斯看来，既然王尔德说过，人一生中的每一瞬息既是他的全部过去，又是他的全部将来，果真如此的话，那么，那个春风得意和文学创作旺盛时期的王尔德，应该又是监狱囚禁时期的王尔德；而那个牛津大学和雅典时期的王尔德，应该又是1900年几乎默默无闻地死于巴黎拉丁区阿尔萨斯旅馆的王尔德。

十九世纪末的维多利亚女王时代，英国上流社会新旧风尚的冲突激烈。王尔德的自由作风和大胆的政治作风很快使他成为了这场冲突的牺牲品。1895年，离魏尔伦入狱已有二十三年，王尔德再步前尘，“有伤风化罪”让他锒铛入狱，辉煌的人生戛然而止，取而代之的是，艰苦的牢狱生活，以及灵与肉的煎熬。

五月的一个雨天，这是一个普通的日子，湿漉漉的雨，一直在下。王尔德囚衣蔽体，戴着冰冷沉重的手铐，在狱警的押送下，在站台上等待去往雷丁监狱的火车。火车迟迟不来，等待的这半个小时，总有许多观众围观与嘲弄的笑声。雨淋湿了他的全身。没有伞。分不清他是不是在流泪。

此后两年的苦役犯生活，每天到了那个钟点，他说自己都要哭，哭上同样长的那么一段时间。这又是怎样的伤痛。

如果没有这场牢狱之灾，王尔德或许会继续放浪形骸的生活、精致唯美的创作，他与波西或许也会继续纠缠在上流社会的声色犬马，深陷这场“无法说出名字的爱”中。只是，“这世上只有一件事比被人议论更糟糕，那就是不曾被人议论过”（王尔德）。这回他总算如愿。

在这封狱中断续写就的给情人波西的动人长信中，我们看到的不仅仅是王尔德作为普通人的脆弱及孤苦，还有，生活的所有真实。王尔德开始将更加深刻的笔触伸向爱与宽容、现实与灵魂、艺术与宗教，而这种感受，正是《自深深处》中光芒四射的一部分。

很难想象如此特立独行的王尔德会为了波西，终生执迷。但是，魏尔伦已经起了一个头了。只是魏尔伦两年牢狱刑满释放后，他的创作陷入更为黯淡的主题，妻子离开他，他自己则于1896年，死于一个妓女的家中。天才少年兰波则是自寻毁灭，在他人生的最后十几年中，他参加过荷兰军队，去过塞浦路斯、埃塞俄比亚、亚丁，做过武器贩子、咖啡出口商、摄影记者、勘探队员、监工……1891年，兰波病逝于马赛医院，回归尘土。

我看过王尔德与波西1893年在牛津大学的合影，王尔德一副绅士风范，看上去智慧自信，在他身边的波西则是光彩照人，像古希腊美少年，真的是“何等漂亮”（又一对魏尔伦与兰波）。正如王尔德所说：“我可以抵抗任何事物，除了诱惑。”波西便是他无法抵抗的诱惑。那年，波西二十一岁，无比神奇地暗合了王尔德构思于1884年的《道林·格雷的肖像》中的格雷的形象：“猩红色的嘴唇曲线柔和，蓝蓝的眼睛坦率真诚，金色的头发曲卷有致。”一切青春的正直和感情的纯真都表现在那里，波西的这种美让王尔德为之沉沦。他赞美他的情人有着“玫瑰花般的嘴唇，金色的灵魂，疯狂的激情”。直到在监狱，他写道，“透过那游移的薄雾，有色的薄纱，一切全看走样了。”

作为一封男人写给男人的长信，《自深深处》的纠结让人不忍卒读。在历数波西暴戾的脾气、种种不是、自己为他所花的如同流水的钱以及两人的分分合合后，他称波西为“贱人”，并称“一个贱人搞得我自己也要成为贱人了”。他曾劝说波西母亲将其儿子送出英国，从而使自己能够再度编织支离破碎的想象之网，生活也重归自己掌握。果然，波西出国那阵子，王尔德不但完成了《理想丈夫》剩下的三部，还构思并几乎完成了另外两个完全不同的剧本，但是，“在我的幸福生死攸关的情形下，你回来了。那两部作品有待完稿，而我却无法再提笔了。”“你同我在一起便绝对是我艺术的克星”，只是，“在那两年半里，命运将我们两个互不相干的生命丝丝缕缕编成了一个血红的图案，你的确真心爱过我。”因而——“我别无选择，唯有爱你。”

我一直好奇是不是就是因为波西的美貌，对于青春，对于少年的征服欲，让王尔德哪怕明知，“在不到三年时间里，你把我完完全全给毁了”，却依然深爱着波西。在经历了牢狱之灾、母亲病逝、破产、离婚、失去对儿子的抚养权，我以为自己已经读懂了王尔德最终对波西的心灰意冷，以为他内心对这段感情深深地悔恨，却又见他在信中说：“不管怎样，我必须心中存在爱，要是不带着爱进监狱，那我的灵魂怎么办？”

对许多人来说，爱是宿命，在劫难逃。王尔德对波西的爱，却让他充满敬畏与谦卑：“当爱来临——你必须双膝跪接，承受的人嘴里和心里都要默念‘主啊，我不配’。”当我们一说爱就害怕受伤害，甚至，根本做不到无条件地因为爱情而愿意忍受所有的磨难，王尔德却让我们叩问自己的内心：倘若没有爱情，我们的灵魂能安放在哪里呢？

或许，在他看来，爱情就是宗教，值得自己经历所有苦难去信仰。倘若做不到如此，他又怎能成为被博尔赫斯称为“千年一人”的王尔德?

如同王尔德所有的经典作品，这封长信才情横溢，语言极具色彩与节奏感，“想到出狱的当天，花园中将是金链花和丁香花争相怒放的时候，我便高兴得发抖。我将看到，风过处，一边流金溢彩风姿摇荡，另一边则舞动簇簇淡紫，为我在空中洒满清香。”不同的是，《自深深处》根植于现实主义的大地上，唯美依然，绽放的却是悲怆的花朵。在经历了人生的磨难，王尔德重新审视自己的内心。在他看来，人所受之审都是永世之审，一如所服之刑都是至死之刑。但是，悲怆是生活与艺术的终极类型，是人类所能达致的最高情感。“我渴望活下去，探索这一于我简直就是新天地的世界。”这新的世界，就是“悲怆，以及它所教给人的一切”。

1897 年王尔德获释后，他与波西并没如同魏尔伦与兰波，永远不再见面。如王尔德在狱中的长信中所希望的，他出狱后要同波西见面，在国外找个宁静的小镇，那里有青灰的房子和碧绿的运河，以及凉爽寂静的小街。

果然如愿。

三个月后，他们吵闹后分手，自此再也没有见面。

1900 年，王尔德贫穷寂寞，年仅四十六岁，客死巴黎一家廉价的小旅馆中。此时，他的妻子已经病逝，两个儿子远走他乡，隐姓埋名。

纯真年代

《纯真年代》，故事发生在十九世纪七十年代末八十年代初的纽约上流社会，年轻的律师纽兰·阿切尔爱上了伯爵夫人埃伦——他的未婚妻梅·韦兰的表姐。如果埃伦愿意，他会抛弃一切与她在一起。

但是，埃伦说："你已经和梅订了婚，而我又是个已婚的女人。"——这是问题的本质。

阿切尔满脸通红。他是真心喜欢她，他愿意众叛亲离，只要能与她一起。于是，他努力说服她，"我们没有权力对别人撒谎、对我们自己的内心撒谎"。

她说："只有放弃你，我才能够爱你。"

这个逻辑并不奇怪。两个相爱的人，他们总是试图"对自己的忠诚和对他人的公正之间寻求着一种平衡"，与此同时，他们爱的体验，又是拒绝道德感受的。只是，任何时代，更多的是爱情去向世俗妥协。

你不必去猜测故事的结尾。那些看上去生活波澜不惊的人，说不定都曾经历过内心的风起云涌。每个人的一生都是传奇，就他个人而言。纽兰·阿切尔曾经追逐真爱，但是最终只好放弃他真正爱着的埃伦，娶了他并不爱的梅，命运就此写定。

美国现实主义小说家伊迪丝·华顿写的这个故事，被马丁·史柯西斯改编成电影，1993年获得五项奥斯卡提名。说的是上流社会的人与事。其实，无非就是平常人的生活经历，平常人的婚姻家庭，平常人的痛苦——却直指人心。伊迪丝·华顿将故事置身在十九世纪的纽约上流社会。大背景一旦如此设定，这场终未走向婚姻的爱情，便归结到受到特定的历史时代的影响，诸如上流阶层的风貌、礼仪、习俗以及他们的判断标准和生活标准之类。事实上，人们以为，这就是作者伊迪丝·华顿的亲身经历。否则，又怎能如此轻易地打动读者呢？

伊迪丝·华顿1862年出生于纽约上流社会，1885年，同波士顿人特迪·华顿结婚。这是桩平淡的婚姻，两人志趣不同，却又组合在一起，需要艰难地打发大把的时光。在无所事事之中，伊迪丝·华顿开始创作小说。1899年她以短篇小说《高尚的嗜好》迅速引起关注，她的创作也一发不可收。《纯真年代》（1920年）的发表，使伊迪丝·华顿荣获普利策小说奖，并与马克·吐温、杰克·伦敦、亨利·詹姆斯等跻身美国现实主义文学家之列，在美国文学史上留下精彩的一页。

伊迪丝的婚姻生活却不如意。她长期住在欧洲，远在纽约的丈夫则是挪用了她的信托基金，花在年轻的姑娘身上。伊迪丝自己则认识了一个叫莫顿·富勒敦的男人，如她遇到的大多数男人，这个男人粗俗，她被他身上的那种不守规则的部分所吸引，并为之着迷。

1913年，伊迪丝与特迪离婚。如同大多无疾而终的爱情，情人莫顿也离开了她。伊迪丝孤独一人，直至1937年离世，再也没有进入婚姻。她与同时期的文化名人亨利·詹姆斯倒是成为最好的朋友，但是，这只是纯粹的友谊关系。

伊迪丝·华顿作品的所有魅力，不仅在于她简洁地描述人物的道德冲突，展示社会习俗对人们精神生活的影响，同时，她对自己作品中的人物及其命运深感兴趣，而且对发生的所有一切深信不疑。

我们知道，伊迪丝·华顿的女性意识不仅体现在她的作品中，而且还贯穿伊迪丝的生活和写作生涯中。她叙写生活本身，以及由此带来的困惑，对于读者，这就是一种接近。

确实，无论外在的环境如何不同，所有的生命不过是在同一个题目上发挥的不同内容而已。伊迪丝·华顿在《纯真年代》中，探讨了一个话题：许多人活着，不是为了自己的欲望，而是为了维持责任的尊严。当我们磨平自己的棱角，我们是否印证了叔本华所说的，人是否幸福的重要因素便是他如何面对他人对自己的评价？

过分重视他人对自己的看法，这是人人都会犯的错误。这个错误根植于人性深处，与哪个时代无关。不管这个错误的来源到底是什么，人生中几乎有一半的麻烦与困扰，来自我们每做一件事，首先便会想到的：别人该会怎么讲。对此项结果的焦虑，让我们无法重返本性，无法正视自己的内心。一边是道德戒律，一边是自己心爱的人。大多数人的选择，是放弃自性。

别人该会怎么讲。大家都恪守一种规则，都紧紧地与主流社会站在一起，她又能怎么做？所以，埃伦说：我想全部放弃过去的生活，变得跟这里每个人完全一样。

别人该会怎么讲。“发生这种事”，对于男人无疑是愚蠢的，而对于女人——不知何故——却是罪恶的。这种让人绝望的世俗规则与千丝万缕的社会关系让人窒息，阿切尔想与埃伦逃离到一个地方：“在那里我们仅仅是两个相爱的人，你是我生活的全部，我是你生活的全部，其他什么事都无关紧要。”

阿切尔至少抗争过。如同埃伦真的感受到阿切尔的真心。但是最终一切都归于静寂，如同从来没有交集过。回首生命中曾经的这份爱情，“阿切尔的思绪纷至沓来。仿佛突然间，他未来的一切全都展现在面前：沿着无止无尽的空白望去，他看到一个逐渐渺小的男人的身影，他一生什么事情都不会发生。”所有的挣扎与努力归零后，我们失去了不该失去的，成为了应该成为的，这是一种洞悉的智慧释然的胸怀，还是徒劳的人生？

可是，又怎样呢？差不多三十年的婚姻，阿切尔一直被人们称为“好公民”，他的岁月过得很体面，一切都已是习惯，生活原本就应该如此。但是他知道：“他失落了一件东西：生命的花朵。”

《纯真年代》在平常的生活布景中，却又总似有条隐忍而又理性的线索，与故事丝丝相扣，绵长而又契合。它浑若波澜不惊，又让你爱恨交加。它让你曾那么接近幸福，一下子，又把你的内心撞击得粉碎。它在你揪心之时，又给你探幽发微的剖析。好几次，我都怀疑伊迪丝·华顿就是埃伦，她冷眼旁观，终究，“突然，他觉得睫毛上有一点又冷又硬的东西，发现原来是自己哭了，寒风冻结了他的眼泪”。

爱情是存在的。但是，他们都配不上它。

小说的最后，阿切尔坐在埃伦家楼下的椅子许久，然后，放弃与埃伦的见面，慢慢站起身来，“一个人朝旅馆的方向走了回去”。此时，他的妻子梅已经去世，孩子都已长大成人，埃伦近在咫尺，阿切尔还只有五十七岁。人生还有许多可能，或许总算可以名正言顺了。但是，在渐趋浓重的生命的暮色里，——阿切尔站起身来走了回去。人生的种种可能，顷刻间都没有了假设。

再回头，已经不是了。

《纯真年代》的残酷在于，它比生活更真实。

奢华的事

奢华的事。盖茨比爱上黛西，算不算奢华的事？有些人唯一的生命愿望就是要与自己喜欢的人在一起，卡夫卡的想法丰富些，他说，我需要孤寂中的写作和与一个女人在一起。这未免更为奢华。

张爱玲的《沉香屑 · 第一炉香》中，葛薇龙对乔琪乔说：“我爱你，关你什么事？千怪万怪，也怪不到你身上去。”异曲同工之妙的，木心的《西班牙三棵树》：西班牙与我何涉，三棵树与我何涉，诚如 Faust 作者所云：假如我爱你，与你何涉。

有些人就像流行歌曲，只有在特定的时候才会唱起他们。有些人被大风吹得踉踉跄跄，依然紧紧握住你的小手。珍妮特 · 温森特也会迷惘，《写在身体上》开头就是一段：

> 我想起某个九月：斑鸠红纹蝶金橘丰收夜。你说：“我爱你。”为什么这句我们能够对彼此说出的最无聊的话，却仍然是我们最想听到的？

人们很难有勇气说出爱。没法解释。套用卡尔维诺的经典诠释，我不愿意讲述威尼斯，就是因为害怕失去它。也许，讲述别的城市的时候，已经正点点滴滴失去它。

中山美穗主演的《再见，总有一天》，故事发生在曼谷，潮湿闷热的亚热带，坠入爱河而又不幸离别的情侣丰与沓子，此后虽然身在异地，一直想念对方。丰深爱着沓子，却从未当面对她说，“我爱你。”沓子临死前，对时隔二十五年后终于重逢的丰说：“当你临死的时候，你会想起自己曾经被爱，还是曾经爱过？”

关于这个问题的答案，沓子说：“临死的时候，我一定会想起曾经爱过。”

电影的结尾，丰一人开车在海边，当他终于说出“我爱你”，沓子已经永远听不到。说出“我爱你”，真的有这么难吗？当然，善良如我们，我们以为还有天国，她在那里，能听到爱人的心声。

读过普希金的诗，《我曾经爱过你》。“爱情，也许／在我的心灵里还没有完全消亡，／但愿它不会再打扰你，／我也不想再使你难过悲伤。……但愿上帝保佑你，另一个人也会像我爱你一样。”年少时被这“爱”的忧伤打动。现在再读，很释然。那不是爱情。只是“曾经”。倘能祝福，就好。他早已走出了这份情感。

“我爱你，与你无关”，歌德在这问题上纠结许久。歌德的小说《少年维特的烦恼》，就是由此生发开去。在他看来，这部让他一夜成名的小说，创作的理由，就是自己所经历的切肤之痛——“无非是一些直接关系到个人的情况。原来我生活过，恋爱过，苦痛过，关键就在这里。”徐静蕾当年将奥地利作家茨威格的名作《一封陌生女人的来信》搬上银幕后，接受采访时曾说：“这是一个关于我爱你与你无关的故事。阿城跟我聊天时谈到，茨威格那一代都受了歌德这句话的影响。”其实，岂止茨威格时代。

回到《沉香屑·第一炉香》，葛薇龙这个女孩，如同张爱玲笔下的许多女子，把嫁个有钱的男人，作为生命中最慰妥的职责。好歹，她还是豁出性命独自爱了一场。

只是，乔琪乔根本就是放荡不羁的纨绔子弟，他低声告诉她道：“我不能与你结婚，我也不能答应给你爱，我可以答应给你快乐。”这让人想到电影《托斯卡尼艳阳下》，三十五岁的弗朗西丝·梅尔斯经历了一场失败的婚姻，当她来到托斯卡尼，遇到一个男人马汀。这个意大利男人对她说：“请你别这么伤心。要不我就得与你做爱。可是我从来没有对老婆不忠。”他与她初次相识，根本谈不上爱。这是我见过的最幽默的表达。可惜，乔琪乔没有学会。

于是，张爱玲笔下，葛薇龙趿拉着拖鞋，走上小阳台，虽然月亮已经落下了，她的人却已经在月光里浸了个透，淹得通体透明。

这不过是张爱玲自己。那个临水照花之人，一个世纪的孤独。

好歹，在那流离无依的乱世，张爱玲替葛薇龙做了一件那样奢华的事。

《飘》的最后一幕，斯嘉丽终于爱上白瑞德，她说：“是这样。可是……可是，我爱你。”

此时的白瑞德已经心灰意冷。他失去了最爱的女儿。他征服了眼前的这匹野马。尽管他家里有草原。但是，现在，他说：

“这是你的不幸！”

我想说的是，我就在这一刻，喜欢上了这个男人。

瞧。我也是不愿意说——“爱”。

结束旅行

手头有一本书，2005 年版的列维 · 施特劳斯的《忧郁的热带》，带着它走过很多地方，每次翻开，首页便是：结束旅行。

旅行是什么？当我们背起行囊，刘瑜说，旅行就在于你能够用眼见为实的方式得知生活不在别处、地球上没有别处、别处的别处就是此处。看到一个网友跟帖，旅行就是从自己活腻的地方到别人活腻的地方去，也甚有意思。而在列维 · 施特劳斯笔下：我讨厌旅行，我恨探险家。就这样，开篇。

这是为什么？在他看来，旅行是一场大虚幻，是一种烦死人的过程，整个过程只会对那些习惯于反射的影像而对真正的现实不熟悉的人才会觉得真实无虚。至于探险家，他说，一个探险家有的时候为了取得遁隐者的名声，不过是为了经由向整个既成的社会秩序挑战的方式得到自己觉得应该得到的一切而已。

但是，我们看到了麝香草、牛至草、迷迭香草、罗勒草和乳香黄连木等植物穿行书里，暗香浮动。在加尔各答、孟买的市场上成堆的茄子、红葱头、裂开的番石榴，以及那些卖面粉者、干果商人、做煎饼者，这是列维 · 施特劳斯笔下的自然的人类之境，慢慢分泌着一种称为文明的气息。而圣保罗乡野的民俗、城镇的建筑、卡都卫欧的绘画艺术、印第安人的生活习俗、马托格洛索西部高原上缠绕耳际的音乐，将我们直接引入亚马孙丛林的神秘世界，所有关于旅行的意义正挟卷着亚马孙河的酽绿与巴西橡胶园的土黄，原始且又质地细密地呈现而来。而这，也正是人类学所能提供给世人的东西。

说起来，对于这样的大部头书，阅读前，内心总有一定的烦躁，担心久读不完，搁置起来，而明摆着这是一部被称为二十世纪最伟大的作品之一，作者本人也是人类学史上的一代宗师，读不下去比不读更严重。这是一部以二十世纪三十年代后半期列维·施特劳斯在巴西逗留期间对印第安人社会旅行调查的经历为核心，加上以前的知识积累和读书心得的回忆写成的半生回忆录。这部抒情的、辛辣的、谜一样的自传体作品似乎已经不屑于依靠一些片段与残迹徒劳地去重新创造一种已经消失的地方色彩。在列维·施特劳斯看来，整个的写作过程是一种折磨，之所以笔耕不辍，他说，因为害怕无所事事。

事实上，当我们阅读《忧郁的热带》时，总有一种感动。或许，这种感动恰和了苏珊·桑塔格对此书的赞誉：“如同所有伟大的作品，它带有鲜明的个人印迹；它以人的声音说话。”

在现代人笔下，大凡旅游，更不用说探险，通常以装帧精美的画册或者游记体得以体现。我总是觉得，现代文明的浮躁，最具体的体现，就是哪怕一个星期不到的出游，也能够史诗性地写出长篇的游记来，充溢着华丽的词藻，摘抄的历史事件，浮光一摄，却感觉不到作者的真诚。也就是说，在展示丰富的表象的同时，有多少笔触，能够沉下心，老实道来？又有多少人，能够让人相信他有能力向别人说明一个永远不会以同样方式再出现的独特事件发生的各个阶段和次序，能够关怀一个旅行者的真正的精神上的困惑和迷茫。

从这点来讲，《忧郁的热带》让我们看到了一个坦率而真诚的文本，一个同样坦率而真诚的人类学家。这其中，没有造作与炫耀，没有虚荣与张扬。他呈现给你一种现象，让你用你自己的智慧去填充。或者，他理性的思辨喷涌而出，而恰恰，你在心里突然共鸣，欣喜不已。如同书中所说的那杯又香又醇的兰姆酒，使用古老过时的造酒方法，在造酒过程中免不了渗入各种不纯的杂质。然而，文明的迷人之处，恰恰来自沉淀其中的各种不纯之物。

于是，我们也不妨沉静下来，暂时中断蚁窝似的活动，慢慢地沉淀一些东西。如他所说，去闻一闻一朵水仙花的深处所散发出来的味道，其香味所隐藏的学问，或许比我们所有书本全部加起来还多。

最美的决定

我很想有这样一间木质小屋。小屋在乡村，四周是庄稼地，边上有口井，井水清澈甘甜。入夜，伴着虫的呢喃。冬日，在小屋里烧上木炭，小火炉上温着黄酒，撒上金桂，酒香馥郁。再邀上三五好友，烤上红薯，围炉说着话。或者，就一家人坐着，先生和儿子在忙自己的事，我捧着一本好书，猫在脚边打盹。这时候的书，从容不迫，朴质性情，又有着恬淡、睿智的灵光。它的作者，E.B. 怀特当算一个。

说起来，读这本《最美的决定——E.B. 怀特书信集》已经有一些时日了。这是本琐琐碎碎的书，有着清晨露珠一样的通透文字，也有理性的思辨。时常，风吹哪页，就在哪页开始读，津津有味，内心很安静。偶尔，会心一笑，诗意不期而遇。

作为《纽约客》主要撰稿人，E.B. 怀特去世后，《纽约时报》发的讣告中称，“如同宪法第一修正案一样，E.B. 怀特的原则与风范长存”。《最美的决定》带给读者的，我想应该是小说所无法给予的东西，是那些奔波劳作中被遗忘或被怀恋的远远近近、深深浅浅的时光。我们俯下身来，在这本最具作者自传性质的书信集中，捡拾作者强烈内敛的时光的珍宝，如同海边的拾贝，惊喜万分。

这本书信集的开头，我们看到了那个刚结婚的怀特，他的满心欢喜。他写给妻子：

我要说的是，和你在一起就像漫步在清新的早晨，千真万确就是那种感觉。

这种感觉很美妙，和心爱的人在有着朝露的清晨散步，终于心有所属，一切如此完美。怀特的妻子凯瑟琳是《纽约客》的编辑，比怀特大六岁，有一场九年的婚姻和两个孩子。怀特第一次在《纽约客》的办公室露面时，看到了迎面而来的凯瑟琳，怀特说，“我静静地坐在那里，凝视着我未来妻子标致的容貌。”我看过凯瑟琳的照片，容貌平常的女子，而且九年的婚姻和两个孩子对女人的青春容颜意味着什么可想而知。这只能说，作为一个能写出堪称完美的散文的文学大师，按照他对生活的洞悉以及文字的敏感，他知道，她来了，他不会放手。这种切中肯綮的能力，让人生少了许多的寻寻觅觅，也是一种快意与稳妥。

这桩婚姻当时并不被看好，怀特家人也极力反对。这也难免。但是什么也无法抵抗怀特的决定。1929 年，怀特与凯瑟琳结婚。婚后，有一天，怀特写了一张便笺放在妻子办公室的书桌上：

E.B. 怀特渐渐习惯了这样想：他做了此生最美的决定。

从 1929 年与凯瑟琳的相恋成婚，直至 1977 年凯瑟琳去世，他们差不多共度了半个世纪。1978 年，怀特获得普利策大奖，他说：“凯瑟琳才是我这一生中最大的奖励。”她如愿以偿地出现，这是他的生命中得到的最真诚与纯粹的礼物。所以，无论这份爱情是否一直能保

持最初的甜蜜以及心惊肉跳，还是最后泯然众人，成为众所周知的亲情，都已无妨。这个此生最美的决定，成就了怀特卓绝的创作，也让我们在继《瓦尔登湖》之后，看到了梭罗的另一个同道之人。

《怀特书信集》中收录的最后一封信由儿子乔尔代笔写信。1985年怀特患上了老年痴呆症，在他生命的最后阶段，他终于停下了手中之笔，听儿子为他朗读自己的作品。每每听完，怀特都会问儿子文章是谁写的，儿子说："是你写的，老爸。"于是，短暂的沉默后，怀特会说：嗯，不错。

他成了自己的旁观者。

在蛛网中，他把自己内心最柔软的部分，用最坚硬的固执己见包住，却又扎一条丝线，来到你身边。

八十多岁了，怀特的其中一只眼睛失明，双耳失聪，妻子早他而逝。对自己的年高多寿，他说："大家都想来看看我，看看这堆遗迹。"

生活每日都在上演，苦痛是不可或缺的元素，但是，读怀特，没有焦灼与苦痛。种种机智，他娓娓道来。哪怕深深地绝望，在从容不迫的节奏中，他依然能突然跳将出来诙谐与幽默。在另一封信中，他写道：

作为七月已进入八十五岁的人，我有句话要告诉你：别摔跤。我等了还算长的一段时间，才最后摔了一跤，跌断了几根肋骨……希望你尽量多活几年，活得有点用处，活得开心些，最好两者兼具。站稳了，站稳了才行。

是的。年岁渐长，缺钙明显，有什么比不损害身体零部件更重要的呢？切记怀特的教诲，振聋发聩，就三个字——别摔跤。

我发现读了怀特，我也开始絮絮叨叨。我也很想和你们说说怀特在缅因州的农场。因为读着读着，我时时感到那似乎是我的农场。或许，那就是我的农场。那里养有十五头羊、一百一十二只红母鸡，还有鹅、狗、牛、猪、花栗鼠。在谷仓附近的森林里，还有红松鼠、乌鸦、画眉鸟、猫头鹰、狐狸、兔子、小鹿。在牧场的池塘里，有青蛙、蝌蚪。在海岸边，还有鸥鸟、翠鸟，低潮时，泥地里有蛤蜊。我们看到他在说：“我今年三十八岁了，花了大半天时间想造一间母鸡棚。”“今年我满四十六岁了，为了庆祝这个日子，我在锯木厂逗留了好久。”亦或者，“嗯，到黄昏时分了，我还与母牛有约呢。你不会知道奶牛究竟是啥样的，除非你亲自养上一头……”而有时，“当一个男人一整年的母鸡饲养工作出了问题，那只有一件事情可以做——好好睡觉。”真正能幽默的人实际上是悲哀的。他们的生活中，一定流淌着更深的忧郁与感伤。但是，在灰色的底色中，他们总是赋予这一切以明丽的色调，诗意而灵性，如音符般在深深的忧伤中跳动。我总是被这样的人打动。

怀特的书信，写日常小事，写内心琐碎感受，写生活中那些不太重要却如此贴近的东西，怀特称这是自己能赋予热忱和优雅的文学创作。我们看他的书信集，时常发现他会在信的结尾来一句类似如此的收梢：

代我问候那只蜥蜴，它会从莱昂石门廊藤蔓后面爬出来，在阳光下向你抛送秋波，然后又倏地躲回去。

多么妙不可言又别有意味的场景。

随着年龄渐长，觉得最好的人生其实就是这样，岁月静好，生活简单，内心充满热忱。

读怀特，我也想如他——“面对复杂，保持欢喜。”

或可赴恒河一游

周末在杭州淘碟，看到《大河》时犹豫了一下，封面介绍说，这是让·雷诺阿的首部彩色长片，在印度境内拍摄，也是让·雷诺阿的一次感官与视觉之旅。这样的介绍很吸引人，因为我时常把纪录片当文艺片来看，把文艺片当风光旅游片来欣赏。你想想，出不了远门，于是，坐在家里，把身体深陷在沙发里，等着风景前来，也算姑且找到了人生平衡的方法。

《大河》展示的就是恒河，我向往已久的恒河。楞严经云，春分将至，或可赴恒河一游。这句话莫名地打动了我。充满阳光的孟加拉天空，流动的河水，泰戈尔笔下“正当而庄严的慵懒，从天边到天边、从绿野到碧空伸展着的广大的悠闲，这些对于我都像是食粮对于饥渴一样，体会到母亲的爱抚”的恒河，或许还有，那些美丽的女子在水里洗着长长的纱丽，随风抖动，而那些朝圣的人，那些觉得生命将尽的人，正慢慢向瓦拉纳西走来，睡在恒河边，在她的身躯旁迎接终日的到来。当然，对于这个片子的想象，让我忘记了我曾看过的《吾土吾民》，也忽视这是五十年代的彩色电影，买下了这张碟。

说起来，没有去看让·雷诺阿的《游戏规则》，据说它与《公民凯恩》《战舰波将金》并称为最伟大的三部电影，还是因为那部《吾土吾民》。我不喜欢这种风格的电影，人物在法庭上一大段的激扬念白，很深刻，很理想，很英雄主义，听完了后，突然会觉得很绝望。人生的轨迹终究要像正弦或余弦函数图形那样运行，循序渐进，有高潮，有低谷，不断向前，那是一种绵远而又生生不息的力量，你会在慢慢渗透中慢慢体会，这是活着的真相，用不着你一定要慷慨激昂地把它说出来。

也想起以前看英格玛·伯格曼的《呼喊和细语》。按照特吕弗的讲法，这是战后电影史上少见的杰作，现在回忆起来，三个穿着黑衣服的女人，穿梭在影片的各个镜头中。歇斯底里，或者沉默，这三姐妹隔阂很深，大姐身患不治之症，背景音乐选择的是巴赫的大提琴组曲，人物内心喃喃细语，亲情缓缓流淌，不知怎地，看了是一阵的空寂与沉闷。与伯格曼的其他电影不同，那个1957年的《野草莓》，那个充满温暖的伯格曼，那么遥远。这种感觉很煎熬，你想逃离，还是撑下去，就这样反复纠缠，冗长的片子终于结束了。

或许，每个人的观影中都会有一些特别的瞬间，你感觉一种别样东西正穿透你的内心过来，它悄无声息，抵达，你突然无比安宁。毫无疑问，我想起了梅丽尔·斯特里普主演的《走出非洲》。作为可以当作风光片来看的文艺片的典范，我时常会看着它沉沉睡去。也时时会重温它。这种感觉就像某段时间迷恋的松居和的尺八演奏，幽远苍凉，却又绕树三匝，百转千折，余音袅袅，如今想起，满脑子回旋的就是那首 *Up In The Sky*，译为升华，抑或漂浮？

前年冬天，初到杭州，一个阴冷的下午，临近下班的时候，没有来由地想看片，就顶着寒风，在清冷而仓皇的冬日街头，走了半个小时，来到浙江图书馆。然后在空寂无人的影像室，租了一张《走出非洲》，塞着耳机，吃着面包，和一杯热水，赶在七点钟关门之前把碟看完。里面的故事情节耳熟能详，但是，当滑翔机飞翔在广袤的非洲草原时，蜿蜒的河流、光影斑驳的湖面、苍翠的山峦、潮水般涌动的斑马、羚羊、云一般的群鸟在机翼下不断延伸，我闭上眼睛，满心欢喜。“戏剧在哪里结束，现实就在哪里开始。”说的可是我那时的心境？

回到《大河》，这是一部让我惊喜的片子。说它是一部印度风光片毫不过分。毕竟是出生于堆满印象派画作的大家庭，雷诺阿极具印象派绘画般的镜头，将全片拍得很有童话色彩，真是美极了。当然，喜欢它的理由，不是因为片中的爱情，片中没有爱情，只有一种懵懂状态的美好的情愫。三个少女爱上腿部负伤的军人，随着他的离开，所有的情窦初开时的幽怨与忧伤也随之消散，波澜不惊，生活回复当初，却又再也回不去了。片子也没有矛盾和冲突，哪怕哈里特的弟弟被蛇咬死了，你看到的是，没有绝望，因为，新的婴儿又诞生了。这是一条宽厚、温情的河流，我们的痛苦在这里，慢慢消融，而生活在继续，大河在流淌，永不枯竭。

我惊讶的还有一个导演的风格可以如此变换。他竟然不再说教，当然，依然会有絮叨。没有风云跌宕，也不慷慨激昂，你却沉默下来，眼前一棵菩提树，枝繁叶茂，河边空气清新，你看到老人脸上细密的皱纹，姑娘走动时飘舞的裙裾，一种平静而朴素的力量，在牵引着你。

越往下走，越会喜欢这种波澜不惊的片子。生命的真相摆在这里，你不必让它露出狰狞的面目，却会赋予它适当的声音与尊严。

突然感觉让·雷诺阿有时很像小津，或者也像特吕弗，慢慢絮叨，突然就给你一点点渗入的凉意，而在这凉意中，一点点温暖的东西，正在一点点聚集。

你走之后这时间的灰

——读《时间旅行者的妻子》

亨利第一次遇见克莱尔，他二十八岁，克莱尔二十岁。当克莱尔轻吐出他的名字“亨利”时，亨利的胃一阵痉挛。显然，她认识他，而他，真的不认识她。

而克莱尔第一次遇见亨利，她六岁，他三十六岁。九月的一个明媚的午后，亨利看着一个小女孩沿着小路跑近，然后出现在草丛边的空地上。“克莱尔”，他无限欣喜。这是他未来的妻子。只是，六岁的小姑娘不明白，她害怕了：“你从哪里来的？你怎么知道我的名字？”这个问题很难回答。如果生命是一场旅行，亨利的旅程肯定比常人更加迂回。他一生都穿梭在时间中，时间混乱症让他时常不由自主地消失，无法控制地突然回到过去或突然回到未来。而且，更要命的是，他无法在时间旅行中携带任何东西，他总是赤身裸体地来到另一个时空，甚至连嘴里刚补好的蛀牙都会重新变成一个空洞。

结婚那年，克莱尔二十三岁，亨利三十一岁。对克莱尔来说，亨利在这里，我也在这里，便是这场爱情最大的圆满。这话颇有张爱玲的意味，在时间的无涯的荒野里，刚巧赶上了，原来你也在这里。只是，此后许多的日子里，如同这样一个傍晚时分，落山的太阳把后院这一片星期天傍晚的积雪照成明亮的粉色，克莱尔在洗着盘子，亨利正在切青椒丁，两个人唱着《黄色潜水艇》，洋葱在炉子上的平底锅里吱吱作响，然后，克莱尔突然发现自己一个人的声音孤零零地回荡在屋子里，亨利的衣物已落成一堆，菜刀掉到地板上，切了一半的青椒还在微微晃动，他又走了。她尽最大的努力，把晚餐做完，咽下，等待。

亨利四十三岁，离开人世。那年克莱尔三十五岁。他说：克莱尔，我们还会再见面的。

2053 年 7 月的一天，早晨的光线洒满了房间，八十二岁的克莱尔穿着一件珊瑚色的开襟衫，一头完美的白发，沏茶，眺望湖面，凝听着，等待着。

她说：我别无选择。他就要来了，我就在这里。

她转头过去，阳光洒落肩头。他就站在那里，他依然，四十三岁。依然的，熟悉和温暖。她朝他走去，步伐如此缓慢，满脸欣喜，他把她紧紧拥入怀中。

这不可能是真的。但是，它真的发生了。

如此不可思议的生命体验，如此不可思议的爱情，来自美国女作家奥德丽 · 尼芬格的不可思议的科幻长篇小说《时间旅行者的妻子》。2009 年 8 月，德国导演罗伯特 · 斯文克将它搬上了银幕。

在这个雨声绵绵的夜晚，我读完了这部四十五万字的小说。午夜过后，突然响起了春天的第一阵惊雷，然后听到了越来越大的雨声。旧历的新年就要到了，这样的夜晚，雨声、雷声，伴随着噼啪而起的谢年的鞭炮声，我开了影碟机，坐在那里，看着影片中，克莱尔穿着花衣服奔跑过来。一片荒芜感卷席而来，无始无终，在这时间的宿命中，湮没了我。

你和我不论是谁，其实我们一直都拒绝或者正承载着孤单。《时间旅行者的妻子》颠覆了时间的残酷性，它把生命中不同时间的切片重新组合，如此美妙，却又如此决绝。亨利可以一遍一遍地回到过往，却又只能旁观、重新品味着那些快乐、悲伤和痛苦。他的未来已经预知，在以后更长的时间里，他眼看着它发生，却又无能为力。人生不可预见，只可遇见。但是，对于亨利来说，痛苦的，不是无法预见，也不是不能遇见，而是，他总是不停地离去，她却不能相随。

而她，最艰难的就是，在明净秋色中凝望他四十年后的目光，却注定等待是女人一生最初的苍老。

不管怎样的爱情，每次醒来你都不在，我一个人，如何才能承载这时间的灰。

每个微小的时刻，如同玻璃沙漏里的细沙，缓慢而透明，每个微小的时刻，都无穷无尽，汇聚成漫长的等待。他把爱人一次又一次远远地抛在了后面，而她，依然在以一生的时间等待爱人回到身边。

诚然，时间和爱情相比，正如亨利在信中所说："我爱你，永永远远。时间没有什么了不起。"而大文豪雨果有句话很庄严：你没有那么多的死灰能扑灭我的灵火，你没有那么深的遗忘能吞没我的爱情。乍一听到，居然触目惊心。

每个人都会老去。当某种情绪细细密密地侵入你，提醒你茫茫一生仍待经历，人生其实并无什么期待，这是很绝望的。而爱情，那么美好而又苍茫的事，终究消失在这辽远的时空中，如果你撞不上它，那么，我们至少能做到的就是，相信它。

昔日玫瑰只剩芳名

早听过歌曲《玫瑰人生》，小野丽莎也翻唱过。

晚上看电影版的《玫瑰人生》，玛丽昂·歌迪亚演绎的法国一代香颂女王伊迪丝·琵雅芙。意犹未尽，反复听伊迪丝·琵雅芙的这首 *La Vie en Rose*（《玫瑰人生》）。那种淡淡的沧桑化不开，只好出得门去，突然想起脂砚斋点评《红楼梦》中的一句话：月色如洗，月光下台阶上有霜，我站在外面，伫立良久。

伊迪丝·琵雅芙的一生传奇而悲情。电影中，有个经典的镜头，衰老的琵雅芙坐在海滩上织毛衣，夕阳西下，橘黄色的暖阳，照着粼粼波光的海水，泛着浅色的金。这时，一个记者走过来，采访她："如果要给女人一个建议，你会说什么？""爱。""年轻女人呢?""爱。""孩子们呢?""爱。"

如繁华过尽，铅华洗净，那些缠绕她一生的东西，舞台、音乐、盛名、毒品、酗酒，此刻，似乎都与她无关。她只是普通的女人，在享受着普通人的快乐，没有挣扎，不再撕裂，脸上宁静平和，泛着母性般的慈祥。"没有爱，我什么也不是。"她说。

她的一生，不能没有爱，如同所有的女人。

她的一生，也用爱，成就了一件事，那就是，歌唱。

她命运多舛。她唯一的女儿早年夭折，她最爱的男人，拳王马塞尔，飞机失事。她的童年颠沛流离，1915 年出生在巴黎郊区，被街头卖唱的母亲抛弃后，寄养在祖母的妓院中，后来跟随从军队退役的父亲卖艺为生，直至在街头卖唱时被夜总会老板路易发现，开始了此后三十多年的演艺人生。

琵雅芙这一生，不停地爱，也不断地离开或被抛弃，她全力提携的伊夫 · 蒙当成为巨星后弃她而去，留下这首《玫瑰人生》成为这段爱情的见证；在情人马塞尔去世后，她还经历了两次婚姻，1963 年，她的人生走完了最后的旅程，陪在她身边的是小她二十岁的丈夫。这是一个不能没有爱的女人，在琵雅芙生命最后一年口述的回忆录《我的一生》中，整整一章叙述了自己与马塞尔的故事，标题就叫："对手：死神。"1949 年 10 月 28 日，远在美国的琵雅芙思念马塞尔，让他来到自己身边，没想到，马塞尔登上的，是永远不会着落的飞机。这段爱情，在她生命中的轨迹，绝不会如同彗星般划过，因为，有着最美的音乐为它注脚，那就是 *L'hymne e L'amour*（《爱之颂歌》），流动的弦乐，丰满的和声，华美而又缱绻的旋律，是琵雅芙对幸福爱情的吟唱。

玫瑰刹那芳华，但是多刺，如同她的人生，有种无可复制的执拗。

1962 年，她人生的最后一次演出，奥林匹亚，大病初愈，她颤颤巍巍走上舞台。除了音乐，她什么都没有。然而，她是歌者，只要她在唱歌，她就如同在浴火中重生。她站在舞台的中间，舞台的灯光亮起，聚焦在她苍老蜷缩的身影上。但是，当她开口，*Non,Je Ne Regrette Rien*（《不，我不后悔》），那一刻，她光芒四射。那一刻，整个奥林匹亚，掌声雷动，所有的荣耀，都属于这只法国夜色中的"小云雀"。

“不，我不后悔。”这也是琵雅芙回顾这一生的感叹。她为音乐而生，她是音乐的高贵的孩子。这一生，哪怕百病缠身，哪怕遭遇车祸，哪怕情人死去，哪怕后台急救车等着倒在舞台上的她，她都不会停止歌唱。1956年，她登上纽约卡内基厅，成为第一位在专门演出古典音乐的卡内基厅登台的流行歌手。如果说琵雅芙成全了法国香颂音乐的一个传奇，那么她的香颂歌曲，经久不衰，代代传唱，也成就了琵雅芙的传奇人生。只是这位香颂女王后来不断用酗酒与吗啡、兴奋剂来毁灭自己，年仅四十七岁就死于肝癌。一代传奇香颂之王，她的悲情人生你可以不必读懂，她的音乐，你却不能错过。

你静下心来，听琵雅芙的香颂。那种微醺的气息，柔情而又感伤，低沉而又缠绵，它让你恍惚闻到时光的气息，或许芬芳，或许忧伤，却又有着生命的坚韧。这是一种质感，仿若红酒倒在酒杯中的声音，你举起酒杯，慢慢地饮一口，抿在嘴里，香醇而又酸涩，你听到细碎的落叶与风吹过的声音，淡淡的期待，浅浅的感伤，还有时间沉淀后的沧桑，无尽的气息，绵绵而来。

“没有爱，我什么也不是。”或许，也可以这样说，没有音乐，她什么也不是。玫瑰绚烂，多刺却容易凋谢。昔日玫瑰如今只剩芳名，却留下那么多曼妙的香颂歌曲，经久传唱。后人怀念她，怀念的不仅是一个经久不衰的声音，一个女人，还有，一个时代，以及，穿梭在这个时代中的，玫瑰的特质。

看哪，宵待草开

宵待草又名晚樱花。它被称为是竹久梦二的爱情之花。

这种植物，只能在夜晚开出黄色花朵，但于日出月隐后即凋谢。一期一会。

作为明治到大正初期的最具浪漫主义色彩的日本画家、诗人，竹久梦二的画作，大多是以女性为题材。这些女子，无论哪一个，都长着惆怅的脸，眸子大而圆，眼睫细长，神情哀婉，怅然若失，有种难以名状的易碎之美。她们是竹久梦二的——宵待草。她们有个专属的名字："梦二式美女。"

这些画作中的女子一旦加以归类，形成了固定的风格，也成了竹久梦二作品难以挣脱的局限。她们承载了他的梦想及生活感受，似乎也承载了更多的生命中不能承受之轻。这也注定了梦二的艺术以纤细、轻盈而又梦幻、忧郁的风格取胜，如同他的画具——一支轻巧的小毛笔，如同他笔下的女子，美好，又易凋谢。

竹久梦二的作品风格与雄浑有力无关，与表现人类历史深刻庄严的大命题无关。他的每幅画，都是"平常所萦心的琐事细故"。从这个角度上讲，他只是个小品文画家。正如马蒂斯，他说自己从来不指望自己的画表现重大的事件或深奥的哲理，他深信这不是画家所要做的事情。他所追求的，是通过纯绘画性的要素，如简洁的形状、弯曲的线条和平涂的色面，来营造宁静安谧的画面气氛，给人以视觉的享受。梦二的画风，也有此意，拥趸甚众。

丰子恺说自己在日本留学时，有一次在东京的旧书摊上邂逅了梦二的画卷。其中一幅，一个坐在人力车上的贵家少妇与背着孩子蓬头垢面的贫民之妻（她当年的同学）在路上相遇，贫民之妻脸上现出局促不安之色与车中的女人打招呼。这幅画，寥寥数笔，道尽社会怪相与人世的悲哀。“原来画可以这样画。”丰子恺豁然开悟。丰子恺的画作汲取了梦二的艺术营养，颇具盛名的“子恺漫画”也由此而来。

我们探究一个艺术家的艺术风格，不可或缺地，先会思考这两个问题：艺术家的人生经历，以及所处的地域环境。

日本作为孤岛之国，它的传统美学的特色就是物哀与幽玄。日本画特有一种精致的美感，似乎也是日本文化的核心。竹久梦二的画作，就是唯美与物哀的融合。同他的好友川端康成的文学作品《伊豆的舞女》的清醇与《雪国》的幽怨相比，在继承传统的物哀和空寂的余韵美、敏锐的季节感受性，以及平淡自然的美学追求的基础上，竹久梦二更加侧重于表达绝望、空幻与精致、唯美的岛国文化。他的画作中，将绚烂与静寂、浓重与清淡的色调的反差表现无余。他的画作中呈现的女子，总是淡淡的笔墨，淡淡的忧伤，你轻轻地走进去，甚至不忍惊醒画中人。

与此，想到马蒂斯画中的女子，无论是《白色羽毛帽》还是《着蓝衣的女人》，她们或自信乐观，或冷漠空虚，或柔美妩媚，或健美端庄，画面华美绮丽，女子的形象是丰盈的、平和的、宁静的，甚或是有力量的。我们不可以将她们称为“马蒂斯式女人”，因为她们明显地不可归为一类。

与马蒂斯从容的用笔不同的是，竹久梦二的每一笔，都是怜惜。

梦二一生处处留情，阅女无数。与妻子他万喜离婚后，他的画作《梦二画卷　春之卷》的扉页上，依然是——“献给分别的眸之人”。

梦二的日志《1933年，于柏林》中记录了这桩离婚的真实原因：“想到同在一个屋檐下生活，你却爱上了外边的男人，越发觉得你可怜。我的爱缺乏智慧，应引以为憾。”

只是他深爱的，只有一个女子，那就是彦乃。

这桩相差十二岁的爱情遭到了彦乃父亲的坚决反对。六年后，彦乃二十五岁病逝。据说梦二离世后留下一枚戒指，这是他生前须臾不曾从左手无名指上摘下来的东西，内侧刻着：梦三十五——乃二十五。他的生命留在了痛失彦乃的那一年。

此后他身边依然女人不断。在梦二晚年居住的画室兼宅邸里，也常年有一群美少女出没。川端康成说自己有次去拜访，梦二不在家，有个妇女端坐镜前，她的动作，一举手一投足，简直像是从梦二的画中跳了出来，让他惊愕不已，几乎连话都说不出来了。

越是破碎越是找寻。从良家女子到风尘歌女。用刘柠的话来说，那些转瞬即逝的鱼水之欢带给梦二的，不是幸福，而是幸福的幻影。“每一次从欲望的最底层爆发出的快感、疼感，在归于绝望、虚无之前，大抵都像从地狱的魔沼中泛起的水泡一样，在宁静的水面上升起安详、精致的睡莲——那就是梦二的艺术。”

梦二创造了梦境中的女子，其实他所有的画作，画的无非就是一个女子，他的理想女性。这里，有明眸善睐的他万喜，也有早逝的彦乃。

最美好，也会凋谢。年华也是，宵待草也是。

你看着梦二画作中的女子，白净、纤细，婀娜娉婷，眉蹙烟目含情。这种感觉，如同轻烟在雨中迷蒙，“美人如云隔云端”，怅惘若失。你想轻拂去她们脸上的忧伤，却恍若置身梦境。她们都是宵待草，浇灌她们的，或许就是痴情男子的一滴眼泪。你只好兀自叹了一口气，生怕自己无端地轻轻一拂，她们已经化为一滴水珠，阳光那么一闪，透明澄澈，你再也寻她不着。

但是，在竹久梦二笔下，她们成了永恒。

昭和九年（1934 年）1 月，梦二因肺结核住院，9 个月后，未满五十岁的梦二落下了人生的帷幕。为艺术而艺术，甚至到分不清是情爱还是情爱中的艺术生活，竹久梦二过早燃尽了他的所有火光。如他所愿，他的《病床遗录》写道：

倘若死的话，愿死在秋天——因为可以用手收集落叶。

碎金般的灰尘

渐冷的秋日，天空是混沌的青色与黄色之间。地上有了落单的树叶凋零的气息。我睡了一个浑不知觉的下午觉。

这样的天气，适宜读书。去阳台，翻开一本《圆觉经》：一切众生，从无始来，种种颠倒，犹如迷人。放下经书，看看远处，已是灰色的积雨云，池塘水面纤弱的粼波，地上几片秋天枯叶上的湿润经脉。这种状况，让人想起柯罗的画，他笔下的风景，森林，天空，湖水，暮色，松动而富有韵致，就是透着这般微妙之美。

秋天总是刺激着画家创作欲。生命快走到终了，梵·高写信给弟弟提奥，说自己住的地方将会有一些美好的秋日，自己将会由此得到好处。

> 这里有美丽的秋景可画，橄榄树很有特色，我正在努力把它们画下来。橄榄树是古旧的银灰色，有时近似蓝色，有时是绿色、黄铜色、白色，树下的泥土则是黄色、玫瑰红色。淡紫色与橘黄色，以至于暗红棕色，难画极了。这种金色很中我的意，引起我用金色调子或者银色调子作画。如果我在今年秋天能够画一些秋景该多么好。（《亲爱的提奥——梵·高自传》）

这是梵·高生命的最后一年秋天，精神病纠缠着他。他自愿到离阿尔二十五公里的圣雷米，在精神病院治疗。只是每次发作过后，他却非常清醒，并且经常到户外作画。这个时期的作品，与秋已无关，它带给人视觉和情绪的强烈冲突，让人感到画家复杂强烈的感情和表达的冲动，令人震撼。

想到有秋意的画家，绝不是梵·高。倪瓒的画，无论是《林亭远岫图》《江上秋色图》，还是《琪树秋风图》，里面浸透的秋意，实在化不开。淡淡远山，疏林坡岸，暮秋时分，杂音沉寂。这样的况味终归萧瑟。

能让人沉浸质朴的秋色，而不是萧瑟秋意的，还是我喜欢的列维坦的油画，寂静的外省郊区，大自然繁复的色调，从浓郁走向深邃，让人置身其中，难以离开。

印象很深的是他的《白桦丛》，阳光照在白

桦丛中，光与影交错穿透，能感受到空气的流动，青草微拂。大地之色更为绚烂。这是明净的秋日，白桦丛自有其华美的语言，却又有一种宿命般的旷远和深邃。

想想，向日葵应该是梵·高的，疏林是倪瓒的，睡莲是莫奈的，白桦林则是列维坦的。如同音乐上的复调，这些画家各有自己钟爱的表述之物，暧昧的协和，此起彼落，又各自润泽，各有质地。

去年初秋去海拉尔，经过大兴安岭，终于来到了久违的白桦林，一下子，嫩绿的浅黄、饱满的金黄，层层叠叠，绵延不绝，我似乎跌入列维坦的画中。

列维坦的画，无需评判，只要感受就好。我总觉得他是属于秋天的画家。在他短短的三十九年生命中，他的画笔对秋天的眷恋无可复加。哪怕落叶，发黑的干草垛，枯萎，孤独，又总是朴素的，诗意的。有时，明明满是别离的愁绪，一缕阳光照在枯草上，中间浮着碎金般的灰尘。这样的重量与质地，无需撩碰，进去就好。

与万物相遇

——一个画家与他的画

翻开冷冰川的画，遇见万物。

有时会不清楚是在看他的画还是在读诗（史），唯一想弄明白的是，是诗经还是宋词，是断代史还是通史。（抑或还有音乐，昆曲还是巴赫？）

这是多大的空间，黑与白、密与疏，纤细与粗犷，冷峻与激情，——交错的线条组成无限空间，也无限延伸，渐深渐远。就如，他的墨刻代表作品“二十四节气”，从立春到大寒，让我们看到的，不止是季节、时辰、大自然的诗性，当然还有，疯狂的激情，以及，神灵的时刻。

这种呈现，是一种诗意的哲学（在方寸之间，诗意漫溢，风雅沉凝）。夜色、秋味，蛩声似断未断时，美人如花隔云端。在墨刻作品《秋赦》中，淡淡月色恍若轻霜，玉体圆润饱满，枕在繁花丛中。旁边茂树修竹，缠绕的枝条，还有飞出笼子的鸟，搁在一旁的古琴，以及叫不出名字的植物。如此繁复、琐碎、潮湿的意象，皆入画中，却又如此，天衣无缝。——是欲望在挑逗着欲望，也是欲望正在试图平息着所有的挑逗。是情色在装点夜色，夜色也正在消融情色，瞬间归于寂静，见其明净清澈，如入辽阔之境。

再看这幅墨刻代表作《夜的如花的伤口》。在黑夜的背景衬托下，疯长的向日葵，长藤椅，女人体，与深沉而绚烂的黑色进行微妙的调节，进而形成强烈的画面感。这是东方的浮世绘，每一笔，都有寂冷之味，却又繁盛之极。它是李清照的宋词，是毕加索作品中那些刚完成了一场性爱的女子，也是比亚兹莱画中的诗样的浪漫情愫和无尽的幻想——强烈的装饰意味，流畅优美的线条，沉醉与撩人的动荡，华美精致的情境，诡异怪诞的形象，这些作品似乎都在捕捉一种幻觉，一种可望不可即的东西，这是人性的本能欲望，却又有着适可而止的节制，它们正不可思议地聚在一起。

这种“疏可走马，密不透风”的黑白方寸之间的变化竟是这般魅力无穷，我们在其中找到了朴素的古元的画风，也找到了林风眠的画腔——追求最大的扩展与最严谨的紧缩（藤蔓、浮萍、秋叶、面具、鸟笼、小猫等等意象都谱入了冷冰川的作品）。而那些丰腴的女人体，轻盈如猫，多汁如蜜桃，绽放如牡丹，慵懒缱绻，欲迎还休，说不出的风情，在暗夜妖娆。

就如毕加索几乎每一件素描作品中都有一个妙龄女郎。她就在那里——就像在其他作品中那样。她的作用是存在。“她是自然，是性，是生命”（约翰·伯格），也是她自己的观察者与被观察者。从某种角度上说，这也暗合了绘画与肉体之间亘古已久的神秘契约。

我们如将冷冰川的黑白墨刻说成是一个年轻人在朴素地阅读自己的情欲，这未免太过简单。对艺术家来说，当他的内里意韵如晶石般闪光——他必寻找表达的途径。

很难想象一个画家有如此强大的创作能量。你看不到他的重复。从黑白墨刻过渡到布上作品——这种创新没有给我们一点征兆，却又如此水到渠成。我们在他的布上作品中，已无处寻觅那些他擅长的黑白作品中暗地挥霍的女体的生命力，以及那些放纵的诗意。相反，灰黑的韵律、画布本身的柔软，以及作品厚重的肌理融合在一起，散发出斑驳、自然的气息，正在回归素朴的东西。这些作品像是雕塑，却又远胜于雕塑。它有别于其他绘画形式的地方，在于它能表现质感、纹理、光泽、温度，不仅在视觉上吸引，也一再吸引我们触摸的感觉。越简，越有力，越本质——越抵达。

比起黑白画的鲜活，布上作品似乎更为内在。将天地万物入其方圆之中，而素材取于物，发于心；为物之象，心之迹。《枯荷》就是。它将生命的沉寂表露无余，极目处，萧瑟残败——这其中分明有禅境，于凝神中，每觉一股生生不息之气。就如格调只能体察于象外，无意于媚，则百媚自生。又如潘天寿先生所说：画事能得笔外之笔，墨外之墨，意外之意，即臻上乘禅矣。

他的《静物》系列，沉默，无语（佛曰：不可说，不可说，一说即破）。看《一莲》，广袤时空，一朵绽放的莲，原本应该轻盈，柔美，却承载着厚重的时光之痕。那些无法留住的，难以把握的，曾令我们眷恋无比的东西，都正离我们而去。在画家的视线里，时间已经变成游戏，变成自然痕迹的游戏，他沉溺其中，这是隐秘的激情，也是自然之子对生命中的所有美好，试图进行的深情挽留。

他的《戏剧人物》系列，则有着更深的乡愁，并饱含着中国传统文人的意境与思绪。我们似乎看到戏文的画轴，听到宛转柔润、慷慨醇厚、缠绵悱恻的唱腔，烟雨江南，戏曲正在上演。这是他以极其现代的艺术形式，去表达中国传统文化的生命力，令人在时空中恍惚，回味无穷。

或者，“每一种时间的痕迹在被人理解的时候都是一种文明，和纪念”（冷冰川）。这种呈现，让你在看到作品的瞬间，周围会突

然安静下来。人沉潜在万物的静息中。那里，浸润着生生不息的生命之根。暗夜中似有通透的光亮，却又有着独特的、神秘的气息。你不知它是什么，对于画家来说，“形”是个模糊的概念，所幸，你正在进入。

风格的不变，是一种自我消耗。不断的创新，才是创作激情延续的前提。事实上，画如其人。他在用灵魂画画。总有灰烬。也可能已埋下种子。

时光给他积淀。冷冰川正演绎着一个艺术家的成长与嬗变——线条朴拙，化繁为简。

很好，他还在前行。

第五辑

永恒

听雨

看柴静写朱光潜，说朱是个敏感的人，学生到他家中，想要打扫庭院里的层层落叶，他拦住了，“我好不容易才积到这么厚，可以听到雨声”。朱果然有性情。

想必文人都与雨有情结吧。苏东坡有喜雨亭，周作人书斋则曰苦雨斋。尽管是苦雨，周作人笔下，卧在乌篷船里，静听打篷的雨声，加上欸乃的橹声以及“靠塘来，靠下去”的呼声，却是一种梦似的诗境。

四时不同，听雨的况味也不同。总觉得秋雨稠稠厚绿，又有遍植薄荷的清凉，我这样想的时候，窗外正下着秋雨，打在玻璃窗上，就是这况味。

冬雨呢。寥落清冷，侧耳一听，都是雨打在全无着落的地方。春雨自然是珠圆玉润，下在哪里，都是一种诱惑。夏天的雨，植物的色彩，心情，都往深处走去。雨声况味繁杂，难怪南宋词人蒋捷要作一首《虞美人 · 听雨》，“少年听雨歌楼上，红烛昏罗帐。壮年听雨客舟中，江阔云低，断雁叫西风。而今听雨僧庐下，鬓已星星也。”三个“听雨”，一生就过完了。

不同的地方听雨，情绪肯定不同。有一次，去温州雁荡山的白云庵。正是栀子花开的时候，庵堂院落里的白色栀子花，幽香馥郁，叶子绿得丰盈，在萦绕的香火中，似获得某种期许。雨很大，下不了山，痴迷于庵堂的栀子香，没有带随身换洗衣服，夜晚裹着花香入住。那夜的雨，连绵地下，雨点打在屋檐，打在木棂的小窗，穿过细纱的蚊帐，摇曳着床头，树影，花香，逐渐悠远。待到木鱼声起，梵音阵阵，一夜过去了，雨也停了。就此别过，十多年前的雨夜了。

有一年出差去昆明。汪曾祺说自己最想念的是昆明的雨。那莲花池边的一个小酒店，院子里有一架大木香花。下雨天，他和友人进去，要了一碟猪头肉，半市斤酒，装在上了绿釉的土瓷杯里。一棵木香，爬在架上，把院子遮得严严的，密密匝匝的细碎的绿叶，数不清的半开的白花和饱胀的花骨朵，都被雨水淋得湿透。

我去的时候，是八月份。木香花早已开。有着漫长雨季的昆明，那几天也没有下雨。找了很久，莲花池，小酒店，木香花湿雨沉沉，都似是无端的情绪了。

我没法想象昆明的浓绿的雨季，明亮，丰满，使人动情。倒是三角梅，从家家户户院墙上形如瀑布安静泻下，那一簇簇淡紫红的花，也够迷人眼球。只是觉得，昆明的花应该与雨联系在一起，雨饱满地下，各种野菌吸收了水分，青头菌、牛肝菌，疯狂地生长，就像姑娘在嫩绿色的雨天穿着的桃红色的长裙，曳地而过，欲望与万物共长。

关于雨声，最喜废名的小说《桥》。废名有这功底，把小说写成散文。散漫，隽永。人生也是，有时不需要多少复杂在里面。其中一个章节，今天下雨，细竹和琴子，两个女孩在说话。细竹说："我以前的想象里实在缺少了一样东西，雨声。——声音，到了想象，恐怕也成了颜色。这话很对，你看，我们做梦，梦里可以见雨——无声。"梦见无声的雨，我也有过，正好释疑。

雨天，属于寂人。这时候，大多景物没有人跟你抢了。河边，水的潺潺声响更清晰。你可以慢慢地走着巷子，长长一条。这是舒国治眼中的京都的雨天。深巷，丁香般结着愁怨的女子，那是戴望舒的诗。一下雨，古体诗词似乎就一行行地融在水里。诸如“一庭疏雨湿春愁”，“灯前细雨檐花落”，“春雨如丝，绣出花枝红袅”之类，某日读杨慎的《词品》，见此几句均在里面，果然“时有妙会”。

下雨天，对文人来说，意味非常。敏感的作家梅·萨藤就是这样。她的代表作《独居日记》开篇一句就是：

> 就从这里开始。外面正在下雨。我望着枫树，有几片叶子已呈现黄色。鹦鹉在自言自语，雨水轻轻地敲打着窗子。几周以来我第一次独处，又拾起了我真正的生活。

我哪有她善感。下雨天，最适宜的便是在家喝茶读书。邀约三五朋友，午夜长谈，那是雪夜的红泥小火炉，也是张岱的湖心亭。雨天，坐在家里，天竺葵刚刚含着花苞，丁香的白花中有了点点紫色，细腻，不夸张，它的香气，也不肆意，脉脉地，在雨声中悄无声息地生长。读书，倘若身边有桂花糕，一壶茶，更好了。

如果一些细密的情绪，一块刻着花纹的古砖石，一件银首饰，一个人，此时不邀而至，那么，慢慢消受。就如夏天无法消停的荷叶上的雨声，雨后苍茫的长河，落日时天际尽头那抹嫣红，渐渐模糊与清晰的声音，绵远与沉着的色调，让人迟疑着又安静地，窥见自身。

人带着这些忧伤的，清凉的，饱满的，默然的，滋润的情绪，各自品味雨声。不记得是哪本书写过，大意是名丑贯盛吉有心脏病，久卧家中。这一天，下着雨，他很不好了，家里人忙着，怕他今天过不去。他瓮声瓮气地说：“你们别忙。今儿我不走。今儿外面下雨，我没有伞。”听雨的京剧名丑，也是这样高格。

面目

我曾试图回想那个男孩的面容。

多年前，与他去甘肃，乘着绿铁皮火车，旅程漫漫。那时我刚学校毕业，着迷于牛仔裤的旧蓝与白衬衫的洁净，甚至可以为之冲动嫁人。

火车路过雨水稀缺的荒凉的城，见难得的一点苍绿。夕阳西下之时，金色的光亮迅速吞没了无边的荒漠。这些场景如今依然会想起，可是，那个男孩，如今怎样也拼凑不起他的面目。

奥尔罕·帕慕克的小说《我的名字叫红》，提到这样一个情节：离开伊斯坦布尔仅仅四年之后，我发现，我已渐渐淡忘了留在伊斯坦布尔的小恋人的面容。惊恐中，我努力地试图记起她，但终究发现，无论你多么爱她，人是会渐渐地忘却那张久未见面的面孔的。

突然心惊。我不知道我们会不会像循环小数在下一次循环中回归，但是，遗忘一定是由灰烬组成，除此之外，没有别的东西。

《挪威的森林》也谈到这个问题，人到中年的渡边想起年轻时的恋人——早已离世的直子，他说：为使直子的面影在我脑海中浮现出来，我总是需要一点时间。随着岁月的流逝，所需时间愈来愈长。事实就是如此。起初五秒即可想起，渐次变成十秒、三十秒、一分钟。

它延长得那样迅速，竟同夕阳下的阴影一般，并将很快消融在冥冥夜色之中。

这些人的内心一定是挣扎的。那个人，她（他）的出现与消失，如今不过都是自身内在的意念。一念起而万水起。而所有的念想，不过是微不足道的余火轻灰。我怀念你时曾留下的无用的泪，如今也早消失在岁月的河流之中。

可是，总有一些东西，夜空中最亮的星，你衣服的一角，栾树迎着秋日阳光的时候，当时无声无息，过后才知，这是值得怀念的。

看过毕加索的《奔跑》，画面上，两个庞大的女人，跑得何其狂野，却又面目不清。这是一种让人困惑的存在，所有的冷静、永恒，都没有明确的答案。我面目不清的记忆，也并非是我不敢涉足的角落。

有些事物，他们消失，有时因为我们都没有耐心去领会它。加缪住在阿尔及尔时，冬天他总是耐心地等待着一场脆薄的雪，因为，只需一夜的时光，仅仅一个夜晚，寒冷而纯净的夜晚，康苏尔山谷的扁桃树就会开满白花。

有些路看过去很近，走过去却很远。梅·萨藤不满三十岁的时候，她的友人，年迈失明的简·多米尼克告诫她，一生唯一能做的就是："依旧等待。"多米尼克那时已经年过六十，依然热切地期待某人。

更多的时候，生命中路过的人，都已经成了埃兹拉·庞德的诗句：这几张脸在人群中幻景般闪现，湿漉漉的黑树枝上花瓣数点。

人与人之间亦会浓淡不一，变化不等，色差各异。有时那些在我们记忆里占很小的部分的人，一辈子都忘不掉。而念念不忘的人，早在念念不忘中忘却。

辛波斯卡是清醒的，她这样看待这个问题，“全都是我的，无一为我所有。无一为记忆所有。只有在注视时属于我。”

我们总是试图将生活的瞬间永久地定位，当眼睛与苍穹接触，我们需要变换位置来感知他们。我这样想的时候，总觉得记忆应该有秋天的味道，空气中稀薄的花香，悠远渗透着尘土的浑浊。它走在故乡和深谷之间，伴随的，是自己走过的脚步声。

我又要说到我喜欢的爱情电影，理查德·林克莱特导演的爱情三部曲。这其中，《日落之前》尤让人难以释怀。在狭窄的左岸大街，在塞纳河的船上，席琳与杰西再次见面，此时离上次火车上邂逅，已相隔九年。对这个当年不期而遇，一见钟情，并在维也纳渡过疯狂而又浪漫的一夜的男人，席琳说：

“我觉得我永远忘不了跟我交往过的每一个人，因为他们每个人都有很不一样的特质……我记得，你的胡子上有一点红色，我记得你离开的那天早上，朝阳是怎样照得它闪闪亮，我一直记得，我非常怀念。”

此时，导演惯常的长镜头拉过，风浅浅地吹，都已经是旧时光。可是，谁也不曾见过风，你我都不曾。这个在他们之间流动的东西，谁也不知道它会在怎样的生命中彼此交织回荡出怎样的声响。

只是知道这回，席琳与杰西，再也不会分离。

当我们如今各自朴素地活着，时光的沙漏中，我们所遇见的人，总有一些混乱，模糊的面目，掠过。

——只是，总会有些分量吧，记忆的重量。

白裙

必须来写写我喜欢的白色连衣裙。

一个女子，倘若年轻，齿白唇红，长发飘飘，无论穿什么，总是好看的。倘若白衣胜雪，那更讨喜。偏偏我这个年龄，还爱穿白裙子，知道与不知道的人难免都会以为我有高晓松的那首民谣情结：

那唱歌的少年／已不在风里面／你还在怀念／那一片白衣飘飘的年代……

话说回来，打开衣橱，一半是白色的连衣裙，且一律是棉麻质地，情绪还真有点复杂。某日看寒山子诗集，里有一首：

我今有一襦，非罗复非绮，借问作何色，不红亦不紫。夏天将作衫，冬天将作被，冬夏适互用，长年只这是。

于是惭愧。想起威廉·莫里斯写过一首诗，题目叫“爱即足够”，据说有人写了一个简短的诗评，只有两个字：不够。这就是了。

林徽因的堂弟林宣说过一件趣事：林徽因写诗常常在晚上，还要点上一炷清香，摆一瓶插花，穿一袭白绸睡袍，面对庭中一池荷叶，在清风飘飘中吟哦酿制佳作。林徽因说：“我要是个男的，看一眼就会晕倒。”很少有人，把自恋演绎得如此精美绝伦，林徽因算一个。

关于白裙子，我也有件趣事。有一夜，住在同小区的女友约我散步。我套上一条白裙就出门了。那是个秋夜，月色很好，满是清光，偶有路边的黑枝，在夜风中摇晃。我们约在小区的小桥头见面。奇异的事情发生了，我怎么也没有找到她，于是拨了她的手机。铃声在小桥头那边的灌木丛中响起，穿透了灌木的层层的叶子，只听窸窸窣窣的声音，我的女友在幽暗中闪了出来。我知道，此刻我要是与她对话，必然应该说聊斋中的语言：“幽明殊途，不敢打扰。”然后飘走。这样才算应景。但是我没有选择飘走，我只说了一句人间的话：胆小鬼，我又不是鬼。她就回到人间了。

有时想不通沈从文老了怎么会去研究中国古代服饰，就如想不通陈寅恪为什么花费十年时间，在双目失明下，去写秦淮名妓柳如是这样香艳的话题。想必每个人老去，都有叙事或者表达的理由。就比如一个女子，穿着如张恨水所喜欢的，“清清爽爽一件蓝布罩衫，于罩衫下微微露出红绸旗袍，天真老实之中带点诱惑性”，也是别有韵味。而我喜欢穿白裙子，其实也没有什么理由。

回想起来，白衣对我的视觉冲击最强烈的，或许是来自林风眠的一幅修女图。里面的女子，材质飘逸的白色袍子，低眉，顺从，庄严之相充盈着整个画面。突有女子的那点红唇，冲淡了白色的这份肃穆，让整个画面似乎暗示着宗教的劝诫之中，又有了生之柔软。而各种实相与虚妄之心，也在这幅修女白中，点点地消融。林风眠有诸多幅修女图，这幅不知作于何时的画作，倒如同惊鸿一瞥，在朱红唇的点衬下，留下了对白衣的深深眷顾。

还有一次，应该是许多年前吧。一个人在嘉峪关的城墙下，那儿的天空真蓝，回忆起来，如同埃及蓝的湖泊。我那时穿着牛仔裤，蓝花的真丝的长袖衬衫，靠在明城墙下，所有来自纯真年代的迷惘与感伤，似乎都融在那一片蓝中。但是，不知为何，如果没有当时留存的一张照片，我后来想到这画面，总觉得自己是穿上一条白色的苎麻连衣裙，在蓝色的天空与土褐色的城墙下，眼前是无边无际的苍茫。

其实，我也并不是对白色情有独钟。每每翻开朱天文的《世纪末的华丽》，就如同里面的女主角米亚，一下子淹没在一片雪纺、乔其纱、绉绸、金葱、纱丽、绑扎缠绕围里垂坠的印度热里，却又有“印度的麝香黄。紫绸掀开是麝黄里，藏青布吹起一劫桃红衫，翡翠缎翻出石榴红”，各种铺陈的颜色，足够让纷繁人生得以存活。我时常怀疑朱天文前世是薛涛，看她作品中的米亚，“年老色衰，米亚有好手艺足以养活”，想着她把紫红玫瑰花瓣加入矢车菊，锦葵，猫薄荷，启开薛涛当年制作粉红信笺的好手艺，终归觉得各种华丽自有章法与秩序，也未尝不可。而我之偏爱白色，比少年时更为强烈，或许只是因为，到一定年龄了，我对事物的认同感，也越来越明晰。

民国女子中，张爱玲的穿着讲究、别致、标新立异是颇负盛名的。在她看来，“再没有心肝的女子说起她‘去年那件织锦缎夹袍’的时候，也是一往情深的”。只是如今，我确实已经想不起我的第一条白裙，但是这么多年来，我依然没有放弃对白裙子的热爱，我似乎也应该算有情有义之人。

暮色

十月的一天，在绍兴兰亭，出来时，已快日落。看路标，离王阳明墓地只有两公里，急忙前去。

已是傍晚，满山桂香。拾级而上，明式墓地寂寥无人，碑前放着一坛花雕，或许刚刚有人来过，还有着人情的温度。

四周回望，山峦与原野，颇似里尔克所说的《沃尔普斯韦德画派》中的农家的花布，深色的衬底上布满灿烂的花朵。此时，金色的光亮弥漫，大地在沉落于夜色前正沉静地守望些什么。

暮色四合之时，情绪不再纷繁。王阳明静卧于此，那利剑和战绩，才思与愤懑，仕途坎坷与事功赫赫，都已成过往。边上数十棵合抱古松环侍左右，风吹过，总会有些许耳语，那亦是五百年前的光阴了。待下得山来，闻见花的醇香，此时已是光亮模糊，暗影错杂，夜幕随之落下。

有些情绪，总与暮色有关，——不明真相，却又丝丝入扣。

以致看南宋梁楷之《雪景山水图》，大雪，荒漠，老树，两个身着白衣的骑驴人逆风而行，我也一意认定他们行走在暮色时分。画面在淡墨渲染下，暮色氤氲，人跌入巨大的荒凉与萧瑟感中。

福楼拜说，伟大的作品似一头巨兽，它的神色总是很宁静。读过这样的作品。肖洛霍夫的《静静的顿河》，无可否认，它暗合暮色的神情。沧桑，沉默，有力，生生不息——有着人性中最深刻与动人的东西。

博尔赫斯逐渐失明，暮色与庭院一起，充盈了他的诗集。姑娘们深邃的眼眸，素馨花和忍冬香气在潮湿的暮色里弥漫盈庭。有时，披着桃花心木柔润光泽的暮色，融会于婆娑的树影，蓝花楹、金合欢的祥和娇态，满目的晚景，宁静而恬适。暮色在博尔赫斯的小说《交叉小径的花园》中，也是亲切的，无穷无尽的，至少，在书中的那个来历不明的叫俞琛的人看来，逐渐浓重的暮色，就是萤火虫，语言，花园，流水，西风的亲密友人。

同是失明的老弥尔顿，则将自己失明的磨难都寄寓在了盲人参孙的身上，读他的《力士参孙》，结句“平静吧，所有的热情都已燃烧殆尽”时，顿觉暮色苍茫，沉静而又悲欢。此时适合喝一杯白开水，听一曲贝多芬的《A 大调第七交响曲》，或许只有这样，才能重返下人间。

看过最美的关于暮色的诗，当然是王勃的“落霞与孤鹜齐飞，秋水共长天一色”。而在清少纳言的《枕草子》中，暮色的描述自不可少。一年四季，秋天的暮色最好，夕阳辉煌地照着，乌鸦归巢，到了日落以后，风的声响以及虫鸣声，不用说也都是特别有意思的。

只是，在我看来，喜欢暮色时分，不过是因为四周的光线发黄，斑驳，总觉有无限可能，却又分外地苍凉，这就是生之况味了。

青苔

维姆·文德斯是我喜欢的摄影师，网上看到他的一个摄影展《地球表面的图画》，其中一幅《生苔的地面》，摄影于2000年奈良，有一首小诗：

在唐招提寺的园子里，
有片隐秘的空地，
覆盖着最柔软的青苔。
我脱下鞋，
行于其上。

被这柔软的青苔弄得很柔软。这是鸡蛋打开后那一层透明的黄色漾着的浅浅的青。行于其上，隐秘的空地，覆盖着的青苔，微妙的感觉，无法言传。

有次在长沙，看完博物馆出来，沿着边上的弄堂进去，无意看到一家女装店，门口挂着一条长裙。潮湿的青色，似欲望在滋长，又瞬间寂静，一切化为乌有，很诱惑。三百多，掏钱买下，与腰际有长长的真丝带子，将腰身勾勒得很是曼妙的女店主立即聊成了朋友。在我

基本沉默的远行中，这是很特别的一次。都是因为这青苔色。

小时候，家里有个土墙的院落，墙上布满青苔。海风吹着苔藓的气息，夹着微咸的湿意。小院种着文旦树，樱桃树，柿子树，墙角还有捣米糕的石头槽子。我们在院子里放着桌子，读书，说话，母亲煮大锅的落花生，海上刚捕到的虾蛄，放在小圆桌上，兄弟姐妹们坐着，吃着，或借着掩映的灯光看书，或看海上的繁星，海水里闪闪的银光，那是大鱼在跳动。布满青苔的低矮的院墙，不是屏障。它望出去就是大海。

深秋的时候，小院挂在树上的柿子，看上去软糯深红，而文旦果子早已是纯澈的黄，青色的苔藓，悄悄地平衡着这明丽的色泽。夜晚，远方亮着灯光的岛屿，似乎触手可及。多年后看《了不起的盖茨比》，盖茨比远望河对岸黛茜的家，那里始终有绿光在闪烁，就是这样。盖茨比伸出手，想要碰触到什么，又无法抓住。我的眺望也大抵如此。有次看安德鲁·怀斯的作品，《克里斯蒂娜的世界》，那遥远的地平线，就像那海际线永恒的孤独，直至内心，在青苔覆盖的心事中，一败涂地。

现在很少到了一户人家，看到院落长满青苔。我们的房子以钢筋水泥的质地冰冷地竖立在城市之中，青苔无处可觅。

朋友买到一个猪槽，或许放在废弃的地方已经很久，底部长着久违的青苔。他搬回家，放在欧式装修的客厅，里面养上清水与绿色的铜钱草，身躯笨重，进去的人看看都怪怪的。或许，也只是一个有青苔情结的人吧。

倒是古寺庙，沿着寺门进去，有时小心翼翼，听到自己的高跟鞋踏在青苔上，并未一脚踩空，它有足够的回声，又让人心存内疚。

我又要说到万年禅寺。或许，许多人都知道天台山上这座古寺的历史，我只想说，那里有一口水井，井边有青苔。我无意中撞入，突然觉得，这里的时间一定也是长满了青苔。郁郁葱葱，覆盖其上，不会荒芜。

而此刻，倘若有风吹过，万物静默无声，我行走其间，这一层的柔软，想必需要相应的应和，至少脱下鞋子，轻轻行走其上，来感受这份静默。

曾经年轻过

想起初吻，是闭上眼睛的。不需要任何人教。就那样，很害羞，又慌乱，闭上眼睛。

用海明威《战地钟声》里女主角的讲法就是，即使想和你接吻，也不知道用什么方法，才能将鼻子和鼻子放好。但是，不得不承认，接吻是无师自通的事。

按照《ELLE》杂志的观点，这其中当然也有技巧。最好，能够把脚翘起来，腰微微向后仰，然后，开始。天晓得，谁还记得住这些理论。

如果用德波顿的说法，很好，接吻不过是用一块柔软多肉而潮润的皮肤组织摩擦相应的一块神经末梢区域以产生快感。如此，嘴唇的厚薄，嘴巴的宽度，舌头的伸缩能力，里面空气的洁净度应该很重要。譬如，这个男人嘴巴里有大白兔奶糖的滋味，就是《兄弟》中宋钢压在李光头家门前石板下面的那种，或者，他有薄荷的味道，清凉，洁净，亦或者，充满肉欲，热烈而放浪，也都是致命诱惑。

尽管我到现在还没有耐心看完《追忆似水年华》，但是，我想我能够理解普鲁斯特对吻的阐述。在他看来，一个吻虽可带来肉体愉快的战栗，却不能保证我们一定能获得真爱的感觉。确实，嘴唇的本职工作是把品尝到的各种滋味送达味蕾，对于人体这个非常重要但又极其普通的器官，我们不能要求太多了。我们在不知不觉中，已经让它承受了舌尖上的国度，如果再让它承载舌尖上的真爱，不够厚道。

话是这么说的。可是，据说普鲁斯特在海边，看到阿尔贝蒂娜，突然心动，他很想吻吻她。按照德波顿描述，此时，普鲁斯特的嘴唇只触到阿尔贝蒂娜的双唇，再也够不到别处，倒像在用长牙爱抚，而且接吻的姿势笨拙之极，他看不到她，他的鼻子太碍事，差点没让他闭过气去。

好吧，他可以写那么长的《追忆似水年华》，他的嘴唇却不够长。这是一个伤感而滑稽的悖论。

可是，荷兰妇产科医生维尔德在1726年所著的《完全的结婚》书里提到，“日本人、中国人、越南人都不接吻。他们不用嘴，而用鼻子频频相碰。”这未免有失偏颇。黄帝时期早有“衔其口，吮其舌”之说；晋朝左思早有诗云：“浓朱衍丹唇，黄吻烂漫赤。”《金瓶梅》中，（西门庆、李瓶儿）两个口吐丁香，脸偎仙杏，也是一种。《红楼梦》中的贾宝玉，爱吃女孩子嘴唇上的胭脂，那是吻的淘气版。《神雕侠侣》中，尹志平隔着块布亲了小龙女，这或许就是金庸羞涩之吻吧。

看过塞林格的一个短篇小说，《破碎故事之心》。塞林格在小说的开头称，当写男孩遇上女孩，作者先要处理怎么让男孩遇上女孩，我写不下去了，也不知道要怎样才能让它合情合理，我没法让霍根施拉格和雪莉按套路相遇。以下是原因，其中有一点，霍根施拉格对雪莉说：“有人认为爱是性，是婚姻，是清晨六点的吻，是一堆孩子，也许真是这样的。但你知道我怎么想吗？我觉得爱是想触碰又收回手。”可是，吻已落下，无法收回，这是短促而又绵长的事情。这一秒的事情，下一秒再也回不去。就如秋凉的薄暮，乳香树与芦苇间，总有一条小径，管它芳香还是荒凉，终究要走过去。

吻落下的地方，想必都是寂静的所在，却有火焰在燃烧。余华说自己为甚喜欢鲁迅，那就是，他的叙述在抵达现实时是如此的迅猛，就像子弹穿越了身体，而不是留在身体里。真爱之吻，定然如此。它穿越了肉身，人们大可不必在乎它的技巧以及穿越的形式，重要的是，原谅我，我突然想到契诃夫在《阁楼上的房子》里，借男主角——一个画家——有这么一段心理独白：“我满腔的温情，心里平静，满意自己。我满意的是我还能够入迷，能够热爱……”是的。还能入迷，还能热爱，还能接吻，用为这部小说创作插图的何多苓的话来说，曾经年轻过，这事儿真他妈的奇妙。

女人的衣橱

我有一个衣橱，它局促在我家的卧室里，打开它，我时常会想起《东成西就》里一句台词：“表妹，你还是那么销魂。”是的，尽管她已经混乱得没有了真相，但是适当的自我肯定，对一个女人来说又是多么的重要。

据说衣橱美学有个经典学说——少即是多，但是，看看《美国偶像》的评委宝拉·阿卜杜，她在地中海式别墅中那间塞满华服的五千尺的衣橱，看看时尚界的领军人物吉莫拉·李·西蒙斯的衣橱，那里面超过五百条的牛仔裤、三十五个定做的爱马仕铂金包和一系列昂贵的珠宝收藏，便会明白理论是多么的苍白。想来，模特在秀场总是穿着望而生畏的高跟鞋，等到她们摔倒在地，才明白丈量土地是需要放低身段的。对于研究衣橱的美学家来说，也是如此。一个衣橱，有时候，就是女人的全部，是她的一生。它让她天马行空，实现了人生的种种可能。而对于男人来说，你想想，她把自己庞大繁复的人生都安置在这里，她又能到哪去？

我的一个朋友，深谙此道。在家里装修房子的时候，无比坚定地将一个浴室改造成他妻子的衣橱，如此，一家三口每天早上排着队伍享用唯一的浴室，而他美丽的妻子拥有的是一个华丽的衣橱。不能不

说，创建和谐家庭，始于一个和谐的衣橱。

而在电影版的《欲望城市》中，Big 和 Carrie 在第五大道总算找到了一个心仪的公寓，Carrie 很疑惑这房子的前主人为什么要离婚，待她看到这个房子的衣橱，恍然大悟，又窄又小，夫妻怎么能混在一起？

可是，怎么说呢？对于女人来说，最大的衣橱，也会沦为又窄又小，而面对琳琅满目的一橱子衣服，始终还是觉得缺了一件。

现在，我正在打开我的衣橱，里面挂满了围巾、棉袄、白衬衫、仔裤、裙子和小西服。当然，还有那穿了十几年之久的泛白的牛仔裤，刚工作时在海边小镇淘到的蓝色小碎花的棉布连衣裙，白色的粗布睡衣，蚕丝的小棉袄，桃红的小方巾，它们躺在衣橱的一角，静静地，一种遥远的温润的东西，无声无息，回来了。

据说，《情人》的作者杜拉斯有一套穿了十五年之久的制服，由一件黑色坎肩，一条筒裙，卷领套衫，和一双冬季短筒靴组成，被当时法国的一个时尚设计师采纳，这就是著名的MD制服，人们或称之为“杜拉款”。她的从一而终得到了时尚与经典的肯定。但是，杜拉斯总要这样告诉别人，“我么，”她说，“确实没有必要把美丽的衣装罩在自己的身上，因为我在写作。”我留心看了下她说这句话的时间，七十多岁，而且酗酒，甚至每两小时就要喝一次。

这几天，我的汽车CD里有首范晓萱的歌，里面唱道：穿一件蓝色的旗袍，让你看得神魂颠倒。听的时候有点心惊肉跳，回家的时候赶紧看衣橱，明知道里面不会有旗袍。想想同样七十多岁，美国畅销书作家诺拉·依弗朗这阵子正充满热情地在她的新书上吆喝，她说，每个女人都应有一整个衣柜的黑衣服，那是流行。

而我，站在我的衣橱前，看着一大堆黑的白的绿的粉的蓝的花的衣服，这下不由眼睛发亮，心头发软。其实，面朝大海，春暖花开的，对于一个女人来说，不应该是她的衣橱吗？

那一刻真美

晚上坐着无事，读到经济学家薛兆丰的文章，《这一刻真美》，文章很短，三四百字，却让人聊发许多感慨。

薛兆丰在文中忆起自己师从著名经济学家布坎南教授，有个清早，漫天风雪，到了教室，才知道学校停课两小时。已经到了的，就与布坎南教授一起早读，消磨这两个小时。静悄悄，暖洋洋，身边的同学对薛兆丰说，这一刻真美！

“这一刻真美！”我被这个句子表述的感觉所吸引。这里面弥漫的气息，温暖而又熟悉。

作为经济学人，薛兆丰说到自己最初的启蒙书是萨缪尔森的《经济学》。我想起我初读这本书的印象，犹如在懵懵懂懂之中，一头扎进纷繁的经济现象的海洋中，急着挣扎着不时地把头伸出水面喘几口气。这样读得很辛苦，差不多要掩卷了，又耐下心去，慢慢阅读，此时突然有一种逐渐清晰的意象和框架铺陈开来，让人豁然开朗。至于书中流露的那份大气和睿智，切近而又绵远，如果你能感觉到，定然还能听到它的呼吸，如同一朵莲的慢慢绽放，那一刻真美！

这种阅读的快乐，如果用李子旸的说法，那就是，“怎么形容呢——就好像热的刀子切入奶酪块儿——畅快无比。”

想起过去的许多时光。有一次要完成一份重要的材料，把冥思苦想的地点从省府路的办公室搬到了西湖边的一家咖啡馆。那天我拿着个笔记本电脑和几本厚厚的资料，从早上九点半进去，到下午五点多出来，始终不得法，头脑沉沉的，双脚却是轻飘飘的，有点不听使唤。就这样低着头，皱着眉头，双脚飘过了柳浪闻莺，飘过了中国美院，飘过了湖畔居，差不多闻到了湖畔居里著名的茶点仙桃糕的香味了。日落时的西湖边流连着许多人，杨柳低垂，湖水泛着粼粼波光，有着喧闹的人声，也有沉默着坐在湖边椅子旁看夕阳湖水的人。这一切似乎都已与我无关，我带着我的焦虑我的混沌一片的材料在西湖的暮色中走过。如今想来，那一刻的我，焦虑不安，在寻找思维的出口，却又是多么弥足珍贵的纯粹和明净的感觉。

真美，那一刻。当时疲惫不堪，如今，却足够回忆。

曾读沃尔特·克朗凯特的传记，这位已故的美国历史上颇负盛名的新闻工作者说，我最美的一刻不是在新闻编辑部里，或是追踪一则新闻故事的时候，而是，在夕阳落山前，将自己的游艇停靠在无人的小海湾，躺在船上，自斟一杯酒，再加一盘新爆的爆米花，任由鹅、鸭子和潜鸟在周围游来游去，然后安静地等待夜幕的降临。

这是另一种境界。如同我所能想象的最美的一刻。我也在期待。

回忆之前忘记之后

日子乏善可陈。这个季节，树树皆秋色，山山唯落晖。倒是应了柳永的《八声甘州》，“是处红衰翠减，苒苒物华休”。

似乎曾经万水千山，如今只可回忆。偶尔见见旧友，几个女人在一起，喝着普洱茶，聊着的，也多半是过往的时光。某天接到一个电话，对方说，我丢了手机，找了许多人才找到你的号码，其实也没有什么事情，只是走在路上，看到树上的叶子凋落了，突然很想跟你说几句话。

钱穆老人说：“人生无所得，只有记忆。”在关于人生的纷繁芜杂的哲学理论中，此语让人蓦然心凛。有时，我们的人生就压缩成一瞬间，而在这瞬间，一颗在无垠宇宙中的星辰感受到的不正是如此吗？

倒是四季的轮回，让人惶恐。转瞬就是秋季。“上海的秋天，像梦一样，我给童年的朋友写信。”毛尖的这种情绪很柔软，路边正有桂花，若有若无地香着。在废名看来，他的秋日，“远远两排雁飞来，写着很大的‘一人’在天上，深秋的天气，没有太阳，也没有浓重的云，淡淡的两手抚着母亲的发，尽尽的望。”怅然、萧瑟，柔情。读过一诗，《秋日》，劈头就一句，“谁此刻孤独，就永远孤独”。一看作者，果然，里尔克。

唯恐辜负了时光，周末的时候，和几个朋友一起到山里采摘橘子。橘树边清浅的涧水淙淙而过。习习山风，凉爽宜人。剥开薄薄的橘皮，橘子甜香四溢，满口生津。回来时穿过一片落满松针的松林，平底鞋踏在松软的地上，松林中无处不在的暗香浮动。

周亮工《尺牍新钞》里，收录了莫是龙的《与友人》，“仆平生无深好，每见竹树临流，小窗掩映，便欲仆居其下”。我也是。每每见到流水边丛生着竹子和树林，竹树中露出一扇小小的窗户，便很想能住到这扇窗户里边去。

随着年纪渐长，人会逐渐寻找内心的宁静与从容。最近看瑞芬舒丹的传记。她六十岁旅行非洲，在部落住了一段时间，拍摄照片。七十一岁学会潜水，九十三岁乘直升机前往战乱中的苏丹时，直升机坠毁，老太太只伤到肋骨，活了下来。2003 年她一百零一岁时去世。她曾是希特勒最为欣赏的首席摄影师，二战结束，逮捕入狱。世人无法原谅历史。瑞芬舒丹能做的，便是，远行，攀岩，或者带着摄像机，“在海流中与一朵舒展绽放的海葵对望”，那是另一种人生。

我们总是，分明已经看清了许多徒劳的努力与挣扎，直指命运的深处与岁月的尽头，然后质疑自己的生存状态。在尼采看来，新生活的原则就是，生活应该建立在最可靠、最可证实的事物的基础上。似乎很有道理。只是如今，对这种说法的感觉，恰同了沈从文先生《四月六日》里的一句：我明白了。但是究竟明白了什么，还是想不明白。

那个周末，我摘了许多的橘子。后来坐在溪流边，阳光暖暖地照着，懒洋洋的，什么也不想，竟然睡着了。

如一朵花的绽放

顾长卫的《立春》中，王彩玲是一个满脸雀斑、身材臃肿的女人，却有上天赐予的好嗓子。她酷爱歌剧，一心梦想着唱到巴黎歌剧院去，最后还是憋回山西小县城。里面有句台词，让人胸闷，王彩玲说：春天来的时候，总觉得会发生点什么，但是到头来，什么都没有发生。

是的，春天又来了，油菜花开了，桃花也争先恐后了。前两天在白水洋的桃林里，有一片粉红色的花瓣姿态优美地落到我的头上，我心里一阵暗喜，以为自己要交上传说中的桃花运，好半天也舍不得掸掉。

然而，对于普遍想发生的事情，我们必须在普遍国民这个层次上考虑承担责任与风险的问题。而命运并不等同于幸运，王彩玲也不是苏珊大妈。每天都有许多的故事在上演，而许多人，在期待中，看年华老去，终究才会明白，理想与现实犹如一场决斗，彼此深深地看上一眼，最后总要分道扬镳。

上周我在上海学习，有个晚上和同学几个坐在星巴克。室内流淌着暖暖的香草和草莓的气息，还有浓浓的咖啡的甜香。我们点了焦糖玛奇朵，黑森林蛋糕，边吃边聊开来。几个人激情四溢，妙语连珠，

到最后却几乎同时发现，引发我们如此快乐的话题不是爱情，不是男人，也不是工作，竟然是孩子。我有些恍惚。曾几何时，我们从谈男人谈爱情到了谈小孩，谈理想到了谈柴米油盐。这中间的过渡如此自然，甚至找不到分界的线。那么，想必，亦舒笔下那些穿着白衬衫干干净净的家明们，如今也大多发福，挺着个大肚子，边喝着酒边在讨论脂肪肝问题?

说起来，人人应该都是王彩玲吧，对生活，对爱情，都曾有梦想，而泯然众人矣，便是大多数人的归宿。在我看来，生命的彪悍并不在于它不用解释，也不在于它让你站到怎样的高度，而是，当它一次次地撕扯着你，你却保持了足够的柔韧。这样很难，但是，不用学习瑜伽，许多人也做到了。在野上照代写的黑泽明回忆录《等云到》中，黑泽明先生晚年最爱说的一句话是：“总之，发生了各种各样的事。”好像在清水宏的电影里，一个老人停留在桥上，也说这句话，说完了后，就哈哈大笑起来。这是对这一生的一种回望，从容而又饱满，我喜欢这样的姿势。

记起某个清风芳香之夜，没有皓月。走在西湖边，岸边的垂丝海棠星星点点，红叶李正烂漫地盛放，在夜色中，泛着亮亮的光。不知怎地，我的大脑里突然传来一种声音，明明灭灭，暗思微妙，柔和而幽远，有几句旋律似乎还不成调，断断续续地响起。老天，千真万确，是肖邦的夜曲。许久不曾记起，而此时它却在我的脑海逡巡徘徊。我相信生命中有许多不可思议的时刻，让你眷恋不已，这一刻便是。

或许，生命就是如此，你不用去追问原委。更多的时候，如一朵花的绽放，安静，恬然。而你，正好邂逅了它。

那么，不用去理会时光给你呈上丰富的色彩的同时，接下来命运会怎样。就如同大街上栗子树开花的时候，普鲁斯特就会过敏，于是，他紧闭了窗户，过一阵子，再打开。

希望是个好东西

天很冷。走在街上，圣诞节的音乐时有时无地飘过。蓦然惊了一下。又一年行将结束。想起了里尔克的疑惑，真有时间吗，毁灭性的时间？

新的一年的来临，似乎有点猝不及防。我甚至，回忆起旧的一年，头脑里都还一片空白。它却夹杂着冬日的寒意，静静地临近了。

那么，当我在行将湮没的废墟中东翻西找时光留下的瞬间痕迹的时候，会不会如林语堂所说，当一个人在一片田野里跑来跑去寻找东西时，旁观者在猜，那个人失掉了什么东西呢。于是，有人猜一只表，有人猜一支钻石胸针。其他的人则作其他的猜测。而智者说，我告诉你们，他失掉了一些气息了。

如果是表，甚至所有名贵的物品，我们都还有重新捡拾到的可能。而气息，那些干净的气息，腐朽的气息，透明的气息，凝重的气息，孤单的气息，甚至，暧昧的气息，它们弥漫在岁月中，终归会，永远地背弃了我们的肉身，远离我们而去。

世事总是如此。所以，哲人们总是试图告诉我们，在这个尘世，我们不是永久房客，而是过路的旅客。圣·奥古斯丁则很纠结地说，我的灵魂在燃烧，因为我想知道时间是什么。套用圣·奥古斯丁的讲法，我现在最迷惘的是：我的灵魂在燃烧，因为我想知道我是谁？

这样的问题，永远没有答案。如同人们总是用过去、现在、未来区分时间，事实上，但丁所谓的“人到中年”只是三十五岁。《圣经》中说，我们度尽的年岁，好像一声叹息，我们一生的年日是，七十岁。这种说法让人如梦初醒。人生已经过半，而许多事物，毫无意义。

因而，贾平凹的观点，人应该相信命运。每个人的人生剧本早被谁之手写好，当一幕幕往下演的时候，有笑声在什么地方轻轻地响起。

但是，如果命运真的写就，那么，我们所有的爱恋，所有的努力，所有正在承担的生命之重，都已是定数。你挣扎也好，奋斗也好，都是徒劳而返。那些看似成功的人，他的内心或许深藏着巨大的不安与颓唐，而这，也是命运的安排？

电影史上最著名的科幻片《银翼杀手》里，有一句台词：所有的这些瞬间都将在时间里消失，一如雨中之泪。是的。我们感到我们正在时间中消逝，却无法像浮士德那样说：你多美啊，请停一停！可是，你听，七十九岁的怀特正在抱怨说：上了年纪，实在麻烦，我始终不能摆脱我对自己的印象——一个约摸十九岁的小伙子。不禁嫣然。

有时，连我自己也不明白，为什么会看了好几次的《肖申克的救赎》，还愿意再看。或许，正因为电影中，安迪告诉我们，“希望是一个好东西，是一切好东西中最好的东西”？

余生的第一天

读鲍德里亚的《冷记忆1》，第一句就是：1980年10月，The first day of the rest of your life（你余生的第一天）。突然发愣。你恍若听到了你余生的第一时，第一分，第一秒，时钟在滴答地走过，声音急促而有力，没有任何逡巡停留的可能。这是你余生的第一天。你，还有我，此刻。

不由仓皇起来。一生怎么可以这么短。想来，宋祁的“少年不管，流光如箭，因循不觉韶光换”，真是道出了生之苍茫。未来已经安排，只是尚未发生。然而，那些将要面对的，与已成既往的，较之深埋于我们内心的，终归只是，微末。人生无非殊途同归，大风扬起，尘埃落定，一世时光，忽然而已，你的额头落着深深浅浅的灰，而你，又在想些什么？

就像一个人若是每天上午去上班、吃午餐，再上班，直至下午五点下班，每天经过同样的街道，面对同样的办公桌，突然有一天，他在想——我这样做是为了什么？为什么非得一定要这样呢？是什么力量使得我每天按照同样的轨道同样的逻辑这样做呢？这是加缪的困惑，后来他成为法国存在主义哲学家。

在海明威的《太阳照常升起》中，罗伯特·科恩坐在咖啡馆里，对巴恩斯说："日复一日，我却从来没有生活过。"这个男人，有着许多想法，却总是唏嘘生活。就如同，很多时候，明明是我们自己在穷尽日子，却总是觉得是在被日子所穷尽。所谓的人生的感受，无非就是这样大同小异。

至于时光，这是很残忍的东西。想起自己，有时乍被人问及岁数，一时数不过来，大脑便暂时性失忆了。我的衣柜里堆着的那些粉红粉蓝粉嫩的衣服，终究不好意思穿，可以作为历史珍藏了。有时若是被人强拉到酒吧，坐在那里，脸上竟露出了慈祥的笑容。记得有人说穆旦你老了，穆旦写了一首诗，大意是，听说人们都说我你老了你老了，但谁也没有看见在我深心的旷野中，高唱出真正的自我之歌。在精神的高处，穆旦是个富足的人。我站不到那样的高处，那么，若能捡拾回忆的片断，也让人心安了。

记起十月的青岛，在怡堡，清晨的阳光，明净而柔和。坐在园子的藤椅上，闻着桂花的香味，仰起头，天空一群飞鸟掠过。那一刻，似乎以为，可以一直这样坐着，没有过去，没有未来，内心如此安宁，静寂从四面将我涌起。

还有那个秋夜，开车到郊区。车子停在路边，周围很静，甚至听到秋虫的呢喃。偶尔经过一辆卡车，扬起尘沙。站在路边的桥头看过去，一轮下弦月，静静的远山，村庄点点的灯火。宁静，寂寥，却生生不息。如同一幅淡淡的水墨画，拂之不去。

而在夏日的一个闷热的下午，在商场等人。大屏幕里刚好放着手嶌葵演唱的《瑟鲁之歌》。几乎没有配乐，歌手近乎清唱，十九岁的新人手嶌葵穿着藏族女孩的蓝色袍子站在那里，目光纯净。她的声音轻灵空旷，如同天籁之音，却又令人惊艳，让人恍若置身于一种遥远无可企及却又苦苦追寻的无限之中，微茫中却有着些许希望，深具杀伤力，听了后感慨得一塌糊涂。

前几天，遇上了蒋勋，午后，晃悠悠地来到公园，对着一树开着嫩黄色花朵的腊梅，读他的《孤独六讲》。不经意一转头，在落红缤纷的山茶树下，细碎的阳光中，我的两个女友就站在不远处满脸笑容看着我。

我记得这一年欢喜的种种，还有那些穿透内心的叹息。别人的幸福我不明白，我只愿新的一年，你能坚定，永不犹疑，永无绝望。

而我，或许也会拥有，我一直向往的，明亮的大脑、柔软的心、因美而欢喜的眼睛。

那么，祝福余生的每一天。

永恒

总会想起一只红色玛瑙戒指。在青海塔尔寺，一个藏民卖的物件。圆润，透明，光泽妩媚，爱不释手。

很长一段时间，我把它戴在左手的食指，睡觉都不舍得摘下。它陪着我，遇见了许多有趣的事。它的消失并不诡异。在黄山脚下的小村落，一场大雨后，雾气氤氲，晚上钻进潮湿的被窝，突发奇想，摘下它。于是，再也没有戴上。

我现在这样无目的地想起，这种滋味，如同年少时吃过的酥心糖，薄透，酥口，咬下去的时候，备感寂静。那年的塔尔寺，繁复的酥油花，精细的堆绣，寺院附近野生的马兰草，盛开的格桑花，就这样没有岁月的阻隔，兀自来到面前。

那个红玛瑙戒指，算起来应该是我的第一件护身符。我以为它会永远陪着我，像祖母手里戴的银手镯，慰妥而又从容。像姑娘皓腕上戴的红丝线，红丝线串着的一块玉，虔诚又心安。然而，它与我相见七年后，再也不见。

人生偶尔总会矫情。我现在想到它，就想到了一个旷古持久的话题：永恒是什么。

希腊神话中，太阳神阿波罗爱上了凡间女子西比尔，问她想要什么，她说："永恒。"于是，阿波罗将她装进一个瓶子里，赐予她如同她手中尘沙那么多的生命，告诉她，只要手中还有灰尘，那么她就不会死去。过了很久很久，路过的人看到装在瓶子里几乎缩成了空躯的她，问："西比尔，你还想要什么？"憔悴不堪的西比尔回答："让我死。"

其实西比尔当时想要的，是阿波罗永恒的爱。

阿波罗给不了，只好给予永生。

西比尔只有生不如死。

这是一个沉痛的教训。

后世女子开始明白这个道理。"我要很多很多的爱。"亦舒笔下的喜宝说，"如果没有爱，那么就很多很多的钱。如果两件都没有，有健康也是好的。"一再地退，退到保命要紧。

铁凝的《永远有多远》中有个情节，"我"问表妹白大省，永远有多远。电话里的白大省怔了一怔，接着她说，我不知道永远有多远，不过我可能是永远也变不成我一生都想变成的那种人了。

我们总是走着走着，离初衷越来越远。而有时，我们傲然生活了几十年，以为自己是万物的导演，实则，在万物长久的秩序下，我们不过是小小的演员而已。

有时我记不起一片叶子的轮廓。有时我似乎听懂星辰的语言。如果以过去、现在、未来三者作为权威的时间分段的话，心在每一个阶段都是不实在、不可得的虚妄之相。我们一路走来，所付出的，远比不上我们所得到的。这并不感伤。我很喜欢的一个佛经故事，它告诉我这样一种美妙的生存状态：

回身看到下面是张牙舞爪的野兽，抬头望去上面是摇摇欲坠的野藤，他心里一沉："难道我就这样结束了吗？"恍惚间，发现崖际上有颗晶莹饱满的梅子，就不禁摘下尝了一口，叹道："人间极品啊！"

乐观，惜福当下，随遇而安，才是我们需要的大智慧。河流，山川，大海，天空，亦是永恒的存在。一切蕴含无限可能，一切又拒绝想象。一切无可把握，又尽在把握之中。它们与永恒心灵的永恒孤独同在。

苏格拉底的《申辩》也谈到永恒。他说："永恒不过是一夜。"这个著名的观点很呛人。认为永恒不应该只是一夜的人想了想，只好默默把问题噎了回去。

我知道人生有一种况味是清冷。就如凝霜的藤蔓，你无法抵抗这个名字，扑面而来的气息。但是，命运有时会馈赠你当下的繁盛。就如忽然一场风起，我以为再也抱不紧你，一切就此飘散，然而，你就在我身后，只要我一个转身就可以。

前天去书店的时候，看到了冯唐的一本书，扉页上："给Y，我当时真没想到一辈子这么短。"

一辈子怎么可以这么短？我这样的年龄，也很快就已进入中年叙事。当年俞平伯在追问什么是中年？他说，当遥指青山是我们的归路，不免感到轻微的战栗。这话很真切。四月的一个雨天，与画家施铮铮先生通话，说到我一个刚去世的女友，施先生沉默了会，她的声音平静又有韧性，穿过四月的雨声而来。她说："每年像花谢一样，总有些人要走，我会越来越平淡。"

平淡，远比永恒，给人安慰，也给人力量。

记得林语堂写过一本书，书名是，《人生不过如此》。这话很实在。读完后，发现他所写的人生并非不过如此，于是懈怠。倒是俞平伯，我一直觉得他一定是个很有意思的人。他继续孜孜不倦地讨论什么是中年。他也说，人生不过如此。但是，他想了想，又说："变来

变去，看来看去，人生总不出这几个花头。男的爱女的，女的爱小的，小的爱糖。”

这句话让人忍俊不禁。很少有人看得这样通亮。在薄雾中，初升的阳光，照在你的发梢，我看到了那绚烂与华丽的日光在这一瞬间朴素地逗留。下一刻是什么？有那么重要吗？此刻即永恒。

人生还可以那样。就如山道上终于长成一棵古松，牵挂着凌霄花，这样的色彩，敛翠春烟，很是好看。凌霄花凋零的时候，我们可以看到安静的古道上，安静的古松，以及，安静地依附着古松的凌霄花的藤蔓。我为之着迷的景象，它们都正孤零零地走向深冬。

歇一下。还是说说纳博科夫吧。他的《洛丽塔》，勾勒了他心目中简单的理想生活风景：“在美丽的地方，前面有山景，窗外有狗吠。我所要的是那么少：一瓶墨水，地板上的一点阳光——哦，还有你。但是最后的条件绝不是小事。”

且慢。不必再读下去。对于人生来说，他要得太多了。

后记

身不由己

这个人的文字，有些天真，有些率性，有些肆意，甚至，还有她不愿意的矫情……更多的时候，她试图她的文字比她自己更真实，更素朴，更平和，更淡远，可惜，到现在还身不由己。

我们种种时候，都会身不由己，写作亦是，其他亦是。有时候，我们即是飞蛾，身不由己，无法抵抗光亮的诱惑。有时候，我想，我们可能是一株植物。我们扎根于大地，我们的枝蔓向上生长，我们等一场春天的风，等冬日阳光的碎片，等待在天空中开花结果，甚至，等待神灵的眷顾。有时，我们以为自己就是天穹，大河，宫殿，原野，旷远寥廓，无穷无尽。而有时，我们只想回归于平凡的事物：清水，面包，水杯，几枝玫瑰……

一日翻读薄伽梵歌，见其一句：我们前世姻缘已定，今世是身不由己。我与此书，也是如此。当初我没有料到，此后相当长的时间，我会开始写作。这本书最早的文字，来自2006年，我刚开始提笔的时候。我不想掩饰那时的浅薄。那时漫不经心，所写的文字全是激情所致。我现在依然漫不经心，所写的文字也全是激情所致。这也是身不由己。

人都有各自的方式，或深或浅，来对抗日常生活那无法消释的乏味与猝不及防的孤独。我猜想，你也是。这本书或许也真是为一个“遥远的你”在写。它已经不属于我。我与你一样，如今，我们都是读者。

那海

2013年10月28日

图书在版编目（CIP）数据

写作的女人危险 / 那海 著 . — 北京 : 东方出版社 , 2014.9
ISBN 978-7-5060-7766-8

Ⅰ . ①写…　Ⅱ . ①那…　Ⅲ . ①散文集 – 中国 – 当代　Ⅳ . ①I267

中国版本图书馆 CIP 数据核字 (2014) 第 234043 号

写作的女人危险
（XIEZUO DE NüREN WEIXIAN）

作　　者：那　海
策 划 人：张　杰
产品经理：傅　愈
责任编辑：姬　利　傅　愈
责任审校：李皖南
书籍设计：张志伟　知墨春秋设计工作室
统　　筹：吴玉萍
责任营销：王莉莉　010-64258071
出　　版：东方出版社
发　　行：人民东方出版传媒有限公司
地　　址：北京市东城区朝阳门内大街 166 号
邮政编码：100706
印　　刷：北京京都六环印刷厂
版　　次：2015 年 1 月第 1 版
印　　次：2015 年 1 月第 1 次印刷
印　　数：1—5000 册
开　　本：880 毫米 ×1230 毫米　1/32
印　　张：9.25
字　　数：220 千字
书　　号：ISBN 978-7-5060-7766-8
定　　价：38.00 元
发行电话：(010)64258117　64258115　64258112